Giulia Caminito

Das große A

Quart*buch*

Giulia Caminito

Das große A

Roman

Aus dem Italienischen
von Barbara Kleiner

Verlag Klaus Wagenbach Berlin

I.

Drei Punkte und ein Strich.

Dieses Mal lachte Giadina. Die kleinen Italiener in Schwarz und alle in Reih und Glied außerhalb der Klassenzimmer.

Der wiederkehrende Ton war nur ein Liedchen, ein festliches Wiegenlied im Staub der Zelte, der dreibeinige Hund, die fette Frau in ihrem gestreiften Badeanzug, enorm dick und enorm dick geschminkt, die Ballerina, der Mann mit der roten Pappnase. Schichten von Schminke, wie man sie bei ihr zu Hause nie gesehen hatte, auch nicht, wenn Mariuccia am Fest des Schutzpatrons den Hof verließ. Schwarze Pampe auf den Augenbrauen ohne Krümmung, schmal in dem speckigen Gesicht und ein schiefes Lächeln. Dann bunte Bälle, in der Luft jongliert, ohne aneinanderzuprallen, in Fröhlichkeit getränkt, während die Reihe ganz gerade ging und die Lehrerin mit dem Rohrstock auf die Schultern schlug, damit sie in einer Linie blieben. Noch hatte es nicht angefangen und man betrachtete die Stände, ohne auch nur einen Centesimo zu zahlen. Das Wechselgeld, das man ihr gab, wenn sie mit der Lebensmittelkarte beim Bäcker ihre Ration von eineinhalb Brötchen pro Kopf abholte, hütete sie eifersüchtig. Es würden zehn und dann zwanzig werden, dann hundert und tausend und dann eine Lira, zwei Lire, zwanzig, hundert Lire. Mit hundert Lire konnte man aufbrechen, sogar die Großmutter konnte davon ein Lied singen. Mit hundert Lire konnte man aufbrechen, und das große A lag um die Ecke. Mit der Mama, die Tiger jagte; es musste dort voll sein von ganz langen Knochen und Tigern.

Sie liefen weiter in einer Reihe, machten schon abgenutzte Schuhe staubig.

Ähnlich wie auf der Fotografie von der Ferienkolonie in Riccione, in einer Reihe einer imaginären Linie folgend, der knappe Badeanzug, den es in die Arschfalte zog und der juckte wie ein Haufen Mückenstiche.

Giadina, gaff nicht so, geht weiter, es ist nicht die Zeit zum Lachen.

Aber dieses Mal lachte sie, allein, aber sie lachte. Die kleine Gilberti flüsterte dem Sohn des Lebensmittelhändlers am Corso Sempione – stechende Augen und böses Lächeln – zu, dass seine Mutter dicke Schenkel habe wie das Kanonenweib. Ohne zu zahlen, hatten sie nie eines gesehen, eines von diesen Weibern, die wie Raketen abgeschossen wurden, kostümiert und geschniegelt; doch das Fest musste zu Ende gehen.

Verlassene Verkaufsstände und zugezogene Vorhänge, trübe Luft und lauwarme Sonne unter einem Schwarm von plötzlich vorsichtigen Blicken.

Kommt mit den Kindern mit, lud die Lehrerin die Zirkusartisten ein, es ist noch Platz in der Hütte.

Giadina dachte an die Fibel, die in der Bank liegen geblieben war, und an den neuen Bleistift, der schon zerbrochen war, die Tante würde sie an diesem Abend eine Stunde im Klo im ersten Stock einsperren: Das war so sicher wie der Duce.

In diesem Klo stank es, und sie hatten einen komischen Namen dafür, sie nannten sie Türkenklos, und sie wusste nicht, wer das sein sollte.

Die werden dort sein, wo die Mama ist, dachte Giadina, bedroht von Affen, und sie werden wie sie Lastwagen fahren.

Aber von der Mama wurde nie gesprochen.

Ein komischer Mann mit einer rot angemalten Nase zog den Hut und stellte sich hinter ihnen in die Reihe, direkt hinter Morichelli, der Lockigen, die ihren Namen nicht richtig schreiben konnte.

Man rannte nie, auch nicht, wenn die Sirene heulte.

In Reih und Glied, rief die Lehrerin, und der Rohrstock schlug krachend auf das Pult. In Reih und Glied und wehe, wenn einer läuft. Das sind zehn Stockschläge für jeden.

Schlimmer als die Faustschläge der Großmutter vor dem Einschlafen, mitten auf den Kopf und die vorstehenden Knöchel gut sichtbar. Die blinde Alte war imstande zu treffen, auch wenn sie nur Dunkel sah, und Giadina kauerte sich auf ihre Seite des Bettes, ohne die Cousine bitten zu können, sie solle ihr Einhalt gebieten, denn die war groß und war ihre wirkliche Enkelin, der schauten die Deutschen schon auf die Beine, auch wenn sie die Blicke nie erwiderte.

Der Mann mit der roten Nase war zum Lachen, und Giadina sah sich nach ihm um.

Ein anmutiger, steifer Kragen, dann riesige gelbe Schuhe. Niemand im Hof trug gelbe Schuhe, auch keine roten oder grünen.

Seine Stirn aber war gerunzelt, und er hatte kurze Beine, die sich schnell und grob bewegten, als ob sie laufen wollten und es nicht konnten.

Er hatte den Bart nicht gestutzt, vielleicht hatte der Barbier geschlossen, obwohl er den Zirkusleuten immer Rabatt gab und den Rollladen nach acht noch oben ließ. Aber mittlerweile streckte nach acht niemand mehr die Nase aus dem Haus, wenn sie einen beim Herumgehen erwischten, gab's Ärger.

Sie sagten, es sei die Schuld der Fabriken wie der Baumwollfabrik Cantoni, wo die Tante arbeitete; wenn um acht Uhr abends die Sirenen heulten, blieben alle zu Hause, und vielleicht war es nicht so schlecht, wenn man über die Piazza gehen und ohne was zu zahlen die Reste des Jahrmarkts ansehen konnte.

Sie sagten, dass die Tosi-Werke mit ihren Maschinen, die inzwischen ausschließlich für die Kriegsproduktion arbeiteten, das Hauptangriffsziel seien. Der Onkel arbeitete dort, und jeden Morgen, wenn er hinging, bekreuzigte er sich und setzte keine Mütze auf.

Der Rauch drang bis in die Via Pontida, ins Haus, in den Hof, bis zu den Fenstern im dritten Stock, das bedeutete also, dass alles funktionierte und dass sie ihre Arbeit nicht verloren hatten.

Noch hörte man nicht dieses Pfeifen und dann die Einschläge, wenn die kamen, krochen sie unter die Bänke, und die Wände zitterten genau wie die Landkarte Italiens hinter der Lehrerin.

Jetzt würde sogar ihre Fibel zittern, die sie unrechtmäßigerweise zurückgelassen hatte. Aber im Keller war kein Platz für unnötige Dinge.

Lasst die Bücher liegen und rennt nicht.

Zum Glück war *Hans und die Bohnenranke* zu Hause unter der Matratze, wo die Großmutter das Buch nie finden würde. Sie war so blind, dass sie Giadina höchstens das Essen wegnehmen konnte, aber man wusste ja nie, durch die Bomben war auch Papier genießbar geworden, und *Hans und die Bohnenranke* konnte durchaus Appetit machen.

Dieses Mal lachte sie am Tag, da abgesehen von den einsam in der Klasse zurückgebliebenen Heften die Luft frisch war und man endlich aus dem Klassenzimmer hinauskam. Außerdem hatten sie es nicht rechtzeitig geschafft, ihnen den Lebertran einzuflößen, was bedeutete, nicht einen halben Tag lang Brechreiz zu haben und nicht eine Viertelstunde lang zu husten, mit diesem Fischgestank bis über die Ohren. Den Lebertran zu verpassen war ein Fest, Sirene hin oder her.

Noch war es nicht so kalt, dass man Sidolflaschen mit kochendem Wasser füllen und in die Taschen stecken musste, es war auszuhalten. Alle sagten, in Mailand sei es kälter, wer weiß, warum da von allem immer etwas mehr war, auch wenn die Entfernung nur wenige Kilometer betrug.

Vorigen Samstag war die Tante mit dem Fahrrad hingefahren.

In Mailand ist es kälter als hier, wir müssen die dicken Schals aus dem Keller holen, hatte sie gesagt.

An diesem Tag, als sie in Reih und Glied über den Jahrmarkt gingen, war ihnen, dem Kanonenweib, dem dreibeinigen Hund, dem Mann mit der roten Nase, der Ballerina nicht kalt, aber der eine oder andere hustete und zitterte.

Seid still, seid still, schimpfte die Lehrerin sie, da sie beim Anblick der Kugeln mit den Goldfischen drin grinsten, die bald als Preis vergeben würden. Jetzt waren sie allein, weil die Signora mit den Fischen, deren Haare noch blonder waren als die des deutschen Jungen, der mittwochs die Wachrunde ging, sich ihnen anschloss und Schäufelchen und Netze dort liegen ließ. Das

Geld steckte sie aber in die Tasche, bei Alarm gab es immer welche, die alles klauten, sagte die Tante immer.

Gesindel, das vom Alarm und der Ausgangssperre profitierte, alle auf der Straße, um an das verlassene Eigentum anderer zu kommen.

So kam Giadinas Meinung nach auch das Geld weg, das die Mama per Post schickte und das die Tante benutzte, um sich bei der Schneiderin Kleider zu kaufen. Aber das konnte sie nicht sagen, denn sonst hätte sie ihren festen Wohnsitz auf dem Türkenklo gehabt, fast noch schlimmer als das Ehebett mit der Großmutter und ihren geballten Fäusten.

Die Sirenen heulten jetzt lauter, begleiteten den Tanz zwischen den Zelten, die Ballerina mit dem rosaroten Röckchen stimmte mit ein, sie trug die Schühchen in der Hand, die wie der Hut des Mannes mit der roten Nase wertvoll sein mussten, und wer weiß, wie viel sie dafür bezahlt hatte. Bestimmt hundert Lire, so viel wie für die Fahrkarten nach Amerika oder Afrika. Die großen A, wo alles viel schöner war. Wo man auch zum Frühstück Schokolade aß und in den Sanddünen Gazellen jagte. Seit genau einem Jahr hatte sie keine Schokolade gesehen, denn auf dem letzten Jahrmarkt hatte Luisas Mutter ihr ein Stückchen gekauft, und sie hatte es in die Unterhose gesteckt, damit die Tante es nicht sah. Die hätte sie bestimmt ausgeschimpft und bezichtigt, nicht an sie zu denken, an den Säugling, der erst ein Jahr alt war, und an die Großmutter, und sich nur selbst vollzustopfen.

Aber dieses Stückchen Schokolade hatte Giadina für sich behalten, auch wenn es in der Unterhose halb geschmolzen war, sie hatte sich im Türkenklo eingeschlossen, wo es stank wie in dem Raum im Erdgeschoss von Signor Dell'Acqua, und hatte es ganz aufgegessen.

Ein Jahr danach hatte dieser alte Säufer den Löffel abgegeben, und Giadina hatte keine Schokolade mehr zu Gesicht bekommen.

***

Doch dann geschah es, dass Giadina wirklich einem Flugzeug begegnete. In der Schule erzählten, fantasierten alle davon, wie bauchig und laut sie waren, wie beunruhigend und doch majestätisch. Giadina dachte nicht allzu viel über die Flugzeuge nach, sie hörte bloß ihren Lärm, mit der Großmutter, die ihr ihren Atem ins Gesicht blies, unter dem Bett liegend, zwei Zentimeter von den verrosteten Bettfedern entfernt und in den Zentnern Staub, den auch die Tante nicht beseitigen konnte.

Vor den Explosionen musste man Angst haben, aber es war nicht wichtig zu wissen, woher sie kamen.

Eines Abends, als sie wie üblich mit der Lebensmittelkarte zurückkam, denn es war zur Gewohnheit geworden, dass sie sich um den Dreiviertelliter Milch und die anderthalb Brötchen pro Kopf kümmerte, gelangte das Flugzeug bis in den Hof. In der Dämmerung war es nur ein Schatten, riesig und ganz, ganz tief fliegend, eine anderthalb Meter hohe Zimmerdecke. Sie hatte es in der Kehle gespürt, dieses Flugzeug. Die weißen Sterne sahen in der Dunkelheit fast aus wie Menschen, die sie überfallen wollten, Gespenster mit Krallen und säuerlichem Lächeln. Das Konzert von dreihundert Posaunen gleichzeitig in die Ohren geblasen, dicht und schwarz. Das Flugzeug ließ sogar die Eingeweide erzittern, es zerrte an den Kleidern und entfachte einen Wind, der die ganze Wäsche der Tante durcheinanderwirbelte.

Die Wäsche landete im Staub, und daran war niemand anderes als Giadina schuld.

Du hättest sie vorher abnehmen müssen, sagte sie und ging mit dem Teppichklopfer auf sie los. Auf den Hintern.

Aber Giadina sagte nichts, die Augen auf den orangefarbenen Himmel gerichtet und diese noch flimmernde Spur, die dicht und rau an den Lidern klebte. Keuchend lief sie die Treppe hinauf bis zum Schlafzimmer, und dort kroch sie unters Bett. Mit dem Bauch am Boden und den Schultern im Staub der Federn. Ohne den Atem der Großmutter.

Ich komm hier nicht wieder raus, schrie sie, auch nicht für die Schokolade, die Salami oder die Mama.

Für die Mama wäre sie aber vielleicht doch herausgekommen. Sie hatte geweint und geweint, das Flugzeug fiel ihr auf den Kopf, länglich und grün, ein Ungeheuer mit aufgemaltem Maul wie ein Hai. Luisa sagte, der Hai sei ein Fisch und dass man ihn im großen A sicher finden würde. Die Mama musste ihn also gefangen haben, solche Sachen machte sie, und ob. Aber das Flugzeug fiel auf sie herab und brüllte, es war ein Hai mit Löwenstimme. Giadina presste sich auf den Boden, kreischte und schrie, bis die Tante sie da grob wieder herauszerrte.

Wir müssen in den Keller gehen, du dumme Giadina, was machst du da unten? Zählst du Spinnen? Genug von diesem Gezeter, alberne Giadina, wenn deine Mutter hier wäre, würde es was setzen.

Sie hatte sie bei den Handgelenken und dann bei den Haaren gepackt.

Alle, die am Hof wohnten, waren in den Keller gegangen. Luisa war bestimmt schon dort mit ihrer Cousine und mit Mariuccia bei den Säcken, in denen jetzt kein Reis und kein Mehl mehr waren. Er war fast leer, dieser Keller, ein Fläschchen tiefdunklen Rotweins hatte Dell'Acqua hinterlassen, sonst nur Jute und Schaben. Aber es fanden alle Platz dort, und wenigstens schlief die Großmutter nicht bei ihr.

Giadina setzte sich an die Ecke zur Waschküche und lehnte sich an den kalten Backstein, und da erzählte Luisa diese Geschichte aus der Fibel, wo sich zwei Buben an einem heißen Nachmittag am Hafen treffen:

Was war dein Großvater von Beruf?, fragt der eine. Seemann, sagt der andere.

Wie ist er gestorben?, fragt der eine. Auf dem Meer, sagt der andere.

Was war dein Vater von Beruf?, fragt der eine. Seemann, sagt der andere.

Und wie ist er gestorben?, fragt der eine. Auf dem Meer, sagt der andere.

Was bist du von Beruf?, fragt der eine. Seemann, wie sie, sagt der andere.

Und hast du keine Angst zu sterben, wenn du auf dem Meer fährst?, fragt der eine.

Nein. Was war dein Großvater von Beruf?, fragt der andere. Müller, antwortet der eine.

Und wie ist er gestorben?, fragt der andere. In seinem Bett, sagt der eine.

Was war dein Vater von Beruf?, fragt der andere. Schreiner, sagt der eine.

Und wie ist er gestorben?, fragt der andere. In seinem Bett, sagt der eine.

Und hast du keine Angst, abends in dein Bett zu gehen?, fragt der andere.

Da musste Giadina lachen, Luisa packte ihre dünnen Handgelenke und verdrehte sie ein wenig, wie um sie zu kitzeln, aber kitzeln durfte man sich nicht, sonst wurde die Tante böse.

Was gibt's da zu lachen? Es fallen Bomben. Schau Giadina, das Flugzeug kommt genau wieder über deinen Kopf, die Amerikaner wissen, wo die bösen Kinder sind. Sie kennen sie, sie sind wie ihre eigenen. Nicht wie die, die der Duce erzogen hat, der weiß, wie man sie alle zum Spuren bringt. Sie sind wild und essen immer Zucker und sammeln Ansichtskarten mit Ballerinen.

Sie mochte Ballerinen wie die Ballerina vom Jahrmarkt, die sich auf einem kleinen Podest auf einem Bein drehte, und ihr Balletttröckchen blieb wie einbalsamiert an seinem Platz. Es erhob sich eine dichte Teerwolke, aber ganz weiß, nicht wie der Rauch von den Tosi- oder den Cantoni-Werken, es stank nicht so; eher wie die Kreide an den Händen der Lehrerin, nachdem sie Gleichungen an die Tafel geschrieben hat. Von Mathematik wollte Giadina wirklich nichts wissen, sie wäre lieber Ballerina geworden, die glänzenden Harre straff nach hinten gekämmt und ganz lange Beine, oder sie hätte es gemacht wie ihre Mama, die aufgebrochen war und vom Krieg noch nichts gesehen hatte.

Sie bat Luisa, eine Geschichte zu erzählen, in der eine Ballerina vorkam. Aber du kannst das ja nicht werden, sagte die Großmutter, und Mariuccia lachte.

Du bist zu klein, ein Knöchelchen, das nicht einmal für die Schweine taugt. Giadina war zierlich, kaum so hoch wie ein Fass, und ihre zwei Jahre jüngere Schwester Rina schien von den beiden die Ältere zu sein, sodass man in der Schule versucht hatte, sie in die gleiche Klasse zu stecken, weil man in der städtischen Schule die drei Jahre bei den Ursulinerinnen nicht anrechnete. Tabula rasa, als ob Giada und Rina zu Hause geblieben wären, um der Großmutter zu sagen, wann der Sugo fertig war, statt jeden Tag in die Schule zu gehen. Rina schien die Ältere und lebte bei den Vighis, zwei alten Leuten, die sich gut um sie kümmerten, sie klauten ihr nicht das Geld von der Mama, um bei der Schneiderin Vorhangstoff zu einer Bluse umarbeiten zu lassen, und sie verboten ihr nicht, Rührei mit Tomaten zu essen.

Vielleicht fragte Rina deshalb im Hof nicht nach Mama und war glücklicher bei ihren Spielen. Von den großen A wollte sie nichts wissen.

Wer weiß, was diejenigen machen, die zu diesen ganz schwarzen Menschen gehen, fragte Rina sich oft. Giadinas Meinung nach lachte die Mama bestimmt mit ihnen, sie konnte das am besten von allen.

Aber dass sie nie Ballerina werden würde, stimmte wohl, Rina vielleicht, die hatte lange Beine und sang gern. Sie sang immer, wenn sie zur Schule gingen, die Via Pontida oder den Corso Sempione entlang, vorbei am Lebensmittelgeschäft Bonetti und der Wäscherin, die die Wäsche zur Olona trug. Giadinas Gefühl nach sang sie gut, sie selbst konnte keine Noten lesen, und in der Schule, wenn sie im Chor für den Duce sangen, war sie still und bewegte nur die Lippen. Sie mochte keine Lieder auswendig lernen, und dann kratzte der schwarze Rock an den Beinen, genau wie bei Riccetta, Maria Pia, Cornelia und Anna.

Sie wollte ein steifes, einbalsamiertes Röckchen wie die Ballerina.

Nach drei Detonationen, man wusste nie, wo die Bomben einschlugen, fing Luisa an, die Geschichte der Ballerina zu erzählen, die immer übers Meer fuhr und tanzte. Sie hatte einen Seemann geheiratet.

Jedes Mal, wenn Luisa Seemann sagte, bekam sie feuchte Augen, ihr Verlobter Tonino war beim ersten Einsatz seines Schiffes vor Taranto geblieben.

Er und der Moro, dicke Freunde. Beim Versteckspiel gewannen sie immer, aber nur, wenn sie im Hof suchen mussten, da sie zu groß waren und man sich vor ihnen nicht verstecken konnte. Sie erinnerte sich an Tonino, wie er sich im Staub des Hofes herabbeugte und sagte, sie solle auf seine Schultern steigen.

Komm, Giadina, wir drehen eine Runde und Luisa gibt dir dann einen Buntstift, ich habe ihr gestern eine Schachtel geschenkt, sagte er.

Aber es kam der Moment, da sie sich nach dem Jahrmarkt in der Schule versteckten, die Tante bis zu den Reisfeldern bei Vercelli fünfzig und mehr Kilometer laufen musste, es kein Holz zum Feuermachen gab und sogar der Säufer Dell'Acqua gestorben war. Also spielten sie nicht mehr Verstecken, weder sie noch Luisa und Tonino war aufgebrochen und hatte von fern gegrüßt, als er durch das große Holztor schritt.

Sie konnten sich noch immer von Seemännern erzählen, auch wenn es da die Einschläge gab, weil ans Meer zu denken Luisas Meinung nach guttat. Bestimmt hatte die Mama jemanden kennengelernt, auch wenn der Papa wer weiß wo abgeblieben war, ihr Bruder in ein Internat in Cantù gesteckt worden, Giadina bei der Tante und dieser alten Hexe von Großmutter, die nicht einmal ihre Großmutter war, gelandet war und Rina bei den Alten.

Schließlich wurde die Tante ungeduldig und brachte sie zum Schweigen.

Machen wir das Radio an, damit wir hören, was diese Verräter anstellen.

Nur sie nannte sie so, die Italiener, die mit den Schokoladefressern gut Freund waren. Der Onkel sah sie schief an und richtete die Antenne aus, da dort unten miserabler Empfang war und alle sich auf die linke Seite setzen mussten, damit es funktionierte. Er machte sich ans Werk wie ein Einbrecher, drehte den Knopf in alle Richtungen, vor und zurück, und horchte, wie wenn er es mit einer Bronchitis zu tun hätte.

Irgendwann, nach all dem Drehen nach links und nach rechts, mit der Tante, die auf das Radio schimpfte, niederträchtiger Apparat, fanden sie einen Sender, gewöhnlich Radio London, jede Sendung begann mit den ersten Noten der fünften Symphonie von Beethoven, die Noten, die im Morsealphabet Sieg bedeuten, drei Punkte und eine Linie.

Giadina wusste von diesen Dingen nichts und sie verstand nicht, was im Radio gesagt wurde, sie sprachen von absurdem Zeug, das nichts mit dem Krieg zu tun hatte. Das waren chiffrierte Nachrichten. Die anderen um sie herum hörten zu und rieben sich das Kinn, sie warteten auf die Nachrichten, um die Bombenangriffe zu zählen. Als sie vor einem Jahr von dem Angriff auf Taranto gehört hatten, wo von Toninos Schiff die Rede gewesen war, war Luisa hinausgerannt, und niemand hatte sie bis zum nächsten Tag auf dem Hof gesehen.

In Rom regnet es und die Artischocken gedeihen gut, hieß es scheinbar auf Radio London, und Giadina wusste nicht einmal, was diese Artischocken waren. Die Tante erzählte, sie seien stachelig und schmeckten nach verrostetem Eisen, man verstand nicht, warum die in Rom sie aßen. Aber Giadina war nie in Rom gewesen, und es mochte dort auch stacheliges Gemüse zu essen geben, wie sie es noch nie gesehen hatte.

Bei sich wiederholte sie: In Rom regnet es und die Artischocken gedeihen gut. In Rom regnet es und die Artischocken gedeihen gut. In Rom regnet es und die Artischocken gedeihen gut. Wo ist Rom? Wo sind die Artischocken? Wer lebt dort, wer isst sie? Sie hatte Angst, dass sie das nie begreifen würde.

Warum ist im Radio die Rede von Stacheln, wenn es regnet?

Keiner wusste eine Antwort, der Onkel deutete hin und wieder etwas an von Partisanen oder Parmesanen, Giada verstand es nicht recht, jedenfalls waren das diejenigen, an die diese merkwürdigen Sätze gerichtet waren, aber nichts davon war wirklich klar, auch sie wussten nicht, ob es die von Treviso, die von Rimini oder die von Vercelli waren.

Aber gibt es bei uns welche?, fragte Giadina, und die Tante antwortete, Artischocken äßen sie zum Glück nur in Rom.

Dann bekam sie ein paar Rempler ab, weil alle sehr aufmerksam auf die Stimme im Radio lauschten, die die meteorologischen Bedingungen in der Hauptstadt durchgab, und Kinder ruhig sein mussten, sie verstanden ja ohnehin nichts.

Eines Tages fiel eine Bombe auf den Keller der Donzellis.

Nun ist es vorbei mit den Kellern, jetzt schießen sie uns in den Kopf und bringen uns um wie die Ratten, hatte die Tante geschrien. Es hieß, die Amerikaner würden die falschen Ziele wählen, weil sie glaubten, über Mailand zu sein. Die Tante antwortete, wenn der Duce das Kommando hätte, würde niemand auch nur einen Zentimeter daneben schießen. Er weiß, wie man sie alle zum Spuren bringt.

Giadina wusste nur, dass sie zu rennen anfing, wenn sie aus der Ferne dieses Beben in der Luft spürte und ein paar weiße Sterne auftauchen sah, und betete, zum großen A zu gelangen, sicher, dass es dort, wo die Mama war, keine Haie mit Löwenstimme gab.

Das große A musste voller Ballerinen sein, die mit Seemännern wie Tonino verheiratet waren.

Vermisst, so hatten ihr alle erklärt. Tonino war vermisst und man fand ihn nicht. Sie aber wusste, dass Tonino noch nie gut im Verstecken gewesen war.

Und auch Luisa wusste das.

***

Siehst du da drüben, die Autobahn?

Die Tante zerrte sie am Unterarm mit sich.

Die hat der Duce gebaut, es ist die erste in ganz Italien, sie geht bis Gallarate.

Einschlag.

Lauf, Giadina, verdammt noch mal. In deinem Alter habe ich Kilometer zurückgelegt.

Ohne ihn wären wir keine Stadt geworden, Bauern wären wir geblieben, hast du verstanden? Von wegen Bonbons und diese alberne Fahne mit Streifen, wie aus dem Zirkus.

Einschlag.

Wir sind schließlich nicht irgendein Dorf. Hier wurde Barbarossa geschlagen. Er weiß das.

Einschlag.

Schau, wo du deine Füße hinsetzt, da ist ein Graben, spring, Giadina, spring. Er hat die Cantoni-Werke besucht, du hättest ihn reden hören sollen, nicht wie die Rindviecher von hier. Er macht sich immer verständlich. Du hättest seine Hände sehen sollen, er hat gewichtige Hände.

Einschlag.

Auch die Spanische Grippe hat er ausgerottet, da bin ich sicher, meine Mutter ist an der Spanischen Grippe krepiert, erinnerst du dich? Aber was weißt du schon, ihr Kinder von heute erschreckt euch vor einem Schuss in die Luft.

Einschlag.

Dass dein Onkel und ich Arbeit haben, ist sein Verdienst, er ist persönlich zu den Tosi-Werken gegangen und er hat sie groß gemacht. Er, ja, er denkt an uns, wer sind dagegen diese Keksfresser, die auf uns schießen?

Nicht einmal im Keller ist man sicher.

Einschlag.

Der Hof der Termolis war bombardiert worden, vierzig Personen hatten darin Zuflucht gefunden, alle dicht gedrängt, um Platz zu finden. Sie waren nachschauen gegangen, was die Einschläge angerichtet hatten. Giadina hatte nur flüchtig eine im Baum gelandete Kinderhose gesehen und war davongelaufen.

Keller waren nicht sicher, Gehöfte waren nicht sicher, alle landeten beim Herrgott. Also brachen sie alle auf, sie, Luisas Eltern, der andere Onkel mit einem Säugling und seiner Frau, Toninos Eltern, die Mutter vom Moro, die Tochter von Terzo, den im September die Deutschen geholt hatten, die Vighis und Rina, und gingen auf die Felder. Vier Kilometer hin bis zur Autobahn und vier wieder zurück.

Kaum heulte die Sirene, ließen sie alles, womit sie gerade beschäftigt waren, stehen und liegen, das Radio, den Gemüsegarten, das Schränkchen mit den Putzlumpen, die Teller, die immer sauberer wurden, weil nicht von ihnen gegessen wurde, die einzige

Flasche Rotwein im Keller, und machten sich im Gänsemarsch auf den Weg über die Felder.

Wenn noch Tag war, folgten sie den Pflugspuren. Giadina hatte ihren Spaß daran, für die Tante die liegen gebliebenen Ähren zu sammeln. Sie band sie zum Sträußchen, und die Tante tat sie in ihre Schürze.

Giadina, schau beim Gehen auf den Boden, wenn du nichts findest, kriegst du nichts zu essen, sagte die Tante.

Da dachte sie, dass die Großmutter, die nichts sah, eigentlich nicht essen dürfte, dabei bekam sie Körner extra.

Der Onkel hatte bei der Tosi gestohlen. Giadina begriff, dass diese Metallteile, die jedes Wochenende in der Küche im ersten Stock auftauchten, von dort kamen. Jedes Mal ein Teil, und er hämmerte emsig daran herum, um ein Gerät daraus zu machen. Sie nannten es Mühle, dieses Sammelsurium von Metallteilen von der Tosi. Um sie mitzunehmen, steckte der Onkel sich die Teile in die Unterhose, wie sie es mit der Schokolade gemacht hatte. Die anderen Männer des Hofs versammelten sich rund um den Küchentisch und debattierten.

Wer weiß, was für eine Mühle das wohl werden soll, dachte Giadina.

Das runde Ding ist zu klein. Wo zum Teufel sollen wir bei diesem kleinen Loch, das aussieht wie ein Knopf, die Weizenkörner reinstecken?, fragte der Vater von Mariuccia erbost. Und der Onkel antwortete ihm.

Willst du es machen, Gervaso? Willst du diese verdammte Mühle bauen? Holst du die Teile? Wenn sie die nämlich bei dir finden, knallen sie dich ab wie einen Partisan? Willst du's machen?

Alle schrien durcheinander, bis die Tante mit dem Fleischhammer gegen die Wand schlug. Sie setzte sich an den Tisch und zeigte mit dem Finger auf jeden von ihnen.

Seid still, die Wache kommt.

Und sie waren still.

Am Ende kam dabei ein Ding mit einer Kurbel heraus, die sich ächzend drehte und dabei dasselbe Geräusch machte wie die schleifenden Gewehre, wenn ein Gefallener weggeschafft wurde.

Das steht schon in der Bibel, wenigstens die Ährenlese müssen sie uns lassen, sagte die Tante; und die ersten Male hatte sie verlangt, das Mehl, das dabei herauskam, zu sieben, die Spreu war hart. Aber das durch die Metallmaschen gesiebte Mehl war wenig, nicht einmal vier konnten davon essen. Also kam die Spreu wieder, alles kam wieder, die Ähren wurden ganz in die kleine Mühle gesteckt, und danach wurde nichts weggeworfen. Das Sieb hängten sie in der Küche an die Wand, und da blieb es.

Nachmittags, wenn gemahlen wurde, rief die Tante sie, die Cousine und vor allem Rina, die von den Vighis herunterkommen musste.

Wenn die Deutschen dieses Geräusch hören, kommen sie ins Haus, erklärte sie. Singt jetzt, ich mahle.

Sie stellten sich um den Tisch, die Fenster fest geschlossen. Manchmal kam Mariuccia dazu, Luisa aber nicht, sie kam selten in die Wohnung. Die Tante konnte sie nicht leiden.

Ihre Brüder am Fenster
Mamma mia lass sie gehen.
Geh, geh nur, undankbare Tochter,
etwas wird geschehen.

Singt, singt. Giadina, streng dich an mit deinem Mäusestimmchen.

Das Zermalmen der Ähren machte ein surrendes Geräusch, und die Tante stand auf, um die Kurbel zu drehen.

Ein einziges Scharren von Blechen der Marke Tosi in ihrer Küche.

Als sie waren auf hoher See,
ging das Schiff unter.
Fischer, der du Fische fischst,
Fisch mir meine Tochter.

Singt, singt, wir haben erst die Hälfte.

Dies macht einen Lärm wie Gervaso, wenn er schnarcht.

Giadina mit ihrem kreischenden Stimmchen übersprang Worte, sie schien ein Huhn, dem man den Hals umdreht.

Mein Blut ist rot und fein,
die Fische des Meeres werden es trinken.
Mein Fleisch ist weiß und rein,
der Walfisch wird es fressen.

Singt, singt sonst gibt's heute Abend nichts zu essen, weder für vier noch für zwei.

Sie überprüften, dass alle Fenster geschlossen waren. Auf dem Balkon im ersten Stock vergewisserte sich Mariuccias Mutter, dass das Geräusch nicht nach außen drang und dass man aus dem Hof nur ein paar Frauen hörte, die ihre Scherze machten. Auch sie pfiff von draußen und warf einen Blick auf das große Holztor.

Der Rat meiner Mama
war ganz und gar wahr.
Während unter meinen Brüdern
der ist, der mich betrogen hat.

Giadina sang, *Mamma mia lass sie gehen*, nach Afrika will ich fahren, da Amerika ihr letztendlich gleichgültig war. Dort war die Mama nicht. Auch wenn die Sterne auf der Fahne hübsch waren.

Dieses Brot mit der Spreu drin und der ganzen fröhlichen Gesellschaft ärgerte sogar die Zunge.

Giadinas Zunge war immer geschwollen und voller Blasen, in der Schule hatte sie Mühe zu sprechen, und sie hustete so stark, dass sie manchmal auf die Toilette gehen musste, um Wasser zu trinken und sich zu stärken.

Dennoch hatten sie etwas zum Essen, nicht nur warmes Wasser mit ein paar Kartoffeln oder Reis zu Mittag. Seit der Säugling auf der Welt war, war er nur mit Milch und Kartoffeln großgezogen worden, weil er Salami noch nicht vertrug. Er war fetter als sie alle zusammen, dachte Giadina.

Sie versteckte ihr Stückchen Brot, voller Spreu und fast schwarz, in einem Strumpf unter dem Kopfkissen, denn wenn die Tante gesehen hätte, dass sie etwas aufhob, hätte sie es ihr weggenommen und ihrer Tochter gegeben.

Das unter Gesang gemachte Brot legte man nicht beiseite, um es zu betrachten.

Ab und zu suchte Giadina bei Luisas Eltern Zuflucht. Die ließen ihr, vor der Schule, ein ganzes Brötchen für sie allein in dem alten Schränkchen mit den Putzlumpen am Ende des Flurs. Manchmal stellte Luisas Mutter ihr sogar Rührei mit Tomaten beiseite und sie aß es in deren Küche am Boden sitzend. Die Tante sollte sie durchs Fenster nicht sehen. Wenn sie sie rief, während sie aß, lief sie zum Spülbecken, spuckte alles hinein und spülte sich den Mund aus. Wenn die Tante auch nur den Geruch bemerkte, würde es Ärger geben.

Gehst du bei anderen Leuten betteln?

Geben wir dir nicht genug zu essen?

Sie sagte, sie sei missraten, bekäme nie genug.

Man geht nicht zu Luisa und spielt die Arme.

Aber Giadina ging trotzdem wieder hin, und das eine oder andere Ei gelangte in ihren Magen, und sie war zufrieden.

Deshalb hielten Luisas Eltern sich auf den Feldern von ihnen fern. Die Hand fest um ihren Arm gelegt, trieb die Tante sie an, schneller zu gehen.

Im Keller schießen sie uns in den Kopf, auf den Höfen schießen sie uns in den Kopf, auf der Autobahn schießen sie uns in den Kopf.

Da blieb nichts anderes übrig, als still auf den Feldern auszuharren, bis der Alarm vorüber war.

Eingeschlummert, zusammengepfercht im Dunkel sitzend, die Knie an der Brust, manchmal ein leises Liedchen.

Die meiste Zeit waren sie still, so konnten sie die Sirene gut hören, und wenn sie aufhörte, konnten sie nach Hause zurückkehren. Der Säugling aber weinte, sie hatten keine Milch mitgenommen.

Bei jedem Einschlag mit beiden Händen die Ohren zuhalten.

Auf die Felder warfen sie keine Bomben. Nur aus Versehen. Und so beteten sie, dass denen mit den Sternen und Streifen kein Versehen unterlief.

Andere kleine Menschengruppen kamen vorbei, eine Laterne in der Hand, um sich Licht zu machen. Alle still, im Dunkeln erkannten sie einander nicht, und die Gesichter waren nur helle Flecken. Einschläge und Blitze, genau wie bei einem Gewitter.

Bleibt sitzen und zählt durch, sagte die Tante.

Jedes Mal tastete sie nach den Köpfen, um sicher zu sein, dass die Mädchen alle da waren. Der Kopf ihrer Tochter zuerst, Giadinas Kopf zuletzt.

Oh, da ist auch Giadina, dass wir sie ja nicht verlieren, krächzte sie.

Aber bis sie den ausgewählten Punkt weitab von der Straße erreichten, ließ sie den Unterarm nicht los, weil Giadina langsam war und immer zurückblieb.

Es sind nur vier Kilometer, faule Trine. Stampf gut auf mit den Füßen, dass ich dich höre. Und du auch, Rina, stampf gut auf, denn wenn ich euch verliere, bereitet eure Mutter mir ein Ende wie das von Barbarossa.

Den Mond sah man nie, der Rauch der Tosi-, Cantoni- und Bernocchi-Werke verdeckte ihn, und die Nacht erhob sich mit grauen Tüchern. Ein Schmuckkasten voller Asche über dem Leuchten der Einschläge.

Wie kleine Vulkane, sagte der Onkel; sie schienen aus der Erde auszubrechen, dagegen regneten sie vom Himmel.

Nachts sieht man die Flugzeuge wenigstens nicht, dachte Giadina.

Stumm und beinahe durchsichtig flogen sie über Legnano hinweg, aber wahrscheinlich suchten sie Mailand. Das jedenfalls sagten alle.

Eines Abends kamen sie nach beendetem Alarm von den Feldern nach Haus, und als sie wie üblich durch das große Holztor gingen, fing die Tante an zu rennen.

Die Fenster, die Fenster, die Fenster.

Im Erdgeschoss, im gemeinsamen Türkenklo, im Esszimmer,

bis hinauf zur Wohnung der Vighi, zu ihren Schlafzimmern, auf der Seite von Luisas Eltern; Überall waren die Fenster geborsten.

Alle eilten atemlos herbei, alle schrien, alle weinten. Vielleicht waren die Deutschen ins Haus eingedrungen, hatten alles zerstört. Und die Tante sagte, sie habe das Parteibuch, man würde sie erkennen, sie hatte auch die Uniform, im Schrank hing die Uniform, die konnte sie vorweisen. Bei Alarm konnte man nicht in die Häuser. Sie schickten die Kinder in die Schule, und äußerstenfalls hatten sie in den Tosi-Werken ein paar Metallteile stibitzt und ein paar liegen gebliebene Ähren. Sie mussten schließlich essen, und Vercelli war weit weg, für ein knappes Kilo Reis konnte man diese fünfzig Kilometer nicht zurücklegen.

Die Milch war aus, wenigstens die verdammte Spreu … für diese Handvoll Spreu würde man doch nicht plündern.

Aber die Deutschen hatten nichts damit zu tun, und in den Häusern fehlte nichts.

Man nannte es Druckwelle, und Luisa erklärte Giadina, dass eins dieser Dinger, wenn es herunterfällt, auch weit weg, die ganze Luft verdrängt, sie vor sich hertreibt. Eine Art Mauer aus nichts, die sich erhebt und auf die Häuser prallt.

All der Staub und der Wind waren bis zu ihnen gelangt, waren durch das Eingangstor gesaust, hatten sich zwischen die Mauern gedrängt und alle Fenster bersten lassen. Keiner wusste, was diese Luft suchte.

Giadina, die Cousine und die Großmutter kontrollierten ihr Zimmer.

Und als die Großmutter ihre scheußlichen Hände auf das Bett legen wollte, hielt Giadina sie zurück.

Finger weg, auf dem Bett ist Glas, sagte sie zu ihr.

Und das stimmte, aber man sah es nicht. Das Glas der Fensterscheiben hatte sich in die Bettlaken gebohrt und der Luftwirbel hatte sie zusammengedreht. Zu einer dicken, prall gefüllten und festen Rolle gewickelt.

Die Bettlaken konnte man wegschmeißen, in den Glassplittern konnte man nicht schlafen.

Da legten Giadina und die Großmutter sich auf die Matratze, nachdem die Cousine geholfen hatte, alles Übrige einschließlich der Kissen auf den Boden zu werfen. Unbedeckt und ohne Fensterscheiben lagen sie da, aber mittlerweile waren sie es gewohnt, auf den Feldern im Stehen zu schlafen, und immerhin war drunter etwas Weiches geblieben, das selbst *Hans und die Bohnenranke* gut schützte.

***

Es war ein Tag im April, als der Himmel schwarz wurde. Giadina sah nach oben, und die Haie mit der Löwenstimme flogen so dicht wie ein Schwarm Fliegen, einer am anderen mit aufgerissenem Maul, man sah die Sonne nicht mehr. Eine einzige röhrende, metallene Fläche, unbeeindruckt von Wolken und Wind. Und die Leute, wirklich alle, hatten verstanden, was vorging. Alle außer ihr.

Sie schickten sich an wegzulaufen und die Tante mit ihnen.

Sie sagte, Giadina, wir müssen uns sputen, unsere Augenblicke sind gezählt, zieh die Schuhe an, sie haben den Himmel verdeckt. Wenn der Himmel so dicht ist, heißt das, dass wir tot sind, weil selbst Gott im Himmel uns nicht mehr sieht.

Da hatte Giadina sich beeilt, sie hatte nur *Hans und die Bohnenranke* mitgenommen, fest an die Brust gedrückt, und war die Treppen hinuntergelaufen, die Stufen gut im Blick, um nicht zu stolpern. Wenn sie hinfiel, würde die Tante sie bestimmt zurücklassen, aber sie musste fliehen, dann würde die Mama kommen und sie holen. Sie wollte diese dicht gedrängten Flugzeuge nicht über ihrem Kopf, sie musste zum großen A.

Sie haben sich zusammengezogen, schrien die Leute. Jetzt bringen sie uns um.

Aber warum? Hatten sie sich bis zu diesem Tag nur geirrt, fragte Mariuccia, und die Mutter antwortete ihr, die Deutschen hätten ihr Hauptquartier verlegt, wenige Kilometer von ihrem Haus entfernt hätten sie sich eingerichtet, weil sie in Mailand nicht mehr bleiben konnten. Und Giadina verstand nicht, was diese blonden Kerle wollten, die nur untereinander redeten, immer mit diesen ausgestreckten Fingern, um einem zu zeigen, wohin man gehen sollte.

Sie mochte keine Wachleute.

Sie mochte sie nicht seit der Geschichte mit den tausend Lire.

Als Dell'Acqua noch am Leben war, eingesperrt in seinem stinkigen Zimmerchen im Erdgeschoss des Hofs, ohne dass man wusste, wie einer der Industriellensöhne der Stadt dort hatte landen können, war Giadina die Einzige, die sich ihm näherte und für ein Dutzend Centesimi Toscano-Zigarren kaufen ging und Flaschen ganz schwarzen Rotweins, schwer und tödlich auch der.

Eines Tages hatte der Säufer sie an sein Bett gerufen.

Hast du jemals tausend Lire gesehen?, hatte er sie gefragt.

Und natürlich hatte Giadina den Kopf geschüttelt, denn nicht einmal aus Versehen waren ihr welche in die Hände gekommen.

Er hatte einen Schein so groß wie ihr Bohnenrankenbuch hervorgezogen und ihr gezeigt.

Das sind tausend Lire, mit tausend Lire kannst du dir den ganzen Hof kaufen, wenn du willst.

Der Säufer sagte ihr, dass ein Mann aus Siena den Schein gestaltet habe, aber ihr kam er bloß wie ein sehr großes Blatt vor, und in Siena war sie nie gewesen, sie war höchstens bis Riccione gekommen, mit den Piccole Italiane, alle in ihren gleichen, gestreiften Badeanzügen.

Die tausend Lire hatte sie schnell vergessen, bis sie eines Tages verschwunden waren und Dell'Acqua den Wachleuten sagte, dass Giadina die Einzige gewesen sei, die sie gesehen habe.

Die Tante hatte sie in die Kaserne gebracht, dort großes Tränenvergießen, Giadina habe sie nicht genommen.

Eine Tortur, tausend Fragen, die Ohrfeigen der Tante, wie ihre Familie jetzt dastehe, und wenn die Mama zurückkam, würde sie sie keines Blickes würdigen.

Da war Giadina noch klein und den Krieg kannte sie noch nicht, daher erschien es ihr wie der schlimmste Tag ihres Lebens.

Dann hatte Dell'Acqua die tausend Lire hinter dem Bett wiedergefunden, nicht einmal entschuldigt hatte er sich, aber er hatte den Wachleuten gesagt, dass sie es nicht gewesen war.

Niemand entschuldigte sich, sie war ja noch ein Kind und verstand das überhaupt nicht. Doch seit jenem Tag wandte sie sich ab, wenn er sie auf seiner stinkenden Pritsche ausgestreckt rief, um sie um Zigarren oder diese schwarze Brühe zu bitten.

Deshalb mochte sie Wachleute nicht, weder die italienischen noch die deutschen und auch die mit den Sternen nicht.

Aber an dem Apriltag ohne Sonne, unter einem Himmel wie nachts auf den Feldern, verstand Giadina nicht, ob die italienischen Jungs, die so alt waren, wie Tonino gewesen wäre, die durch die Stadt liefen und Legnano ist befreit riefen, Wachleute waren. Sie wusste es nicht und hätte nie danach gefragt: Es gab anderes, woran man denken musste, und keiner hörte ihr zu. Doch als diese Jungs Feuerwerk zündeten wie beim Palio oder auf dem Jahrmarkt, wies die Tante sie an, schleunigst nach Hause zu gehen.

Und in kurzer Zeit war der Himmel wieder klar.

Sie flohen nicht mehr, jetzt konnte Gott sie wieder sehen, und all diese Jungs, die uneinheitlich gekleidet waren, aber stets mit Gewehr wie die Wachleute, hatten den Himmel mit Raketen gesäubert, die stanken und explodierten, aber wenigstens weit weg von der Erde.

Binnen kurzer Zeit wurden alle Blondschöpfe in der Stadt gefangen genommen, und sie verbarrikadierten sich im Haus, während die draußen sich balgten wie Wölfe und Hunde. Die jungen italienischen Befreier verteilten Flaschen an die Leute und sagten, man solle sie anzünden und werfen, wenn man einen Blondschopf auf der Straße sah.

Giadina rührte keine dieser Flaschen an, die waren wie die von Dell'Acqua, nur größer und schwerer.

Die Tante stellte sie in einer Reihe vor dem Fenster auf.

Rein gar nichts werden wir werfen für diese Verräter, sagte sie und betrachtete die Flaschenbatterie voller Hass.

Zum Glück sah man keinen Deutschen auf freiem Fuß, sie

kamen nur gefesselt am Haus vorbei, alle in einer Reihe aneinandergekettet, die uneinheitlich gekleideten italienischen Burschen zogen sie, als wären es Schafe in den Bergen.

Da trat die Tante ans Fenster. Lasst sie laufen, das sind Christenmenschen wie ihr, lasst sie laufen, sie haben euch nichts getan, die Ärmsten, die Ärmsten, schrie sie. Und die Cousine zog sie am Rock, damit sie still wäre.

Halt den Mund, dreckige Faschistin, hatte ein Bursche mit staubigem Gesicht erwidert.

Und die Tochter hatte weiter an ihr gezogen, bis sie zu Boden fiel, bevor noch jemand auf die Idee kam, sie auf andere Weise zum Schweigen zu bringen.

Giadina trat ans Fenster und schaute hinaus. Sie waren die drei mit den Flaschen vor dem Fenster, während man in der Stadt von der Befreiung Legnanos sang.

Endlich sah Giadina diese Amerikaner. Sie drangen nicht mit Flugzeugen durch die Fenster, sondern kamen zu Fuß daher. Sie gestikulierten wie verrückt, schlimmer als die Deutschen, und man verstand nichts, aber es schien, als wäre das allen egal. Jeder von ihnen hatte ein großes Brot bei sich, riesig und sehr weiß, eine Packung gelber Butter und zehn Tafeln Schokolade.

Als sie in den Hof kamen, stürzten alle herbei und ließen sich etwas geben. Die Tante sagte, sie sollten sich zurückhalten, sie würde sich kümmern, und die Kinder sollten nicht mit den Soldaten sprechen.

Giadina bekam immer sehr wenig ab, nur das sehr weiße Brot mit ein bisschen Butter.

Unter diesen Keksfressern mit den Streifen auf der Fahne war einer, der größer war als die anderen. Er hieß John, ein merkwürdiger Name, von dem Giadina nicht einmal wusste, wie man ihn schrieb. Eines Tages machte John ihr Zeichen, während die Tante ins Haus zurückging. Mit seinen großen, kräftigen Händen formte er eine Ecke und gab ihr zu verstehen, dass sie sich dort sehen sollten, an der Ecke außerhalb des Gehöfts.

John war groß und roch gut, und wenn er eine Frau sah, nahm er immer die Mütze ab.

Von dem Tag an erwartete er sie immer an der Ecke und gab ihr eine Tafel Schokolade, ganz für sie allein.

Er musste bemerkt haben, dass sie in dem Durcheinander im Hof fast nichts bekam, mit der Tante, die sie zurückstieß, und der Großmutter, die blind herumtappte. Also hielt er jedes Mal eine Tafel zurück, gab sie dann Giadina und zeigte ihr, wie sie es machen sollte. Sie musste sie unter ihre Jacke stecken, unter die Achsel, und mitnehmen. Durch Gesten machte er ihr begreiflich, sie solle hinters Haus gehen und sie dort essen. Er steckte die Finger in den Mund, tat so, als würde er hineinbeißen, und zeigte auf die vom Hof am entferntesten gelegene Gasse.

Iss sie dort, die ganze Tafel Schokolade, sie ist nur für dich.

John sprach nicht oder wenn er sprach, redete er wer weiß was, aber auf seine Weise war das der Rat, den er ihr gab.

Giadina bedankte sich und steckte die Schokolade unter die Achsel, dann zeigte John ihr kleine Fotografien, durch die vielen Blicke darauf ganz zerknittert und verblasst, mit einer Frau und zwei Kindern darauf. Mit dem dicken Finger zeigte er auf ein Mädchen wie sie, die nun dreizehn Jahre alt war, aber aussah wie zehn. Vielleicht war das Mädchen ja wirklich zehn und keine kleine, magere Dreizehnjährige, aber John kümmerte das nicht. Er wies auf die Schokolade, dann auf Giadina, dann auf das Foto, und so war alles erklärt.

Er murmelte doter und Giadina verstand nicht, lächelte aber, um dann diese ganze Tafel amerikanische Schokolade zu verdrücken.

Am Tag der Befreiung zogen die unterschiedlich gekleideten jungen Italiener und die neuen Blondschöpfe mit den Sternen und Streifen in die Kaserne der Deutschen ein, das erzählte Luisa, wo die waren, die das Kommando hatten und die Wachdienste einteilten. Sie ließen die Türen offen, und die Leute gingen hinein. Der ganze Hof ging das anschauen, nur Giadina war gezwungen, zu Hause zu bleiben. Sie holten zu essen, um alle Familien satt zu kriegen, aber vor allem holten sie Fallschirmseide und die Wolle der Militärdecken. Von dem Tag an war Legnano voller Seidenblusen für die Damen und voller Wollmäntel für die Herren.

Die Tante ließ einen für den Onkel machen, und zu Hause färbte sie ihn in kochendem Wasser ochsenblutrot.

Giadina kam er hässlich und borstig vor, nicht wie der schöne grüne von John, aber das erzählte sie niemandem, denn es war besser, die Tante wusste nichts von ihrem Freund.

Der unerschrockene John zwinkerte ihr jeden Tag zu und redete immer von diesem doter, von dem man nicht wusste, was es bedeuten sollte, aber sicher sollte es heißen, dass der Krieg zu Ende war.

II.

Habe eine Nähmaschine gekauft. Stopp. Mit dem Geld vom letzten Monat. Stopp.

Eine *Signora*. Meine Schwester hält sich für eine *Signora*. Mit diesem männlichen Spitznamen, den man ihr zwangsläufig gegeben hat, als man sie mit Holzklötzen und Steinen im Staub spielen sah. Jetzt hat sie den Teufel im Leib. Du hättest unsere Mutter sehen sollen, die gute Seele, sie verzweifelte. Und die Ohrfeigen von meinem Vater, die es setzte. Umschwärmt von Männern. Wie Bienen um den Honig, sagte mein Vater. Dann hat sie diesen Pietro geheiratet, den sie erst wenige Monate zuvor kennengelernt hatte, keine Absprache unter den Familien, man wusste nicht einmal, woher diese Valente kamen. Dann fand man heraus, dass sie aus Catania stammten, nicht zu fassen. Es gibt so viele schöne Mailänder, und sie findet einen solchen Typen. Aber ein Engel, das muss man ihm lassen, denn für meine Schwester braucht man eine Engelsgeduld. Kennst du die Geschichte mit dem Geschäft? Nun, dieser Pietro hatte ein kleines familiengeführtes Geschäft im Zentrum von Mailand, gleich beim Dom, und du weißt, was das wert ist, wie viele Kunden du da haben kannst. Es war klein, ein Kabuff, man hatte gerade eben zu dritt darin Platz: sie beide und der, der kaufen wollte. Er machte Schühchen für Neugeborene, aus Nappaleder, jedes nähte er von Hand, eins nach dem anderen. Pietro verstand sein Handwerk, das echte, nicht wie wir, die wir an Maschinen sitzen, er machte alles allein. Und meine Schwester schaute auf die Finanzen, denn schon als kleines Mädchen hatte sie das lernen wollen. Sie sagt, die Buchhaltung musst du selbst machen, auf andere ist kein Verlass. Immer umstürzlerisch, sie will eine große Signora sein, meine Schwester. Revolutionärin. Zunächst führte sie die Geschäfte von Pietro, die Schühchen, die Anzahlungen, kurz all das. Soll ich dir etwas sagen, Pina? Der ging's gut, meiner Schwester, richtig gut ging's der mit dieser Arbeit, jeden Tag hatte sie zu tun, die Rechnungen gingen immer auf. Pietro hatte in Mailand eine Mietwohnung genommen. Mir sollten sie mal eine geben, eine Wohnung in Mailand … Irgendwann dreht sie durch und lässt alles stehen und liegen, die Kinder, die zu dritt keine sechs Jahre alt waren. Der kleine Duccio kommt nach Cantù, die kleine Rina zu den Vighis und dieses nackte Küken zu mir. Natürlich kam das schlimmste von den dreien zu mir, kein Bündel Reisig kann man ihr aufladen, und sie nimmt nur Platz weg. Nicht mal verheiraten kann man die, klein und schmächtig, wie sie ist, ein dürres Zweiglein, das bis dreißig keiner will. Sie wird spät heiraten, du wirst sehen. Meine Schwester hat sich seit Anfang des Krieges nicht mehr blicken lassen, nur ein paar Telegramme hat sie geschickt, ein Militärflugzeug hat manchmal ein paar Lire aus Afrika gebracht.

Sie hat viele Freunde dort, und Pietro wurde verlassen. Sie haben sich getrennt, sie sagt, das kann man so machen. Sie hat ihm den Laufpass gegeben. Diese Trulla von meiner Schwester hat gesagt, er wär eifersüchtig, würde sie verfolgen und ihr die Luft abschneiden, er hatte so bestimmte Ticks mit Insekten. Alles heiße Luft und Schaumschlägerei. Immer grell bunt angezogen, mit diesen hochtoupierten Haaren. Verliebt in französische Zigaretten, was erzähl ich dir das, immer auf der Suche nach dem gelobten Land, Amerika und Afrika. Der arme Pietro wollte sie im Geschäft behalten, sie sollte aufzeichnen, wie viel Schühchen verkauft wurden, der Ärmste. Wie naiv. Dann ist sie ins Autogeschäft eingestiegen, sie vermietete sie; die Kinder waren aufgeteilt, sie kam vorbei, wann sie wollte, mit diesen modischen Hüten voller Klunker und Federn, sie brachte Kekse mit, war das Idol des Viertels. Und wir, die wir sogar die Krusten von unseren Wunden knabberten, während sie an den Küsten Afrikas einem Armenier nachlief.

Sie hat eine Bar eröffnet, hat einen Lastwagen gekauft, um ihn für den Postdienst zu vermieten, eine Frau, die die Hosen anhat, mit dem Laster und der Bar. Hast du verstanden, wer hier der Gelackmeierte ist, hä? Du und ich, wir bleiben schön brav bei unseren Ehemännern und ziehen dann auch noch die Kinder von anderen groß …

Die Tante hatte Triefaugen, eine Hakennase, dicke Wangenknochen, trockene, aufgesprungene Lippen, eine feuchte Stirn.

Ihre Schultern waren breit und oft nahm sie die Polster aus den Jacken heraus oder ließ sie erst gar nicht einnähen, sonst wirkte sie wie ein General. Sie mochte keine Gürtel in der Taille, und auch wenn das Nylon rationiert war, weigerte sie sich, Hosen anzuziehen; und ehe sie sich mit einem Kohlstückchen eine Naht auf die Waden malte wie Mariuccia, lief sie lieber mit zerrissenen alten Strümpfen oder nackten Beinen herum. Immer voller Frostbeulen, aber im Grunde hatten die von November bis März alle. Während des Krieges landete das Nylon an der Front, auch die Baumwolle landete an der Front, also blieb nur Wolle in allen Varianten.

Aus diesem Pullover machen wir uns zwei Schals, Handschuhe und zwei Mützen, sagte die Tante und warf die Kleider des Onkels auf das Ehebett.

Alles konnte man verwenden, der Tochter war kalt und die Großmutter hatte sogar erfrorene Ellbogen, und über dieser Geschichte mit den Strümpfen verlor sie noch den Verstand. Ob Wolle oder Baumwolle, das machte kaum einen Unterschied, immer dunkelgrün, mausgrau, beige oder ziegelrot. Weiße Blusen und die Haare hochgesteckt, da sie sich den Friseur nicht leisten konnten, von wegen ondulierte blonde Haarpracht der Amerikanerinnen, man begnügte sich mit diesen dürftigen Knoten und fünf rostigen Haarnadeln.

Da war die Mama schon etwas anderes.

Schuhe aus schwarz-weißem Fohlenleder, himmelblauer Mantel, der Hut schief sitzend, mit dieser einen Locke, die sich aus der Frisur gestohlen hatte, die Haarnadeln mit Steinchen verziert, ein zehn Zentimeter langer Schlitz hinten im Rock, Lippenstift in der Farbe reifer Tomaten, hauchdünne Strümpfe, nie mit Laufmaschen, hölzerne Absätze, die mehr Lärm machten als andere, gemusterte Blusen, gepunktet und voller Schleifen.

Die Mama in ihrem *Lancia Ardea* herfahren zu sehen war wie ins Kino zu gehen. Sie hatte in der Tat drei Autos: den schwarzen *Scarafaggio* für Hochzeiten, den *Boschetto* für lange Reisen und den *Topolino* für jeden Tag, so nannte sie sie.

Vor dem Krieg kam sie sie oft besuchen, sie hupte schon von Weitem und sie und Rina liefen aus dem Hof. Die Mama stieg aus, eine Duftwolke, sehr schmale Taille, die Haare nie in Unordnung.

Giada, Rina, beeilt euch, wir fahren nach Saronno Kekse holen. Vier Tüten, prallvoll. Wir bringen auch Giuseppina und Luisa welche mit. Los, beeilt euch, in der Sonne kommt man in diesem *Scarafaggio* um vor Hitze.

Das ließen sie sich nicht zweimal sagen. Vor allem Giadina rannte und fiel fast hin, sie warf sich im Auto auf die Rückbank, wo, wenn die Mama es für Hochzeiten vermietete, die beiden Brautjungfern saßen. Und für sie war es wie heiraten, ans Meer fahren, nach Paris reisen, die Alpen überqueren, in Capri von den *Faraglioni* springen.

Die Kilometer bis zur Lazzaroni-Fabrik beim Bahnhof in Saronno zu fahren, das war ähnlich wie *Hans und die Bohnenranke* zum hundertsten Mal zu lesen und am oberen Ende der Pflanze anzukommen.

Du könntest wenigstens zweimal in der Woche kommen, warf die Tante ihr vor, die Hände in die Hüften gestemmt und die Augen noch weiter zugekniffen als sonst, gleich am Eingangstor, als wollte sie Ausschau halten.

Ich komme, wenn ich kann, mir wird ja auch nichts geschenkt. Wenn du sie aus purer Herzensgüte bei dir behalten willst, komme ich auch jeden Tag. So spare ich mir die sechstausend Lire im Monat.

Die Mama sprach mit lauter Stimme, sodass man sie für eine aus dem Süden halten konnte, auch wenn sie das nicht war.

Woher kommst du? Bist du aus der *Ciociaria*? Das ganze Viertel hört dich, bis hinunter zum Lebensmittelgeschäft. Schön stehen wir da.

Die Tante schimpfte mit zusammengebissenen Zähnen, sie sagte, die Schwester streune gern herum und mache absurde Arbeiten wie die Amerikaner. Komm in die Catoni-Werke wie alle Christen-Frauen aus guter Familie, wiederholte sie jedes Mal, frag Pietro, ob er dich wieder nimmt, auch wenn er aus Catania ist, nicht so schlimm, da drücken wir ein Auge zu, die Nappa-Schühchen waren so hübsch und das Geschäft im Zentrum von Mailand, überhaupt Mailand, verdammt nochmal.

Das Auto fuhr los und ließ nur Staub zurück, der einen zum Husten brachte.

Für eine *Signora* hält sie sich. Eine *Signora* …

***

Der Krieg war zu Ende, aber Giadina hatte noch immer Blasen um die Nase und an den Seiten des Mundes. Sie wachte nachts auf, und wenn der Gewitterdonner grollte, rannte sie hastig in den Keller.

Sie schießen auf uns, sie schießen auf uns. Und die Tante hinter ihr her, um sie nach zwei saftigen Ohrfeigen wieder ins Bett zu stecken. Sie ekelte sich vor den Kartoffeln, die kiloweise auf dem Dachboden gehortet wurden, anstatt sie zu braten, im Feuer geröstet oder in der Suppe zu essen; nach den Schlägen wieder vorlaut, stahl sie dem Huhn von Tonetto, dem einzigen überlebenden, die Eier und kochte sie sich, wenn die Tante an die Olona Wäsche waschen ging. Alle in der Stadt hatten sich für die schöne Jahreszeit seidene Blusen und Kleider machen lassen, vor allem die jungen Mädchen. Für sie dagegen nicht einmal ein Unterhemd. Die weiche Fallschirmseide und die grobe und kratzige Wolle der Decken erinnerten sie an den Krieg, es war, als trüge man ihn immer auf der Haut. Dunkelgrau, tarngrün, regenwolkengrau, beige, ausgebleichtes ziegelorange, cremeweiß und schwarz für alle Gefallenen, von denen man nicht einmal wusste, wo man sie begraben sollte. So landeten sie alle zusammen auf einem Haufen, und es gab jede Menge schwarze Kleider, die durch Legnano irrten und einen Ort zum Weinen suchten.

Jeden Nachmittag schaute sie aus dem Fenster über den Hof hinaus und wartete auf das Hupen aus der Ferne, französisches Parfüm, bunte Kleider und Tüten voller Kekse.

Der Krieg war vorbei, also musste die Mama zwangsläufig wiederkommen.

Sie wird Muscheln mitbringen, Seesterne, Amaretti, Fläschchen mit Salzwasser darin. Giadina war da sicher und wiederholte es sich jeden Abend vor dem Schlafengehen.

Die Mama kommt wieder, die Mama kommt wieder.

Aber sie konnte nie fragen, wann, denn dann setzte es erneut Ohrfeigen.

Keiner hatte Zeit, sich damit aufzuhalten, herauszufinden, wo ihre Mutter war. Die jungen Mädchen verlobten sich mit Amerikanern, die alten Frauen kauften sich wieder Nylonstrümpfe. Alle waren beschäftigt.

Im Viertel zählte man die Schäden an den Häusern, an den Straßen, an den Statuen, an der Kanalisation, die Fabriken kehrten zur Produktion von nicht ausschließlich kriegswichtigen Gütern zurück.

Langsam war Frühling geworden.

Lauf, Giadina, draußen vor dem Hof wartet eine schöne Überraschung.

So hatte ihr eines Tages Luisa vom Balkon gegenüber aus zugerufen.

Sie war losgerannt, schneller, als wenn sie in den Keller lief, außer Atem, wirklich außer Atem, nicht einmal vor den Deutschen war sie so schnell weggelaufen.

Sie hat nicht gehupt, damit man nicht weiß, dass sie kommt, das ist typisch für die Mama, typisch für sie solche Scherze.

Dachte sie und lachte schon.

Fast hätte sie sich vor Lachen in die Hosen gemacht, als sie über den Hof lief.

Rina, die Mama, die Mama.

Sie rief die Schwester, die bei den Vighis zu Mittag aß und danach ihr Mittagsschläfchen halten würde.

Sie fährt mit uns nach Saronno, kaum von Bord gegangen muss sie erneut den *Lancia Ardea* gekauft haben. Sie benutzt kein Fahrrad, sie nimmt uns mit und kauft uns Tüten voll Amaretti, die zerbrochenen sind die besten, Rina.

Niemand hatte je so viele Worte aus Giadinas Mund gehört.

Es gab keine Flugzeuge mit Sternen mehr, man schlief nicht mehr im Sitzen auf den Feldern, in der Schule zitterten die Wände nicht mehr, John hatte Schokolade gebracht, beim nächsten Jahrmarkt würde die Ballerina tanzen, statt mit ihnen in den Keller zu fliehen, in einer Ecke zu knien und zu beten, dass niemand ihre Schühchen kaputt macht; und jetzt war auch die Mama wiedergekommen. Bestimmt.

Aber vor dem riesigen Holztor stand ein Mann: Jacke, Weste, Hemd und Krawatte aus Wolle, einen abgewetzten pechschwarzen Hut in der Hand, die Handschuhe aus braunem Nappaleder. Das Gesicht pausbäckig, aber nur von der Nase abwärts, birnenförmig, enge Stirn und volle Wangen. Alles dunkel: nach hinten gekämmte Haare, Knopfaugen, die Kleidung aus der üblichen Wolle, nicht einmal gefärbt. Zerknittert und plump.

Pietro Valente. Ihr Vater.

Pietro holte sie und Rina ab, und mit Erlaubnis der Tante und der Vighis nahm er sie mit auf Reisen.

Der Krieg ist vorbei, ihr müsst das Meer sehen, sagte er.

Giadina kannte diesen Mann nur aus den Erzählungen der Mutter und der Tante. Die Leute sagten, er spreche schlecht, dort unten sprächen alle schlecht. Sie können nicht einmal *Talienisch*, erzählte der Onkel eines Tages.

Verstehst du? *Talienisch*.

Als der Vater sie nach Mailand mitnahm, um dort mit ein paar Habseligkeiten im verschnürten Pappkoffer in den Zug zu steigen, setzte sich Rina zur Wehr, bevor sie einstieg.

Ich will nicht zu den Verbrechern, ich will nicht, das Meer will ich nicht sehen. Sie hatte angefangen zu weinen und gesagt, sie wolle zurück nach Hause. Sie wolle nicht wohin, wo man nicht ihre Sprache sprach, wo sich alle kaum wuschen und keiner Lust hatte zu arbeiten.

Sie stehlen mir den Koffer, kreischte sie, er gehört Signor Vighi, er hängt daran.

Der Vater nahm ihn ihr aus der Hand.

Sei nicht albern, was denn für Verbrecher und was für ein Diebstahl? Ich bringe euch zu meiner Familie ans Meer. Was sind denn das für Flausen? Alles die Schuld eurer Mutter, die euch bei diesen Leuten gelassen hat, die über alles die Nase rümpfen, auch über Blumenbeete. Hochnäsiges Pack, dem nicht einmal der Krieg den Sturschädel zurechtgerückt hat.

Giadina stieg in den Zug ein, der sehr lang war und in dem es gut roch. Den Geruch von Diesel hatte sie immer gemocht. Er erinnerte sie an die Autos der Mama.

Der Vater nahm Rina auf den Arm, entschuldigte sich bei den anderen Fahrgästen, die warteten, und brachte sie zu ihren drei Holzsitzen, konsequenterweise dritte Klasse.

Was für Albernheiten … Ein Mädchen, das bei den Wohlgerüchen aus den Fabriken hier das Meer nicht sehen will. Nicht einmal nach Cantù bin ich gefahren, um euch abholen zu können, euer Bruder wartet dort noch immer, der Ärmste, während ich euch die Fahrkarte zahle, um euch dann heulen zu sehen. In Mailand ist schlechte Luft, wenigstens da hatte eure Mutter recht …

Giadina setzte sich ans Fenster, sah hinaus und beobachtete die anderen Reisenden im Aufbruch, ihre Abschiede, die Kartons, die Koffer, diejenigen, die an den Fenstern standen, den ärgerlichen Bahnhofsvorsteher, die kaputte Uhr, die gerade jemand reparierte.

Rina nahm auf der anderen Seite Platz, mit verquollenen Augen und verschränkten Armen, sah den Vater schief an und wischte sich ständig die Hände am Taschentuch, obwohl der Stoff trocken war und es keine Möglichkeit gab, ihn nass zu machen.

Erhitzt wischte Pietro sich über die Stirn. Er brummte den Mädchen für sie unverständliche Worte in die Ohren. Er verstaute die Koffer und grüßte die anderen Fahrgäste höflich, und jedes Mal ließ seine Aussprache jemanden zusammenzucken. Vielleicht war das das Problem mit dem *Talienisch*.

Der Zug fuhr langsam, stockend, blieb oft stehen, wegen einer Schlammlawine, Schutt, einer Kontrolle, der Postablieferung. Vor den Fenstern wechselten die Stunden des Tages, aber die Landschaft blieb gleich: von Trümmern übersät. Ganze Dörfer, abgerutscht wegen der Bombardierungen, in Schutt und Asche gelegt, und sie, die langsam dahinglitten und sie durch die Scheiben betrachteten. Wie Würmer.

Giadina kam alles kaputt vor, zu lange geschmirgelt wie der Esstisch von Toninos Mutter, der vor lauter Hin und Zurück nur noch ganz dünn war.

Diese Häuserruinen, halb eingestürzt, Matratzen auf den Feldern, Decken auf den Bäumen wie diese Kinderhose, die Giadina einmal gesehen hatte, juckten mehr als die Blasen um den Mund. Alle waren müde: Pietro, auch ihr Vater genannt, der rothaarige Mann, der neben ihm saß und Zeitung las, Schnurrbart und Nase kräuselnd, der alte Mann, der seine Jacke ausbürstete, die dicke Frau mit den Strümpfen, die bei jeder Bewegung der Beine herunterrutschten, das Mädchen, das jünger war als sie und mit einem kleinen Holzelefanten spielte. Sie ließ ihn leise brüllen, ihn auf der Sitzlehne laufen. Auch er schien müde.

Alle gleichgültig gegenüber den nicht enden wollenden Stunden der Reise, verschanzt im Abteil, ohne einen Blick hinauszuwerfen, von innen sah man ohnedies nichts von diesen Schandmälern, und der Diesel überdeckte alle Gerüche.

Sie aßen etwas aus dem Korb, den die Vighis zusammengestellt hatten, die Tante hatte es nicht für nötig befunden.

Dein Vater ist da, soll er mal fürs Essen zahlen, war ihr Kommentar gewesen. Ich mache dir kein Brot.

Also hatte Giadina ein Stück weißes Brot gegessen, das amerikanische, das jetzt schiffsladungsweise ankam. An jeder Haltestelle stieg der Vater aus, um frische Luft zu schöpfen, er sprach mit niemandem und stieg wieder ein.

Wenn die Mama da gewesen wäre, hätte sie mit dem Elefanten des Mädchens gespielt, hätte ihm erzählt, wie groß die waren, die es im großen A gab. Enorm groß, hätte sie zu ihr gesagt, wie Berge, sie haben Ohren wie Segel und sie niesen unentwegt. Alle hätten gelacht und sie hätte erlaubt, dass sie nacheinander den tomatenroten Lippenstift auftrugen, und hätte sie auf die Toilette geschickt, um sich anzusehen. Dann hätte sie ihn mit einem rosa geblümten Taschentuch wieder abgewischt und sie hätten ihre fohlenledernen Schuhe anprobiert, wären darin auf dem Holzboden im Gang herumstolziert, ohne sich vom Schaffner erwischen zu lassen. Sie hätte erzählt, dass sie nur französische Zigaretten ohne Filter rauchte und nur Chanel No. 5 auf den Hals tupfte, da nur die Pariser sich auf frivole Dinge verstünden. Sie hätte Marmelade mitgebracht, weil das Brot so ohne etwas drauf zum Heulen war. Man braucht etwas mit Geschmack dazu.

Rina, Schluss mit deinem üblichen langen Gesicht, du wirst mir noch ein trauriges Mädchen, iss weißes Brot und Brombeermarmelade, lach, Rina, wie Giada.

Und vielleicht hätte auch Rina gelächelt, wie sie alle, weil die Farben der Mama sogar die Trümmer vergessen ließen.

Doch da war Pietro, ganz finster und mit seinem komischen Akzent. Er blieb stumm, bis die anderen Fahrgäste nach Stunden endlich an ihren Haltestellen ausstiegen und der alte Mann einschlief. Giadina schaute die ganze Zeit hinaus, während die Landschaft sich nächtlich verfärbte.

Mögt ihr Schmetterlinge, Mädchen?, fragte der Vater.

Lieber Glühwürmchen, im Sommer gibt es viele davon in den Gärten vom Hof, antwortete Giadina, während Rina schwieg.

Sie leuchten auf und verlöschen.

Ich sammle Schmetterlinge. Fangt ihr manchmal auf den Feldern auch welche?

Nein, nur die Ähren, die liegen bleiben, die Tante sagt, das darf man, wenn man Hunger hat. Vielleicht auch eine Grille, aber die zwicken.

Da begann der Vater über Schmetterlinge zu sprechen, denn unterdessen war es Schlafenszeit geworden und er hatte nicht viele Geschichten zu erzählen.

Der Große Schillerfalter ist 'ne Wucht, weiße Streifen und Flecken auf braunem Grund. Er fliegt im Juli und lässt sich gern auf Holz nieder. Das Tagpfauenauge ist frühmorgens unterwegs, fliegt auf Feldern und in Gärten und hat weiße, rote und blaue Flecken auf den Vorderflügeln. Der Mohrenfalter lebt im Gebirge und ist mit nem Haufen Schwarz. Seine Raupe frisst vor der Verpuppung vor allem Stiefmütterchen. Der Wegerich-Scheckenfalter hat seine Saison im Sommer, er zeigt ein Schachbrettmuster und schlägt sich den Bauch voll mit dreiblättrigem und vierblättrigem Klee, wenn er Glück hat. Der Kleine Waldportier ist in Wäldern unterwegs, er mag keine Blumen und ist auf Weizen aus wie wir. Der Geißklee-Bläuling ist klein, wunderschön anzusehen, mit schwarzen Rändern, 'ne Pracht, er lässt sich auf Steinen nieder, auf Kalkstein. Der Totenkopfschwärmer ist groß wie 'n Stein, er dringt in die Bienenstöcke ein und klaut den Bienen 'en Honig. Beim Birkenspinner sind die Vorderflügel zimtfarben, er geht auf Birken, Linden und Nussbäume, Erlen und Buchen. Kennt ihr diese Bäume? Das Weibchen vom Kleinen Frostspanner hat keine Flügel, während das Männchen sehr wohl fliegen kann …

Eure Mutter hat Schmetterlinge nie gemocht, vielleicht weil ihr diese Sache mit dem Weibchen des Kleinen Frostspanners, das keine Flügel hat, gegen den Strich ging.

Giadina wiederum waren sie bis zu diesem Zeitpunkt alle gleich vorgekommen, Raupen mit Flügeln und sonst nichts, sagte die Tante. Und wenn sie auf den Pflanzen welche sah, schüttete sie ein Gemisch aus Essig, Salz und Seife darauf.

Und was machst du dann mit all den Schmetterlingen, Pietro? Hast du sie bei dir zu Hause?

Sie stellte sich die Wohnung des Vaters vor, die Wände mit Schmetterlingen bedeckt statt mit Tapete, die in der Wohnung der Tante durch vom Dach her einsickerndes Wasser feucht geworden war. Durch die Bombeneinschläge waren die Dachziegel verrutscht.

Erst mal geh ich mit dem Netz auf die Jagd, die Gaze muss gut sein, sonst hält sie sie nicht, aber auch nicht zu fest, sonst gehen die Schuppen der Flügel kaputt, wenn die Falter sich winden, und dann tschüss Glasvitrine.

Danach geb ich sie in eine Flasche mit weitem Hals und verschließe die mit einem Korken mit Loch drin. Durch das Loch ziehe ich einen Baumwollfaden, der mit einer Flüssigkeit getränkt ist, die die Schmetterlinge müde macht. Wenn ich die Flasche verschließe, hört er auf, mit den Flügeln zu schlagen. Im Wald nehm ich manchmal einen Sirup aus Bier, Honig und Rum, aber im Krieg konnte man den nicht machen und, ehrlich gesagt, hab ich da wenig an Schmetterlinge gedacht. Wenn ich Rum in die Hände bekam, habe ich ihn nicht an sie verschwendet. Manchmal schüttle ich die Sträucher und lege einen offenen Regenschirm drunter, oder ich benutze getrocknetes Obst an einem Faden als Köder. Ich muss mir was einfallen lassen, damit sie sich hinsetzen, Schmetterlinge sind nämlich wählerisch, sie haben ihren ganz eigenen Geschmack. Dann spieße ich sie auf, dazu braucht man Zeit, man muss genau in die Mitte treffen und darf die Flügel nicht beschädigen. Zum Schluss mach ich ein Etikett an den Schmetterling und tu ihn in einen Glaskasten, sodass ich weiß, wie er heißt und wo ich ihn gefangen hab. Die Namen sind wichtig, an den Namen kann man viel ablesen.

Hängst du sie an die Wand?, fragte da Rina, die neugierig geworden war.

Ja, ja, an die Wand. Man legt eine Sammlung an wie mit Briefmarken. Sie müssen senkrecht stehen, mit ausgebreiteten Flügeln und der Nadel inner Mitte, erklärte er.

Aber Giadina kamen sie überhaupt nicht wie Briefmarken vor.

Sie dachte an Frauengestalten mit ausgebreiteten Flügeln und voller Nadeln in Glaskästen und schlief ein. Überzeugt, dass genau wegen dieser Geschichte mit dem Rum, den Nadeln, der Gaze und den Flecken die Mama Lust bekommen hatte, anderswo zu leben, im großen A.

Am Morgen kamen sie in Catania an, wo es heiß und sehr laut war. Giadina stieg aus und begriff, dass dies für sie der erste Ort voller nie gesehener Dinge war.

Nie gesehen wie die Pasticceria Savia mit ihren *Cassate*,

Mandelpasten, kleinen Schokoladeneiern, Marzipanfrüchten, den *Cannoli*, gefrorenem *Torrone*, Pistaziengebäck. Dann die größeren und kleineren Holzschachteln mit einer bunten Mischung von allem darin und außen bebildert. Der Herr, der sie bediente, hatte einen dicken Schnurrbart, dessen Spitzen bis zur Nase hochgezwirbelt waren, seine Schürze war voller Schokolade, die aussah wie Erde, und er hatte große und feuchte Hände, die die süßen Sachen anfassten, als wären es Fische oder Rinderviertel.

Gib mir eine Schachtel voll, aber eine kleine. Was wollt ihr, Mädchen?

Rina wollte nichts und Giadina konnte sich nicht entscheiden.

Zwei *Cannoli*, Giuseppe. Nein, gib mir außer der Schachtel drei, ich esse auch einen. Mach sie frisch, wir wollen den Teig knusprig. Der Zug hat über einen Tag gebraucht. Wir waren in einer Art Postzug, alle hundert Meter musste er anhalten. Drei *Cannoli* und die Lebensgeister kehren zurück.

Giadina beeindruckte der Staub in den bernsteinfarbenen Gläsern in der Wohnung der Tante väterlicherseits, wo die Vorhänge stets zugezogen waren und von einem Zimmer zum anderen nur geflüstert wurde. Bei Tisch begannen sie und Rina, mit den Stoffservietten diesen Ruß auf dem Grund der Gläser auszuwischen, von dem Rina annahm, er würde dem Magen schaden. Der Vater schimpfte sie und nahm sie mit hinaus auf den Balkon.

Was sind das für Manieren? Vor meiner Schwester fangt ihr an die Gläser auszuwischen, als ob sie schmutzig wär'n? Wie haben die euch denn erzogen, diese Bauern vom Dorf da oben, die sich für Mailänder halten, hä? Bei Tisch spricht man leise und macht nichts sauber.

Legnano ist eine Stadt, der Duce hat es zur Stadt gemacht. Es ist kein Dorf, erwiderte Rina.

Da hat er sie auf dem Balkon geohrfeigt.

Nehmt diesen Namen nicht mehr in den Mund, sagte er streng.

Das Meer in Ragusa war grün, frisch, grenzenlos. Der kratzige Salzgeruch, das Wasser, das einen trug, die bunteren Badeanzüge, die Damen mit mehr Fächern, die Bademützen mit mehr

Blumen, die enger beieinanderstehenden hölzernen Strandkabinen, die weißeren Nummern an den Türen.

Geht nicht zu weit weg, Giada, ich bleibe hier im Schatten. Es ist zu heiß heute, schwimmt hier in der Nähe und sprecht nicht mit Fremden.

Sie öffneten die Schachtel mit den Süßigkeiten, die in der Hitze auch schwitzten.

Sie und Rina warfen sich die Schokoladeneier zu und wetteiferten darum, wer sie nicht ins Wasser fallen ließ.

Vergeudet die Süßigkeiten nicht. Zucker ist nie umsonst, das Wasser dagegen wohl, brummte der Vater, von seinem Buch aufschauend.

Er schien ein guter Mann zu sein, der viele Dinge wusste. Sie stellte sich vor, wie er Honig, vermischt mit Rum und Bier, auf Baumstämme schmierte und auf die Schmetterlinge wartete. Vielleicht hatte die Tante recht: Er war ein geduldiger Mann.

Nach diesem Besuch in Catania sollte sie ihn nie mehr wiedersehen.

***

Nachdem sie die Schule beendet hatte, fing Giadina an zu arbeiten. Alle sagten, mit der dritten Klasse Mittelschule wäre sie reif fürs Gymnasium, das in der Familie noch niemand besucht hatte, aber die Tante war da anderer Ansicht.

In deinem Alter arbeitet man, da liegt man nicht auf der faulen Haut, auf Kosten der anderen.

Zwei Monate später wurde Giadinas Bewerbung bei der Firma De Angeli, einer weiteren Stofffabrik in der Nähe des Bahnhofs, angenommen.

Es war eine halbe Stunde zu Fuß dorthin, und wenn die Straßen voller Schneematsch waren und Giadina und Luisa bis zu den Knöcheln einsanken, holten sie sich heillose Erfrierungen an den Füßen. Manchmal machten sie sich einen Spaß daraus, den Schnee aufzuhäufen und mit den abgenutzten Sohlen festzutreten, um ihn rutschig zu machen, sollte da zufällig Angelica Monti vorbeikommen, die Tochter der Lehrerin Germana, die wirklich unsympathisch war und einen schönen Sturz, bei dem die Beine durch die Luft flogen, verdient hatte. Beim Betreten war alles ruhig, aber beim Verlassen der Fabrik wurden sie durchsucht, um zu kontrollieren, dass sie auch nichts mitgenommen hatten. Giadina dachte an die Mühle des Onkels. Indessen versteckten sie Fäden und Stoffe unter den Röcken, um sie mit nach Hause zu nehmen. Der Krieg war vorbei, die Armut aber noch nicht.

Giadina saß an derselben Maschine wie ihre Cousine, ihr gegenüber, um das Schiffchen von einer Seite zur anderen zu schicken.

Eine heikle Arbeit, so nannte die Vorarbeiterin es, man musste aufpassen und flink sein, die Augen stets wachsam und präzise.

Das war der Anfang der Kette vor dem Weberbaum, wo Luisa eingesetzt war, eine riesige Maschine, die die Garnspulen herstellte, bevor aus Kettfaden und Schuss eine einzige Sache wurde, die Arbeit musste also mit Sorgfalt gemacht werden. Und Giadina strengte sich an, ohne zu murren, rauf und runter ein Schiffchen nach dem nächsten, rauf und runter, den Mund halten, die Hände bereit, ihre Pflicht zu tun. Rauf und runter.

Auch die anderen Arbeiterinnen sprachen wenig und flüsterten nur, wenn die Vorarbeiterin wegschaute.

Alle konzentriert, mit Ausnahme ihrer Cousine.

Sie wurde oft gerügt: Anna, du schwatzt zu viel, du hast eine Spule verloren, die Maschine hat einen falschen Knoten gemacht, du hast das Pedal losgelassen.

Die Cousine schnaubte, dann schwatzte sie mit diesem blonden Mädchen, das neben ihr saß, stets lächelnd, die nur für sie Augen zu haben schien.

Anna war merkwürdig. Sie sprach wenig mit den Amerikanern, und wenn sie zum Hof kamen, sah sie sie schief an, sie trug über der Bluse eine Krawatte und tuschelte bis tief in die Nacht bei der Einfassungsmauer mit Mariuccia, und wenn Giadina zum Trinken in die Küche herunterkam, sah sie sie noch immer dort. Wange an Wange, sagte Luisa zum Spaß, aber es stimmte.

In der Fabrik erging sich Marisa, die Blonde, in Lob für Anna, war ganz Lächeln und Gefälligkeiten.

Oh, Anna, lass nur, das mach ich.

Oh, Anna, mach dir keine Mühe, ich kümmre mich darum.

Oh, Anna, du hast geschwollene Hände, steh einen Moment auf, mach ein paar Schritte.

Oh, Anna, sie lassen dich zu viel arbeiten.

Oh, Anna, ich bügle dir die Bluse, wenn deine Mutter nicht kann, sie hat so viel zu tun, die arme Frau.

So kam die Cousine mit den von dieser Marisa gebügelten Blusen nach Haus und zog sie nach dem Abendessen zum Ausgehen an. Die Tante sah das nicht oder tat so, als würde sie es nicht sehen, und keiner fragte sich in ihrer Gegenwart, warum die Blusen der Tochter nicht zerknittert waren.

Sie werden dicke Freundinnen sein, merkte Giadina an und zuckte mit den Achseln.

Doch in der Fabrik war Anna als Drückebergerin gebrandmarkt, die sich nicht einmal die Blusen selbst bügeln konnte.

Verwöhnt, weinerlich, mit Krawatte. Und immer musste sie Röcke tragen, weil die Tante Hosen verbot.

Wehe der, die glaubt, bei mir die Revoluzzerin zu spielen, eine davon in meinem Leben reicht mir vollauf, drohte sie, wenn Anna auf dem Markt alte Hosen entdeckte, die man von der Schneiderin ändern lassen konnte.

Das fehlte noch, dass wir Geld für Hosen aus dem Fenster schmeißen, lass sie liegen, die würden ja nicht mal deinem Vater passen; und die Tante riss sie ihr aus der Hand.

Da ging Anna zu dem Stand mit den Krawatten und wählte sie sorgfältig aus, der einzige Luxus, der erlaubt war, gestreift, mit Rhomben, Kreisen, ja sogar mit roten Kugeln. Marisa schienen sie gut zu gefallen, sie machte ihr immer Komplimente.

Was für ein schönes Muster und was für ein Stoff. Du hast wirklich Geschmack, Anna, das kann man nicht leugnen. Wenn ich doch auch so viel Geschmack hätte, dann könnte ich beim nächsten Mal mit dir auf den Markt gehen … Sonntags bringen sie die abgelegte Kleidung aus Mailand, nicht wahr?

Giadina sah, wie sie in der Fabrik gemeinsame Sache machten, aber ohne das allzu sehr zu beachten. Die Vorarbeiterin kam vorbei und klopfte ihr oft auf die Schulter. Du arbeitest gut, richtig gut, und sie lächelte ihr zu.

Das rührte sie, auch die Mama würde das erfahren. Sie war tapfer, sie war nicht bloß ein Angsthase, der bei den Einschlägen davonlief, oder eine Heulsuse, die bei der Polizei wegen eines erfundenen Diebstahls weinte. Sie ließ dieses Schiffchen nie aus den Augen, auch wenn ihr ab und zu die Schulbücher fehlten und ihr das Gymnasium gefallen hätte. Um der Mama zu zeigen, dass wenigstens sie dorthin gegangen war, dass sie eine bedeutende Arbeit verrichtete und all ihre Autos zurückkaufen könnte: den *Scarafaggio*, den *Boschetto* und den *Topolino*. Alle miteinander.

Die Fabrik vermittelte ihr immerhin Ruhe, die Stunden vergingen rasch, die anderen Arbeiterinnen nahmen viel Rücksicht auf die jüngeren. Einige schenkten ihr Stoffreste, die am Ende der Schicht übrig blieben und die die Wachposten vor der Fabrik nie konfiszierten. Eine von ihnen sagte, sie habe gesehen, wie Giadina vor der Post für alte Frauen Briefe schrieb und dafür nicht einmal einen Soldo Trinkgeld verlangte. Und sonntags ging sie in der Locanda von Gianni Luisas Vater abholen, wenn der Rausch nach dem Abendessen ihm Kopf und Beine schlappmachte. Sie ist wirklich ein braves Mädchen, kommentierten die Wachposten und ließen sie mit einem Lächeln durch.

Als Adi wiederkam, machte sie weder von der Hupe noch der Klingel Gebrauch. Giadina und die Tante trafen sie in der Küche sitzend an: übereinandergeschlagene Beine, die brennende französische Zigarette zwischen den Fingern der linken Hand, Aschenbecher auf dem Knie, sandfarbene Hosen, den Mantel und den Hut aus Pelz hatte sie nicht abgelegt, dicht und flauschig wirkte er fast lebendig, sodass man von dort oben quasi den Fuchs knurren hörte.

Wo ist mein Geld?, fragte sie.

Keine Umarmung und keine Tränen, kein Rennen, um in den *Ardea* zu schlüpfen, und kein Vorschlag, in Saronno bei Lazzaroni Gebäck zu kaufen.

Der Absatz des Schuhs schlug gegen das Bein des wackeligen Tisches, die Asche fiel auf den Boden statt in den Aschenbecher, der bloß zur Zierde dort stand, als Einrichtungsgegenstand.

Der Pelz der Kopfbedeckung wackelte bedrohlich.

Wo ist mein Geld?, wiederholte sie erdfahl im Gesicht und schnalzte wütend mit den Lippen, die wie immer tomatenrot geschminkt waren, wie richtig reife Tomaten, und Giadina musste lächeln. Allein sie zu sehen, im Safarianzug, aber mit Pelz, in ihrer Küche, Rauchkappe und vom Schnee verschmierte Absätze, brachte einen zum Lächeln. Zum Umfallen.

Die Begrüßung nachher, Giada!, hielt sie sie zurück, bevor sie auf ihre Beine zustürzen konnte, um sie überschwänglich zu umarmen, wir haben hier wichtige Dinge zu bereden.

Kein Filter an der Zigarette, sie brannte bis auf die Finger herunter, ganz gelb, und sie stank. Die Fingernägel in der Farbe der Lippen lackiert, gepflegt auch nach einer Schiffsreise. Der schwere braune Gürtel umschloss die Wespentaille, ein Magen wie eine Prinzessin, sagte die Tante immer mit einem Schuss Neid.

Von welchem Geld redest du, Adi, sei ein bisschen genauer. Statt deine Asche auf meinem Boden zu verteilen, das soll Giadina dann aufwischen.

Sagt die Tante.

Gar nichts muss Giada für dich aufwischen, du hast sie nicht als Küchenmagd angestellt, ich habe dir Geld geschickt, damit du sie hier behältst. Und auch an die Bank habe ich welches geschickt, Geld, und auf dem Sparbuch ist keins mehr. Sie sagen, ich hätte es vor drei Monaten abgehoben, von Assab aus, verstehst du? Ihrer Ansicht nach habe ich das Geld vom Sparbuch abgehoben und unterschrieben, mit dieser zittrigen Unterschrift, die ich mit verbundenen Augen wiedererkennen würde …

Sagt die Mama.

Ich weiß nicht, wovon du redest, seit Monaten gehe ich nicht auf die Bank. Willst du aufgetakelt hierherkommen und mich eine Diebin schimpfen?

Sagt die Tante.

Ich bin hergekommen, um das zu holen, was mir gehört. Dieser

Schuft in Venedig verkauft seine Bar nun doch nicht, er hat mir das Doppelte der Anzahlung gegeben, damit ich von dem Geschäft zurücktrete. Eine ganze Schiffsladung Amerikaner ist ihm da hereingeschneit, ständig mit dem Glas in der Hand, und jetzt geht es ihm zu gut, als dass er verkaufen wollte. Also hole ich mir, was meins ist, und kehre nach Hause zurück.

Sagt die Mama.

Bars ... schöne Geschichte, das mit den Bars und den Lastwagen. Immer Geschäfte machen, Adi, wie die Amerikaner: Geschäftemacher erster Güte. In Venedig wolltest du die Signora spielen, du Glückliche.

Sagt die Tante.

Meine Geschäfte gehen dich nichts an, ich habe dir viertausend Lire für eine Nähmaschine geschickt, die musst du mir zurückgeben, die zehntausend Lire vom Sparbuch, Giadas Aussteuer und ein schön verschnürtes Päckchen mit Schleife, wie du sagen würdest, mit deiner tief empfundenen Entschuldigung.

Sagt die Mama.

Ach ja? Eine Entschuldigung willst du? Wir hier sind fast umgekommen vor Hunger und Angst, Signorina. Sogar um einen Sack Kartoffeln mussten wir betteln; und du kommst daher mit deinem französischen Pelz und verlangst eine Nähmaschine? Die habe ich von meinem Geld bezahlt, und von mir kriegst du keine müde Lira, selbst wenn der Duce wiederauferstehen und mich des Nachts besuchen sollte.

Sagt die Tante.

Ich habe das Telegramm. Ich zeige es dir. Erinnerst du dich?, sagt die Mama und holt es hervor.

Da steht es schwarz auf weiß: Habe eine Nähmaschine gekauft. Stopp. Mit dem Geld vom letzten Monat. Stopp.

Es trägt die Unterschrift der Tante.

Das wirst du dir selbst geschrieben haben. Da fällt mir wieder ein, wie ungezogen du bist. Ach, Mama, die gute Seele, was muss sie sich da oben anhören. Deine Unverschämtheit und deine Manieren einer Dame von Welt. Ach, unser Vater, die gute Seele, wer weiß wie viele Ohrfeigen von dort oben.

Sagt die Tante.

Du brauchst nicht den ganzen Himmel zu bemühen. Aussteuer, Nähmaschine, zehntausend Lire. Und ich bin weg.

Sagt die Mama.

Es gibt keine Aussteuer, wovon redest du? Für dieses gerupfte Küken eine Aussteuer? Wo denkst du hin … Das hast du geträumt.

Sagt die Tante.

Ich habe mit der Mutter von Luisa gesprochen, sie sagt, dass du dir von Giadas Geld Kleider hast machen lassen, dass du sie wie Dreck behandelt hast, als ob sie ein Findelkind aus der Klappe wäre, dass du ihr Abfälle zu essen gegeben hast, sie mit dieser widerwärtigen Alten in einem Bett hast schlafen lassen. Wie kannst du es wagen, sie bei einer schlafen zu lassen, die nicht einmal ihre Verwandte ist? Alle hier habe ich euch ausgehalten mit meinen Geschäften.

Sagt die Mama.

Eine schöne Freundin das, eine Tratschtante. Der Mann ist nichts als ein Säufer und Luisa wird die Trauer um ihren Verlobten bis ins Grab tragen. Eine schöne Freundin das.

Sagt die Tante.

Fragen wir Giada, oder? Sie ist hier bei uns. Antworte mir, Giada.

Hat die Tante dich geschlagen?

Giadina nickte.

Hat die widerwärtige Alte dich geschlagen?

Giadina nickte.

Haben sie dir weniger zu essen gegeben?

Giadina nickte.

Hat sie mein Geld für ihre Kleider genommen?

Giadina nickte.

Wem gehört diese Nähmaschine?

Dir, antwortete Giadina.

Und die Aussteuer?

Sie hat sie Anna gegeben, sie sagt, ich brauche sie nicht, antwortete Giadina.

Die Tante begann zu zetern: So was von undankbar, undankbar, undankbar, zähneknirschend, mit dem Finger auf Giadina zeigend, die Beine steif und den Rücken zum Buckel gekrümmt, als wäre sie eine Katze mit Teufelsschwanz.

Und die Mama fing an zu lachen. Sie lachte, lachte und lachte.

Die Zigarette wackelte wie der Tisch, der breite Gürtel, die Schuhe mit dem Absatz, die Fuchsmütze auf dem Kopf, die sandfarbene Hose, die lackierten Fingernägel. Alles erbebte unter dem Lachanfall.

Für Anna? Und sie lachte, lachte und lachte.

Und was soll deine Tochter damit anfangen, mit den Bettlaken und den Kissenbezügen, einen Fallschirm daraus machen? Und sie lachte, lachte und lachte.

Oder habt ihr sie schon zerschnitten, um Tischtücher daraus zu nähen?

Und sie lachte, lachte und lachte.

Annas Aussteuer ... Nicht mal im Kino amüsiert man sich so gut. Hör zu, Giada, du bist jetzt groß. Mach nur Vorhänge aus meinen Aussteuerlaken, Schwesterchen, das wäre sinnvoller. Männer liegen deiner Tochter ja nicht, sie hat Staub in den Ohren.

Mit diesen Worten stand sie auf, während die andere zeterte, du Schlampe, du Schlampe, du Schlampe, es war Krieg und ich dummes Weib habe deine Tochter bei mir behalten, sie haben auf uns geschossen, jeden Tag, wir sind geflohen. Aldo hat Metallteile in der Unterhose versteckt, damit wir ein bisschen Spreu mahlen konnten, Tonino ist nicht wiedergekommen, die Amerikaner haben die Deutschen weggeholt, Nylon war keins mehr zu sehen, bloß Kartoffeln, verdammte Kartoffeln und Reis, den man in Vercelli holen musste, über fünfzig Kilometer mit dem Fahrrad. Hast du gehört? Mit dem Fahrrad, von wegen Schiffe, Lastwagen und Hochzeitsautos.

Ein Sturzbach. Hochrot im Gesicht, die Knöchel der Hände, die sich um das Nudelholz krallten, weiß. Aber die Mama schien nicht beunruhigt, ihr Gelächter erschallte noch immer in der Küche, und man hörte es bis in die Schlafzimmer und bis zum Türkenklo, bis auf den Hof, in die Gärten, jenseits des Eingangstors, wo sie Pietro kennengelernt hatte, bis zum Lebensmittelladen an der Ecke, wo Giadina John traf, bis zum schmuddeligen Bett des seligen Dell'Acqua und zum Schränkchen, wo Luisas Mutter vor der Schule für sie Panini versteckte. Es drang überallhin.

Giada, wir müssen die Fahrkarten lösen.

Und so erfuhr Giadina unter diesem Gelächter, dass sie ins große A ziehen würde.

III.

He venido por última vez,
he venido a contarte mi mal.

Sie sagten, er gleiche Cary Grant. Die Mutter wiederholte es den Freundinnen gegenüber immer wieder; sie brüstete sich damit. Denn dieser nicht zu bremsende Sohn hatte nur ein Positives: Er sah gut aus. Wenigstens das, wenigstens ein schöner Mann, bei dem, was man mit ihm durchmachen musste. Auf den Straßen von Asmara klopfte Giacomo auf alle Schultern, egal ob schwarze, blaue oder grüne. Sein Mundwerk stand nie still, er palaverte unentwegt. In diesem Englisch, das er als Gepäckträger, Fassträger, als Dokumententräger, als Träger für alles auf den amerikanischen Schiffen gelernt hatte. Er war ständig in Bewegung, stand nie still und sprach sogar mit den Toten: an der Tankstelle, im Klub, in der Bar, beim Billard und im Kino. Und Mutter und Schwester stießen ihn mit dem Ellbogen an und machten *pst pst*, während die anderen, die im Kino Eintrittskarten kauften, ihn schief ansahen und ihn auf der Straße nicht grüßten, wenn er zusammen mit einem Einheimischen in schallendes Gelächter ausbrach. Nur die Italiener, nur die Weißen, nur die Reichen.

Er kam um drei Uhr nachts nach Hause, verschiedene Währungen in der Tasche, keine einzige italienische Lira, sogar Kronkorken nahm er an, auch bestickte Taschentücher und Baumwollsocken, wenn er beim Kartenspiel gewann. Geld war ihm noch nie wichtig gewesen, er saß da, steckte sich eine Lucky Strike an, schob sie in den Mundwinkel und nahm eine konzentrierte Haltung an, wobei er die Karten ganz langsam mit den Fingern auffächerte. Los, Giacomo, rief der Grieche ungeduldig und schlug mit der Faust auf den Tisch. Er sagte nur: Ich lese. Und immer studierte er die Karten mit einer aufreizenden Langsamkeit und einem Grinsen, das alle auf die Palme brachte.

Ich lese.

Dann ordnete er die Karten mit schnellen Handbewegungen und sortierte sie der Reihe nach ein, die niedrigsten links, die höchsten mit den Assen zum Schluss und dem Joker als Dekoration rechts. Wenn sie angeordnet waren, studierte er sie erneut und steckte sie zusammen. Es wird schon dunkel, Giacomo, sollen wir hier alt und grau werden?

Er steckte die Paare zusammen, die Drillinge, die möglichen Paare, die möglichen Drillinge, überdachte die Lücken der Scale, die möglichen Varianten der Scale, zog die Karten, die er ablegen wollte, nach oben heraus, als ob er sie wegfliegen lassen wollte, befeuchtete einen Finger, schob sie noch einmal herum, um sie zu betrachten; dann legte er ab und das war's.

Giacomo spielte gern alles auf einmal aus, wenn er alles passend auf der Hand hatte, erst dann; als *coup de théâtre*, wie die Gattin des französischen Botschafters sagte, und er kannte etliche Botschafter, aber es lag ihm wirklich nicht viel daran, Hauptsache sie konnten *Scala 40* spielen. Er schaute sie sich alle an, immer mit der Lucky Strike im Mundwinkel, die von allein herunterbrannte, legte zuerst einen Drilling ab, dann die Scale, dann fügte er den Drillingen oder den Scale andere Karten hinzu, dann spielte er einen Joker aus und dann schloss er ab. Es hagelte Flüche, weil sie nicht wussten, wie sie ihn bezahlen sollten, also raffte er zusammen, was da war, oder sagte, ihr zahlt später; Geld verlangte er nie, er sagte, gib mir bei Gelegenheit mal einen Kaffee aus, lass doch das mit den Schulden, das ist nichts für uns. Er selbst hatte welche, aber er bürdete keinem anderen welche auf.

Und wenn er um drei Uhr nachts nach Hause kam, gab es Zeter und Mordio.

Nur Kronkorken und Unglück bringst du uns, schrie die Mutter: Wann heiratest du? Wann hörst du endlich auf, mit Piga, dem Griechen, und all dem Gesindel herumzuziehen, die nicht einmal vernünftig reden können? Wann machst du es endlich wie Icaro, knöpf dein Hemd zu und binde deine Schuhe anständig, wann suchst du dir eine reiche Erbin, eine Botschaftertochter? Hier wimmelt es von Botschaftern, und du bringst nichts zustande. Lauter Töchter von Botschaftern. Wann hörst du endlich auf, mit den Dienstmägden und den *sciarmutte*, den leichten Mädchen, herumzumachen? Wann fängst du endlich an, dich zu benehmen? Beim Essen sagt man bei jedem Gang danke, genug, auch wenn man noch Hunger hat, Geschenke macht man nur, wenn sie erwidert werden, und bei jedem Toten schickt man ein Telegramm, auch wenn es der Großonkel eines Onkels ist?

Er gab ihr einen Kuss auf die Wange und ging wieder aus.

Er ging zur Bar, um Muaath, dem Askari des Doktors, einen *echten* Kaffee auszugeben. Das ist das Geld von der Partie *Scala 40*, Muaath, genießen wir es. Muaath mochte diesen Geruch von Eau de Cologne, diese Narbe in Form eines Kreuzes im Nacken, die auf einen sehr wütenden Bienenschwarm zurückging, die Anekdoten, die der Signor Giacomo erzählte; in der Bar setzten sich alle und hörten ihm zu. Er und Piga kannten sich von Geburt an und hatten immer was zu erzählen. In Asmara gab es nichts Besseres, als Giacomo Colgada zuzuhören.

Aber dieser Nachname, hm? Ist der spanisch oder italienisch?, fragten die neu Hinzukommenden immer.

Argentinisch, wie Tango. Was für die feinen Tanzlokale. Die Bewegungen der Tanzpartner, sie umarmen sich, gleichzeitig bleiben sie auf Distanz. Der Tango ist eine ausgeklügelte Sache, intelligent, voller Sinnlichkeit, ich weiß nicht, wie ich sagen soll, man kann darüber den Kopf verlieren. Er ahmte die Bewegungen nach, dann holte er einen Zahnstocher aus der Tasche, steckte ihn sich zwischen die Lippen und zog beide Augenbrauen hoch.

He venido por última vez,
he venido a cantar mi mal.

Er sang voller Inbrunst, die Hand auf dem Herzen.

Es war der Tango *Caminito*, argentinisch bis ins Mark.

Das war Giacomo; und an diesem Tag, dem ersten Januar 1950, mit dem die zweite Hälfte des Jahrhunderts begann, rannte Giacomo bei glühender Hitze durch den Hafen von Massaua.

Klack, klack, klack machten seine Absätze auf dem Beton; alles wahllos in den Lederkoffer geworfen, hinter ihm Gippi mit hängender Zunge und milchweißem, vom Salz kraus gewordenen Fell.

Wilde Nacht, ausgelassene Nacht, er war nicht rechtzeitig aufgewacht.

Verflucht Gippi, mach schon weiter, wir verpassen noch das Schiff.

Der kleine Malteser trippelte schnell und konzentriert hinter ihm her. Als sie die Mole erreichten, sprang er direkt ins Wasser. Einfach so. Während die jungen Araber den Anker lichteten und das Gepäck von ein paar Damen mit Strohhut, die Blumen unter den weißen Bändern von der Hitze schon welk geworden, hochzogen, stürzte sich der dreiunddreißig Zentimeter große Malteser kopfüber ins warme Meerwasser des Hafenbeckens von Massaua. Ohne lang zu überlegen, sprang Giacomo hinterher, um ihn herauszuholen, weil Gippi nicht schwimmen konnte und sich völlig ohne Grund ins Wasser gestürzt hatte, vielleicht vor lauter Aufregung durch all diese Menschen und ihr Geschrei. Im Handumdrehen waren alle zwei pitschnass. Er, der Hund und der Lederkoffer. Giacomo überkam große Angst angesichts des milchweißen und lockigen Maltesers, der fast ertrank, und der Haie, die bereit fürs Frühstück waren.

Unterdessen legte die *Argia* ab, um nach Assab zu fahren.

An Bord saß still und ganz in sandfarbene Seide gekleidet Giadina, eine kleine Italienerin, die umkam vor Hitze.

***

Es hieß, Giada sei eine gute Arbeiterin und es sei wirklich schade, dass sie wegmusste.

Man wolle sie im Büro einsetzen, munkelte man bei der De Angeli-Frua. Sie solle auch einen eigenen Schreibtisch, einen eigenen Stuhl und eine eigene Schreibmaschine erhalten. In die Büros zu kommen bedeutete, Karriere zu machen, die Stufen zu der ockergelben Glastür hinaufzusteigen, zu den Balkonen aus Beton und mit poliertem Geländer zu gelangen, wo man in der Mittagspause rauchte, wo man überhaupt eine Mittagspause *hatte*, wo man plauderte, die schmale Brille auf der Nasenspitze und die Haare hochtoupiert, wo sich dienstags alle beim Friseur trafen und ihn Coiffeur nannten.

Aber das große A jenseits des Meeres, das weiter weg war als Catania, uferlos und ohne Strände, verhieß tausend Stühle und tausend Schreibmaschinen, tausend Schreibtische, tausend Balkone und tausend Zigaretten, auch für eine wie Giada, die nicht rauchte, tausend Kaffeepausen, tausend Coiffeurs in allen Sprachen. Dort gab es stabile weiße Häuser, hohe Bäume, deren Wipfel man nicht ausmachen konnte, ins Unendliche wachsende Stängel, stilles, sehr sauberes Salzwasser unter den Fenstern und keine einzige Bombe.

Bei der Tante konnte sie nicht mehr bleiben: Dort gab es nur noch schiefe Blicke, zu Boden starren, geradeaus weitergehen, wenn die Cousine mit ihrer Krawatte um den Hals in den Hof herunterkam, und diese im Keller versteckte Aussteuer, die nur Schimmel ansetzte und von Flöhen befallen war.

Giada verließ die Fabrik und wohnte fortan bei Luisa, aufgenommen von denen, die sich jahrelang aus der Ferne um sie gekümmert hatten, mit Marmeladenbroten und Rühreiern, mit Geschichten von Ballerinen und Seemännern, die unter den wackelnden Dachziegeln erzählt wurden.

Aber die Fenster der Tante lagen genau gegenüber, und wenn Giada ans Fenster trat, schlugen sie sie ihr vor der Nase zu; die neu gekauften Scheiben waren blank und perfekt, und sie achteten darauf, die Rahmen nicht zu beschädigen, aber für den lauten Knall legten sie sich doch mächtig ins Zeug. Die Bettlaken waren sauber, ohne die Glasscherben zwischen den Federn piksten sie nicht mehr, und die Großmutter war still verschieden, war des Nachts eingeschlafen, ohne Tritte und Fausthiebe.

Von der Mama kamen eine Liste und das Geld für die anzuschaffenden Dinge.

Zehn Tage auf See wollten vorbereitet sein.

Pyjama, Morgenrock, Kleider, Strümpfe, alles in Seide.

Mit der Liste in der Hand ging Giada zu Rina.

Mama sagt, wir sollen all das hier besorgen. Jetzt gehen wir die Stoffe kaufen, Signor Pergoli hat schöne, auch bunte, die man in Frankreich bestellen kann, es gibt wieder alle Stoffe und man kann sich stundenlang mit der Auswahl beschäftigen; dann lassen wir die Schneiderin kommen, die die auf die Felder Geflüchteten an den Kleidern erkannte, die sie trugen, und lassen uns eins nach dem anderen machen. Hast du verstanden? Es sind pro Kopf zwei Pyjamas, zwei Morgenröcke, vier Kleider, vier Paar Strümpfe. Die Strümpfe kaufen wir extra, wir nehmen helle, ich will sie sommerlich, auch wenn es hier kalt ist, leicht und weich sollen sie sein, nicht kratzig, sodass man einen Babypopo damit abwischen könnte. Was für welche möchtest du, Rina? Cremeweiß, lavendel oder kanariengelb? Willst du Kniestrümpfe oder lieber Söckchen?

Ich komme nicht mit nach Afrika.

Wie?

Ich komme nicht mit nach Afrika. Ich bleibe bei den Vighis.

Mach keine Witze, Rina. Die Mama hat uns gerufen, wir werden in einem riesigen weißen Haus wohnen, ohne Dachziegel, die kaputtgehen, ohne Fensterscheiben, die zerbersten, ohne eisigen Keller, wo der Wein auch im April noch gefroren ist. Genug mit diesem Zwiebelgeruch in den Spitzenvorhängen, dem Ausrutschen auf dem Corso, weil niemand den Schnee wegräumt, dem Jahrmarkt auf dem Marktplatz mit seinen Clowns, die nicht mehr lustig sind, und den heimlich gestohlenen Stoffresten. Wir hauen ab.

Wie damals, als wir klein waren: du, ich und die Mama.

Aber Rina schüttelte bei jedem Satz, ja, bei jedem Wort, den Kopf. Die Augen niedergeschlagen, den Blick auf ein Steinchen im Hof geheftet, direkt vor der Tür der Vighis, dahinter der Flur, das funktionierende Radio, der Braten auf dem Tisch, sonntags Risotto.

Ich will reich werden. Mein eigenes Haus haben, in Mailand, einen Mann heiraten, der ist wie Signor Vighi. Alle sagen, die

Mama hat Grillen im Kopf, sie hat sie in den Taschen. Alle sagen, dass sie schuftet wie ein Mann, dass sie nicht einmal ein Geschäft für Babyschühchen hat halten können, dass sie ungehörige Worte verwendet, die Gott nicht gefällig sind, dass sie zu viel lacht. Alle sagen, dass eine Frau mit Lastwagen ist wie eine Ziege auf dem Fahrrad.

Giada faltete die Liste zusammen und umklammerte sie mit der Hand, jedoch ohne sie zu zerknüllen. Sie sah hoch, da Rina größer war als sie; sie glich der Mama so sehr, wie Mama war sie schlank und konnte sich die Haare selbst hochstecken, die abgelegten Kleider der Tante passten ihr, ohne dass man sie ändern musste, nachts schlief sie mit der Wärmflasche, und sie hatte schon Verehrer. Einer kam aus Syrakus, klein, mit wenig Haaren, fünfunddreißig Jahre alt, freundlich. Er hieß Matteo. Ein Heiliger, sagte Signora Vighi, San Matteo. Er hatte genug Geld, um vergessen zu machen, dass er aus dem Süden kam.

Ich schreibe dir, wenn ich da bin, sagte Giada und gab ihr die Hälfte von dem Geld, das die Mama geschickt hatte. Das gehört dir, ich brauche es nicht. Und sie ging die Stoffe aussuchen, bunte, die schönsten, die sie sich leisten konnte, denn sicher hatten im großen A alle Grillen in den Taschen.

Wer weiß, womöglich essen sie sie auch. Nein, ich werde keine Grillen essen, dachte Giada, während Pergolis Frau ihr die Farben zeigte, ich werde tanzen, Ballerina sein, oder Klavier spielen, Pianistin sein, oder ich werde schreiben, Schriftstellerin sein.

Willst du das Kleid malvenfarben, blauviolett, rubinrot oder in Lapislazuli?

Jede Farbe schien ein Schmuckstück zu sein.

Ich will es sandfarben wie die Wüste, die Farbe des großen A.

Ein paar Wochen später stand Giada im Hafen von Venedig, die *Gerusalemme Liberata* lag vor ihr, groß wie fünf Häuser in ihrem Viertel in Legnano, mit mehr Fenstern als die Tosi- und die Bernocchi-Werke zusammen, mit mehr Dampf als Nebel auf der Straße nach Vercelli, mit mehr Menschen als auf dem Marktplatz beim Fest des Schutzpatrons. Luisas Vater schob sie sanft auf das Schiff zu.

Schick uns ein Telegramm, wenn du bei deiner Mutter ankommst, vergiss das nicht.

Giada stand da wie angewurzelt, den verschnürten Koffer in der Hand und ein riesengroßes Schiff vor der Nase.

Die großen braunen Augen weit aufgerissen und den hellroten kleinen Mund leicht geöffnet, in einer Mischung aus Angst und Erregung. Das Meer war endlos, der Wind sehr stark, die Kälte kroch in alle Glieder, die Frostbeulen schienen sich auch in der Lunge festgesetzt zu haben, und sie hatte nur frühlingshafte Kleider in den Koffer gepackt. Die Schneiderin hatte nicht einmal richtig verstanden, wie sie sie nähen sollte. Keiner von ihnen hatte verstanden, wie heiß es in diesem großen A sein würde. Sie hatten sich für Dreiviertelärmel entschieden, den Rock, wie es sich gehörte, bis unters Knie, Söckchen, ein Strohhut aus der Truhe einer der ehemaligen Kolleginnen in der Fabrik.

Sie brauchte eine gute halbe Stunde, um ihre Kabine zu finden, die dreihundertzweiundzwanzig, die sie mit einer Unbekannten aus Vicenza teilte, die drei Worte in tiefstem Dialekt murmelte. Giada verstand nur, dass sie zu ihrem Mann fuhr, um ihn von einer Rückkehr nach Hause zu überzeugen, denn der Gauner war zum Arbeiten nach Eritrea verschwunden, sollte ihr Geld schicken, aber ward nicht mehr gesehen. Kein Geld, kein Mann.

Die Frau war bewaffnet mit wollenen Ohrenschützern und einer dicken Jacke mit Schachbrettmuster und bereit zum Kampf.

Giada nickte, das genügte ihr angesichts dieser Bekenntnisse, für deren Entschlüsselung sie eine gute Viertelstunde brauchte, dann hatte sie drei Sätze daraus zusammengebastelt.

Ich fahre zu meiner Mutter, sagte Giada bloß, und die andere fragte sie, ob sie zwölf Jahre alt sei. Oh nein, also hören Sie mal, ich werde siebzehn. Sie war verärgert.

Sie hatte genug von den Diminutiven, den Kinderkleidern, sie passen dir ja noch, Giadina, dem Über-den-Kopf-Streichen bei den Kontrollen in der Fabrik, wie zart die Giadina ist, den aufgerissenen Augen, wenn sie ihr Alter nannte, wie soll ein solches Fröschlein jemals heiraten? Genug.

Von diesem Zeitpunkt an schliefen sie in betretenem Schweigen und betrachteten in einem Spiegel still ihr Abbild, alle beide unterwegs zu wer weiß welchem Ziel.

Giada verlor fast sofort den Mut, am dritten Tag, als sie feststellte, dass es auf dem Schiff nichts zu tun gab, dass man nicht herumgehen konnte, weil es zu groß war, dass man nicht an Deck gehen konnte, weil es zu gefährlich war, dass man sich nicht unterhalten konnte, weil alle verschanzt blieben in ihren Kabinen. Mit diesen Stockbetten, dem Waschbecken samt wackligem Spiegel, dem ohrenbetäubenden Lärm der Maschinen; es war, als hätte man ein Geschwader Flugzeuge ohne Landemöglichkeit über dem Kopf. Giada machte sich ans Stopfen einiger Strümpfe, der alten, die sie mitgenommen hatte, ein paar dicke zur Sicherheit, und stickte mit Kreuzstich ein paar Zitronen auf eine Zierdecke für den Tisch, als Weihnachtsgeschenk für die Mama.

Sie saß mit angezogenen Beinen auf dem Gang, die Mannschaft lief hin und her, geben Sie acht, Signorina, gehen sie nicht allein herum, auf der *Gerusalemme* verläuft man sich; gegenüber von der ihren eine Tür, die sich ab und zu mit einem Kleiderrascheln öffnete. Aber Giada war zu traurig, um es zu bemerken.

Allein auf diesem Schiff, das wie eine Stadt war, ganz Legnano hätte bequem darin Platz gefunden. Und Weihnachten rückte näher, mitten auf dem Meer, mit nichts als der *Bohnenranke* zum Wiederlesen, als den mittlerweile schon zu sehr gestopften Strümpfen, die Finger zerstochen vom Hin und Her der Nadel, die Zitronen krumm und schief.

Vier Tage nach der Abfahrt fand sie ein unverständliches Briefchen unter der Tür. *Hello, I'm Abel, I would like to meet you.*

Was? Beschämt und verwirrt hob Giada den Zettel auf und schob ihn unter die Matratze; sie schloss sich in der Kabine ein und machte nur der Vicentinerin auf, wenn die vor der Tür herumschimpfte, sie müsse ihre Handtücher holen und ins Gemeinschaftsbad gehen. Am nächsten Tag noch ein Briefchen und dann noch eins, bis zum Weihnachtstag. Giada hatte Angst, sie verstand nicht, was da geschrieben stand, sie dachte, jemand müsse sich in der Kabine irren, das seien Mitteilungen für die Mannschaft, womöglich hatte die Vicentinerin Verbindungen zu denen von der englischen Marine. Diese Geschichte mit dem verschollenen Ehemann ist eine Lüge, im großen A gibt es glücklichere Familien als in Italien und die Männer sind tüchtige Arbeiter. Ganz bestimmt.

Am 25. Dezember 1949 saß Giada im Gang auf dem nicht sehr sauberen Boden, die Hände auf den Knien, die Augen feucht. Es gab nicht einmal den Lorbeerzweig, den sie, Rina, Luisa, Mariuccia und ihre Cousine im Hof mit Mandarinen und in Stanniol gewickelten, an Schnüren befestigten Walnüssen schmückten. Er war wirklich schön, und in der Straße beneideten sie alle um diesen Weihnachtszweig, an dem jeden Tag im Advent eine weitere Schleife befestigt wurde, und danach legte man Zettelchen mit Wünschen für das neue Jahr darunter. Giada schrieb immer: Mach, dass die Mama wiederkommt und mich mitnimmt. Der Duft der Mandarinen, die an Heiligabend gegessen und deren Schalen im Kamin verbrannt wurden, an diesem Weihnachten fehlte er.

Sie und Luisa hatten sich ganz fest umarmt, bevor sie sich voneinander trennten. Sie hatten gesagt, wir schreiben uns, wir denken aneinander, wir erinnern uns. Sie hatten sich viele Versprechen gegeben, die sie auch halten würden.

So fand sie der Kommandant des Maschinenraums: das Gesicht zerdrückt, ein Schwall kindlicher Seufzer, sodass sie wirklich wie zwölf wirkte, und das Zierdeckchen mit den Zitronen hatte sie zum Tränenabwischen benutzt.

He du, was flennst du denn hier rum?

Er hatte sie am Ellbogen gepackt und hochgezogen und ihr gesagt, dass er sich schon kümmern würde, ein Mädchen durfte an Weihnachten nicht allein sein und weinen wie ein kleines Kind. Die Mannschaft sei dabei, das Festessen vorzubereiten. Und so wurde Giada zum Maskottchen der Seeleute, diese Weihnachten aß sie Suppe und Braten, sie schenkten ihr die Jacke von einer ihrer Uniformen und überließen ihr geschlagene zehn Minuten die Kommandobrücke. Von diesem Moment an wachten sie im

Wechsel über Giada, dass sie sich nicht verirrte, dass sie nicht belästigt wurde, dass sie gut aß, dass sie nicht einsam war und in Traurigkeit versank. Die Briefchen hatten nicht aufgehört, und eines Tages brachte sie dem Kommandanten des Maschinenraums, einem vornehmen und höflichen Mann mit breitem, eckigem Kinn und winzigen Augen, aber munterem Blick, die letzte unter der Tür gefundene Botschaft.

Ist das ein Sittenstrolch? Ein Irrtum? Sind es verschlüsselte Botschaften? Unanständige Angebote? Ist von einer Vicentinerin die Rede? Wollen sie Geld? Geld habe ich nun wirklich keins.

Er las und lächelte sie an: Das ist ein kleiner Engländer, der dir den Hof macht.

Giada wurde knallrot und strich den Rock glatt.

Den Hof? Mir?

Das war recht seltsam, sogar ziemlich unwahrscheinlich. Sie war nicht schlank wie Rina, war nicht gut angezogen wie Luisa oder unternehmungslustig wie die Cousine. Sie wog dreißig Kilo, so viel wie ein Sack Rüben.

Aber der Kommandant hatte recht, Abel stellte sich vor, als sie von Bord gingen und afrikanischen Boden betraten, nach langen Tagen der Reise und einem Weihnachten an Bord.

Giadas sandfarbenes Kleid klebte ihr auf der Haut wie das Stanniol an den Walnüssen, im Hafen von Massaua herrschte eine Hitze, derer sich nicht einmal Catania rühmen konnte. Eine solche Hitze, dass selbst die Ohren schwitzten.

Der Engländer Abel war auf dem Weg nach Süden, wo sein Vater als Buchhalter eines Notars noch im Dienst des Mutterlands arbeitete, das machte er ihr mit Gesten begreiflich wie einst John das mit der Schokolade. Er war groß und hatte Sommersprossen im Gesicht, was sie noch nie gesehen hatte und was ihr fast wie eine merkwürdige Krankheit vorkam, etwa Röteln oder Masern.

Abel wollte sie vor seiner Abreise einfach kennenlernen. Er schrieb Namen und Nachnamen auf das letzte Briefchen, das er ihr zukommen ließ, und sagte: Schreib mir auf Italienisch, auf dem Schiff hatte er vielleicht genug gelernt, um sicher zu sein, Giada wenigstens das wichtigste Wort von allen begreiflich zu machen. Sogar das Briefchen schien unter der Hitze in diesem Hafen zu leiden, der bloß eine Betonfläche war, ohne einen einzigen Baum, ohne Arkaden, ohne einen Platz, um sich hinzusetzen, voller knapp bekleideter Menschen in kurzen Hosen und leichten Kleidern, die an diese Schwüle gewöhnt waren; Koffer und Holzkisten wurden auf die Schultern junger Männer von immer dunklerer Hautfarbe geladen, mit fleischigen Lippen, einer glatten und glänzenden Stirn, kein Tropfen Schweiß selbst in der morgendlichen Sonne, in der man auf der Mole ein Ei hätte braten können. So viele dunkelhäutige Menschen hatte Giada noch nie gesehen.

Abel verabschiedete sich mit einem raschen Kuss von ihr, der Bus fuhr ab, und er sagte noch einmal: Schreib mir, sein Gesicht wirkte überzeugt und freundlich.

Giada ihrerseits stellte verwirrt den Koffer ab, es tat ihr leid, all diese englischen Briefchen unter der Matratze auf der *Gerusalemme* gelassen zu haben, und sie war besorgt, weil sie nicht wusste, wie weit der Süden des großen A entfernt war.

So weit wie von Legnano nach Catania? So weit wie die Entfernung zwischen ihr und Luisa?

Wie groß war das große A?

Die Mama war nicht in Massaua. Es gab dort jedoch jede Menge Frauen, die ihr ähnelten. Braun gebrannt wie sie. Wenn sie nach Legnano kam, wirkte sie wie eine reiche Dame, die auch im November Ferien machen kann. Hier dagegen waren alle gebräunt, hatten Hüte auf, um die Augen vor der Sonne zu schützen, und trugen Sandalen, aus denen die Zehennägel hervorlugten. Wenn sie lackiert und gepflegt waren, gehörten sie der Gattin eines früheren Kolonialbeamten, eines Marineoffiziers, des Inhabers einer Shell-Tankstelle, eines holländischen Arztes, eines Kabinettssekretärs, der aus Athen hierhergekommen war; wenn es einfach bloß Nägel zusammen mit Staub und abgescheuertem Leder von Sandalen waren, gehörten sie einer arabischen Köchin, die im Hinterzimmer eines Reihenhauses schlief, einem armenischen Dienstmädchen, das für die blendend weiße Signora einkaufen ging, die zu Hause nicht einmal das Gemüse wusch, oder der Frau eines Händlers, die sich die Körbe auf den Kopf lud und stolz einherging, die hellen Handinnenflächen nach oben gedreht, um aufzufangen, was herausfallen konnte.

Es kam eine Freundin der Mutter, eine dickliche Frau, die sich in den Hüften wiegte, als hätte sie dem Hafen eine tolle Figur zu bieten, und sagte ihr, dass sie in zwei Stunden mit einem anderen Schiff weiterfahren musste, der *Argia*, einem Postschiff, das sie von Massaua nach Assab bringen würde, zur Mama.

In Massaua roch sie intensive Gewürze, hörte laute Rufe in unbekannten Sprachen, die alle stark aspiriert klangen und sehr schnell gesprochen wurden, und spürte kein Lüftchen, nicht die kleinste Brise, nicht den zartesten Hauch.

Sie briet in der Sonne, bis die *Argia* kam, eher ein Boot als ein Schiff, um ehrlich zu sein, mit nur elf Personen an Bord, alles Italiener, die wegen der Arbeit zwischen den Häfen hin und her fuhren. Als die *Argia* ablegte, hörte Giada, wie im Hafen eine Schar Menschen großen Lärm machte, in verschiedenen Sprachen durcheinanderrief, wobei Vokale und Konsonanten ohne Zusammenhang aufeinanderprallten und sie nichts verstand.

Ein Hund ist ins Wasser gefallen.

Während sie den Hafen verließen, drang das klar und deutlich an ihre Ohren, in einem Italienisch mit venezianischem Akzent, doch als sie sich umdrehte, sah sie nur noch ein paar Spritzer Gischt.

Sie stammten vom Malteser, der ins Wasser gefallen war, und ihrem zukünftigen Ehemann, der ihm umgehend hinterhergesprungen war.

Aber das wusste Giada noch nicht.

***

Giada würde viele Dinge des großen A lieben.

Wie etwa, sich im Roten Meer das Henna aus dem Haar zu waschen sowie den Geruch von Zitronen und Teer; die schmale Felsenbucht und die faustgroßen Venusmuscheln; die Eisstangen, die in den Zisternen aufgetaut wurden; die rötliche Erde; den Hahn in der Früh und seine Spuren im Staub, um ihn wieder einzufangen, wenn er sich auf den Viale Dogali verirrte; das fein linierte Heft, gelb und stinkend, aber ordentlich, mit den Namen der Kunden darin; den Augenblick im Morgengrauen zwischen sechs und halb sieben, wenn die Mama kam, um das Bett mit ihr zu tauschen; ohne Fensterscheiben zu leben, nur mit weißen Vorhängen, angegriffen vom Sand, auch sie wie alles Übrige voller Salz aus einem endlosen Meer, das die Quellen und die Häuser berührte: ein Meer, das in den Buchten jugendlich anschwoll und in der Wüste alt wurde; das Geräusch der Billardkugeln, die Acht gegen die Zwei, die Fünfzehn in der Mitte, die Eins erst ganz zum Schluss berühren, als wäre sie eure Braut nach dem Jawort; Checco, die ihre Hufe auf den Wohnzimmertisch stellte, und dieses weiche Karamellbonbon, das am Gaumen festklebt; die Hände in die Schublade mit den Zigaretten zu stecken, um die Katze Coruss zu suchen, die geworfen hatte, zwischen Filtern und Teer, in flauschigen Schwänzchen und kaum angedeuteten Zähnchen herumzuwühlen; das Wasser des Meeres in der Kehle brennen zu spüren wie glühende Kohle und im luftleeren Raum zu schreien, um wieder aufzutauchen, wenn das Rote Meer schwarz wurde, der Kopf sich drehte und die Beine wegsackten; die quälende Sonne auf dem Markt, wenn man unter den Arkaden hin und her ging, zwischen Säcken und Körben, in denen die einen Früchte stanken und andere direkt aus dem Paradies zu kommen schienen; sich das Gesicht mit dem Wasser zu waschen, das mit dem von Orlando herbeigeschafften Eis gekühlt war; im Hof die *diavoletti* mit *sharab* anzuschreien, wenn sie die Eier stahlen und die Gazelle ärgerten, jetzt reicht's, geht und belästigt jemand anderen, wir haben keine Kartoffel- und Apfelschalen mehr, *sharab*. Halb englisch, halb arabisch, halb armenisch, halb griechisch, halb wer weiß das schon, hier wurde geredet, wie es einem in den Sinn kam; die Leere der Wüste, wo man die eigene Existenz vergaß, und den Mund aufzureißen, um die Wärme bis in die Eingeweide dringen zu lassen und noch weiter hinunter bis zu den Zehennägeln; Mamas Chanel, zwei Tropfen um sechs U morgens, sich vorsichtig im Dunkeln bewegend, um sie nicht zu wecken, mit angehaltenem Atem und ein paar zwischen den Zähnen hervorgepressten Flüchen, weil es immer zu spät war, verflucht spät, und alle ihren Espresso wollten, bevor sie zur Arbeit gingen; der Anisgeruch des Marie Brizard, so stark, fast schon Gestank, den roch sie auch von ihrem Feldbett vor der Tür aus; Giacomos Art, im Flüsterton zu sprechen, doch stets mit erhobener Stimme. Mit der Zeit, nicht gleich, sollte sie auch die Trockenheit des großen A lieben.

Aber als sie das erste Mal ankam, waren alle Träume verflogen, wer weiß wohin, mit Sack und Pack emigriert.

Die *Argia* brauchte ganze sechs Tage für eine Strecke, die in sechsunddreißig Stunden zurückzulegen war, und das war alles die Schuld des Monsuns, so sagte man ihr. Es war ein Postschiff mit Obst und Gemüse an Bord, das, wenn auch in Holzkisten verpackt und im Schiffsraum gestapelt, duftete, bunt selbst bei den Gerüchen.

Das Meer bereitete ihr Höllenqualen, ein Kilometer vorwärts waren drei zurück, gegen einen Wind, der den Sand der Wüste aufwirbelte und die *Argia* mit sich schleifte. Giada erbrach sich in der Kabine und war Tag und Nacht am Verzweifeln, weil diese Reise in ihr wundervolles neues Leben so miserabel begonnen hatte: Sie hatte den einzigen je eroberten Verehrer verloren, war albern angezogen, mit zu dicken Strümpfen und am Leib klebenden Kleidern, und sie brachte nichts hinunter außer trockener, salziger Luft.

Im Hafen spürte man die Trockenheit in den Augen, auf dem leeren Platz tauchte nur die durch die hitzeflirrende Luft undeutliche Gestalt ihrer Mutter auf: toupiertes und vom Salz ausgetrocknetes Haar, die Füße in Kordelsandalen, verlaufener und in den Mundwinkeln verklumpter Lippenstift, Gewehr im Beutel, mit der säuerlichen Miene eines jeden, der in der gnadenlosen Sonne warten muss.

Die Straßen in Assab waren erbärmlich und verdreckt durch Verwahrlosung und Hitze, belebt von gedämpftem und kleinlautem Handel, angereichert durch ein Sprachengewirr, eine Art Fleischpastete. Der Jeep fuhr auf der zentralen Allee, die von einer Allee nur eines hatte, nämlich dass sie gerade war. Zwei Bars, ein Restaurant, das Kino, der italienische Club, das Meer, die Kirche, der Sitz derer, die das Sagen haben, das Haus des Arztes, das war Assab.

So sagte ihre Mutter und deutete auf die wenigen Orte des geselligen Lebens. Eine Handvoll weißer Häuser und *tukul* aus Stroh und Lehm, Veranden, um nachts zu schlafen, Säcke mit schmutzigem Eis, in die man Wasserflaschen stecken konnte, streunende Hunde, die Hyänen glichen, am Rand der bewohnten Zonen echte Hyänen, zwischen den Häusern Kinder, die sich halsbrecherisch vor die Autos warfen, grinsten und dann wegliefen, ohne gebettelt zu haben. Klein, schwarz und quirlig, mit Augen, in denen man die Grenze zwischen Pupille und Iris nicht erkennen konnte. *Diavoletti* nannte ihre Mutter sie, Teufelchen.

Kümmere dich nicht um die *diavoletti*, sie spielen, aber sie sind auch gerissen, lass sie nicht ins Haus, aber verjag sie auch nicht; wenn sie um Geld betteln, gib ihnen nichts, aber wenn du Brot übrig hast, leg es für sie vor die Tür.

Sie hatten keine Hörner, sie hatten keine Stöcke, sie hatten keine Schuhe. Sie bewegten sich in Grüppchen, Horden von kleinen Teufeln, sie schienen die sengende Hitze zu lieben, sie wollten nicht lesen, aus leeren Glasflaschen bauten sie Flöße, die im Roten Meer immer sanken.

Woher kommen sie?

Sie sind schon immer hier gewesen, sie sind hier geboren und aufgewachsen.

Geboren und aufgewachsen im Nichts der Wüste, vielleicht ohne überhaupt jemals ans Paradies gedacht zu haben, zufrieden mit Zimmerdecken aus schlammigem Stroh und Speichel.

Sie rannten, sich zu dritt oder viert an den Händen haltend, herum mit einem Rudel Hunde hinter sich; sehr magere Hunde, nur Haut und Knochen, wütend, knurrend, ausgehungert, ein Hunger schlimmer als der während des Krieges im Hof, schlimmer als die ganze trockene Spreu in der Kehle, schlimmer als die in den Speicher gestopften Kartoffeln, die nie ausgingen.

Die Bar der Mutter hatte keinen Namen, sie hieß in bester italienischer Dorftradition nur *Da Adi*, nach der Eigentümerin, kein Schild, aber schon um sechs Uhr früh die in Holz geschnitzte *Geöffnet*-Tafel draußen; der Espresso bei Adele, genannt Adi, war gesetzt, vor und nach der Arbeit, die für alle mit dem Mittagessen endete, da die Hitze nach ein Uhr zu groß zum Denken war und es Klimaanlagen nur in den Kolonialvillen gab.

***

Giada hatte sich ein Zimmerchen vorgestellt, rosa Spitzengardinen an den Fenstern, von Hand bestickte Laken, der Bettvorleger aus Kordel, der aber nicht pikste, eine Waschschüssel aus Keramik nur für sich auf einem reich verzierten, dreibeinigen Gestell aus Schmiedeeisen, einen Spiegel mit schwerem, geschnitztem Rahmen, in Gold und Silber bemalt, eine geräumige Kommode voller bunter Sommerkleider, Satin-Pantöffelchen für das Haus, eine kühle Veranda, wo man lesen, Meerwasser, in dem man nach dem Essen baden konnte.

Ihre Wohnung bestand jedoch aus den Hinterzimmern der Bar: auf der einen Seite die geschlossenen Räume, das Zimmer der Mutter und ein kleines Wohnzimmer, auf der anderen Seite das Bad, die Küche und Giadas *anghareb*, im Freien unter dem Sternenhimmel. Und Giada verstand nicht, betrachtete angeekelt dieses Feldbett, nicht einmal das Bett mit den quietschenden Federn, voller Glasscherben und der Großmutter darin war so hässlich. *Angahreb* wiederholte die Mutter, so nennt man das, es ist ein leichtes Bett und man schläft gut darin, und wenn die Sonne aufgeht, kommst du in mein Bett schlafen, wir lösen uns ab, wie bei der Arbeit.

Die niedrige Liege stand an der Wand, man lag fast auf dem Boden.

Und wenn es regnet?

Hier hat es schon seit neun Jahren nicht mehr geregnet.

Und wenn die streunenden Hunde kommen?

Dann vertreibst du sie mit Feuer und schreist laut, du wirst sehen, sie hauen ab.

Und wenn sie nicht abhauen?

Dann schieße ich auf sie.

Der Kohleofen war alt und stank auch, wenn er aus war, er war aus Blech und völlig verbeult.

Er stieß Rauch aus, der dicht und schwarz aus der Bar quoll, und an dem klaren, wolkenlosen Himmel bemerkte man ihn sofort. In dem kleinen Wohnzimmer roch es nach Zigaretten, Likör und Kaffee. Wie in der restlichen Wohnung im Übrigen auch. Es gab keine anderen Gerüche, außer dem aus der Latrine und dem starken Schweißgeruch der Frau, die zwei Mal in der Woche die Wohnung putzen kam. Giada betrachtete sie verdutzt.

Warum putzt du nicht selber?

Sie verlangt nicht viel und ich arbeite.

Und lässt du sie einfach so überall in der Wohnung herumlaufen?

Wenn du ihre Stelle einnehmen willst, greif zu.

Aber Giada hatte nicht zugegriffen, und die dunkelhäutige Frau, die überhaupt kein Italienisch konnte, außer um *Guten Tag*, *Guten Abend* und *Jetzt sauber* zu sagen, gewann schnell ihre Zuneigung.

Jetzt sauber. Die Holzdielen in der Bar waren weniger voll Erde als vorher.

Jetzt sauber. Und der Blechofen glänzte in der nachmittäglichen Sonne.

Jetzt sauber. Im Schlafzimmer der Mutter duftete es nach Zimt.

Mila wurde sie genannt.

Einmal im Monat färbte sie ihr die Haare mit Henna: Sie musste sich vor dem Haus unter das Vordach setzen, da ihre Mutter den Geruch nicht ertragen konnte; Mila machte ihr eine Packung aus Hennapaste und Zitrone, massierte sie ein, wobei sich ihre Handflächen rot färbten, und dann schickte sie sie ans Meer, um die Packung auszuwaschen, sonst würden die Waschbecken im Haus schmutzig werden, und nicht einmal Milas starke Arme würden sie wieder weiß bekommen wie vorher. Die roten Haare mit der Paste hinterließen schwärzliche Schlieren im Wasser. Giada warf sie nach vorne und hinten, fuhr mit den Fingerspitzen durch oder zog fest daran, um die Knoten zu lösen. Es bildeten sich Wolken von säuerlich duftender Zitronenschale, die Haare wurden seidig und reflektierten mit jeder Strähne das Sonnenlicht.

Auch das Wasser im Haus hatte den Geruch des Meeres, stark, unausweichlich setzte er sich in den Haaren fest, er verschwand nicht leicht. Jeder Geruch dort war penetrant, aggressiv, stechend.

In der Bar machten sie Schichtdienst. Giada ging um zwei Uhr schlafen, weil das Lokal dann schloss, und bat die Pokerspieler, ihre Partien an den Tischen vor der Bar zu beenden, die sie dort auch die ganze Nacht für sich hatten. Um sechs Uhr morgens stand die Mutter auf, zog ihren spitzenbesetzten seidenen Morgenmantel an und kam barfuß an ihre Liege aus Binsen und Seilen.

Giada, es ist Morgen, geh in meinem Bett weiterschlafen.

Benommen stand Giada auf und schlüpfte nach drinnen, bevor die Morgendämmerung sie ganz aufwecken konnte, vergrub das Gesicht in das raue und feste Kissen der Mutter, das immer nach Chanel roch, Zimt in den Schubladen und Puder auf der Wäsche verstäubt, damit sie bei der Hitze nicht am Körper klebte. Süße Düfte, die sie einwiegten, bis es Zeit war, hinüberzugehen und zu helfen.

Anfangs konnte sie nichts, sah der Mutter zu, wie sie sich rasch und mit Leichtigkeit hinter dem Tresen bewegte, als ob sie tanzen würde, die Tropfen Kaffee auffing, die aus der Vittoria-Maschine liefen, um sie unter die Cappuccinos zu mischen, wie sie die Milch aufschäumte, Gläschen mit Schnaps servierte, in Stoffservietten eingeschlagene Panini für das Mittagessen brachte. Es waren immer Leute da, alles Italiener, die Adi zu ihrer Freundin und Vertrauten gemacht hatten, zur tragenden Säule ihrer kleinen Gemeinschaft, zum Geschmack von zu Hause in der Wüste. Sie trafen sich dort und zündeten sich eine amerikanische Zigarette an, Lucky Strike und Camel vom Schwarzmarkt.

Alles war vom Schwarzmarkt, wie die französischen Spirituosen, die wirkten wie steife und eingebildete Herren.

Der Pernod, den sie für sechs Schillinge die Flasche einkaufte, brachte ihr als Ausschank im Glas zweiundzwanzig ein, er war also als Freund der Familie zu betrachten, gehätschelt und bis zum letzten Tropfen zu verwerten. Der Courvoisier, ein kräftiger, würziger Cognac, bernsteinfarben und mit etwas dicklichem Auftreten, erinnerte an einen Herrn im Regenmantel bis zu den Füßen und großen Handflächen.

Der Rémy Martin mit seiner bauchigen Flasche aus geschliffenem Glas hatte Vor- und Nachnamen und war etwas für Sammler, für Kenner. Die Mutter sagte zu jedem, der ihn bestellte: Es ist, als würde man den Pariser Regen trinken, nicht wahr?

Vom Regen träumte man dort während der nachmittäglichen Siesta, wenn die Hitze von der Erde aufstieg, voller Risse und Krusten in den Furchen der Haut, Blasen in Form von Blumen auf der Stirn.

Man trank Alkohol, um die Speiseröhre zu wärmen und sie an diese Hitze zu gewöhnen. Sie musste trainiert werden.

Die Mutter stellte jede Flasche an ihren Platz zurück, auch die Flaschen mit deutschem Bier, in Reih und Glied, penibel genau, als ob es Zinnsoldaten wären, und wehe Giada verrückte sie.

Ich muss mich in dieser Bar blind zurechtfinden können, verstanden? Als ob ich im Dunkeln in meinem Bett wäre.

Sie durfte nicht darüber nachdenken müssen, alles hatte seinen Platz, denn wenn nach dem Mittagessen der Ansturm kam, genügte es nicht, schnell zu sein, dann musste jeder Handgriff sitzen.

Nach ein paar Tagen konnte Giada schon schnell die Untertassen auf dem Tresen aufreihen, bis zu sieben insgesamt, eine wohlgeordnet neben der anderen; die Löffelchen mit dem Griff zum Gast weisend, um es ihm leicht zu machen, immer feucht, weil gerade erst abgewaschen.

Der Espresso schmeckte nach Schlamm und Salz. Giada begriff schnell, dass es Wasser, wie sie es in Erinnerung hatte, im großen A nicht gab. Das Äußerste, was man hoffen konnte, war, dass es weniger warm war als sonst, aber niemand entging dem Salz, auch der Ewige Vater nicht, dem sich, wenn er auf Assab herabschaute, der Blick vom Salz trübte. In der Bar gab es einen Billardsaal mit seinem typischen harten und rhythmischen Klacken, das die Arbeitstage skandierte; klack, klack; Dispute zwischen den Spielenden, Flüche wegen danebengegangener Stöße und die Mutter, die vom Tresen herüberrief, dass auch Frauen anwesend seien.

Die aus Kordeln und Stroh geflochtenen Tischchen zum Kartenspielen, *Scopone*, Poker, Rommé, *Scala 40*. Giada konnte nicht Karten spielen. Bei der Tante war es nicht üblich gewesen, seine Tage auf diese Weise zuzubringen, denn da vertat man nur seine Zeit. In Assab dagegen mussten diejenigen, die im Büro arbeiteten, offenbar reichlich Zeit vertreiben. Alle waren weiß gekleidet, ein makelloses kleines Heer, die Haare voller Brillantine und ordentlich gescheitelt, Hosen und Hemden aus grober Wolle, weiß wie die wenigen Wolken, die über Giadas Kopf hinwegzogen, wenn sie im Meer Toter Mann machte. Wer wiederum in der Werkstatt arbeitete, trug Blau, denn da machte man sich schmutzig und Weiß konnten sie sich daher nicht erlauben; wenn sie ankamen, waren sie alle schon erhitzt, verlangten kalte Limonade, aßen Panini mit *zighinì* und Kichererbsenbällchen, schlugen sich ordentlich den Bauch voll. Alle schätzten die Röllchen *alla greca*, das Gebäck *all'italiana*, die feurigen Ragouts *all'eritrea*. Beim Essen in der Bar machte man sich die Hände schmutzig, auch die weiß Gekleideten, denn es gab kein Entkommen bei den Gewürzen mit dem *berberè*, das so rot war wie die Augen des Teufels und auf der Zunge schlimmer brannte als die Sonne am Mittag.

Auf dem Markt unter den Arkaden waren die Gewürze alle frisch, aber das Gemüse schlapp vor Hitze, das Obst war riesig und duftete intensiv, Pasta musste man bei dem italienischen Händler bestellen, und sie kostete mehr als alles andere, aber auch in Assab kam man ohne nicht aus.

Wenn er nicht gerade mit seinem Lastwagen unterwegs war oder in der Eisfabrik arbeitete, von wo aus er die Haushalte in Assab versorgte, die sich kaltes Wasser leisten konnten, kam auch der Freund der Mutter in die Bar: Orlando. Einer aus

Ravenna mit kräftigen Armen und dichtem Schnurrbart, der immer laut sprach, auch auf der Nase Haare hatte und beim Gehen hüpfte.

Orlando ging gern ins Kino, wenn Filme von Totò liefen, und er nahm auch sie beide mit, obwohl Adi diese Zusammenkünfte unter Italienern nicht mochte, wenn alle Frauen zusammengluckten und sogar der Priester in der ersten Reihe saß. Orlando lachte den ganzen Film über, schlug mit seinen Pranken auf die Armlehnen der Sessel und wiederholte dann bis tief in die Nacht für seine Freunde die witzigsten Sätze, die er sich gemerkt hatte. Tagelang konnte er sich totlachen und spielte für die Kunden in der Bar die besten Szenen nach.

Orlando arbeitete nicht viel, aber er war ein guter Unterhalter, mit seinem Spott, seinem Redner-Schwung, seinem vollen Bariton, der die anderen übertönte. Jedem Freund, der über die Schwelle trat, rief er einen Ausspruch des Duce entgegen, nahm Haltung an und lachte, als ob es ein Witz wäre, auf den man jedoch stolz sein konnte.

Marschieren, um nicht zu verlieren. Schweiget still. Der Feind hört mit; glauben, gehorchen, kämpfen. Diejenigen, die sich beklagten, nannte er Vaterlandsverräter, versetzte ihnen kleine Schläge in den Nacken und hänselte sie mit Spitznamen.

Er lachte mit ausgebreiteten Armen, er lachte aus vollem Hals, er lachte zu Mittag, er lachte um ein Uhr nachts, er lachte vor einem Cappuccino oder zwischen einer Billardpartie und der nächsten.

Aber wenn er ernst sein wollte, setzte er sich verkehrt herum auf einen Stuhl, die behaarten Arme gekreuzt, und sah den Gesprächspartner finster an.

Wir sind verloren und nackt wie ausgesetzte Kätzchen. Wir, die wir unser Blut gegeben haben. Und jetzt fressen die Besatzer unser Afrika. Wer sind diese Engländer? Wer sind diese hasenherzigen Italiener, die zulassen, dass sie von unserer Arbeit profitieren? Der Duce ist verraten worden, aber er lebt, und ob er lebt, und ist zur Flucht gezwungen wie ein *sciftà*, wie irgendein dahergelaufener Bandit. Ach, dieses Land. Ach, diese Banditen. Sie haben ihm die Tanks der Schiffe mit Wasser gefüllt, das sage ich dir. Niemals hätte er zugelassen, dass der Schweiß der Italiener den Haien zum Fraß vorgeworfen wird. Ach, der Sand, den sie ihm ins Getriebe der Motoren gestreut haben, damit er das Meer nicht überqueren kann. Ach, was für eine Anmaßung, hierherzukommen, nachdem wir in den Sümpfen Blumen gepflanzt haben.

Jetzt mögen alle unser Afrika. Aber als wir die Ersten waren, als mein Vater hierherkam, gab es nur salzigen Staub. Gestank, Hitze und salzigen Staub. Sollen wir vor dem Kaiser niederknien, weil er gesagt hat, rührt mir die Italiener nicht an? Sollen wir ihm danken, diesem Negus? Wir, von allen vergessen, nur der Duce als Einziger hat uns beachtet, er hat uns die Kraft gegeben, der grausamen Hitze der Wüste zu trotzen, er hat Reden nur für uns geschrieben, er hat Eroberer, Abenteurer, Helden aus uns gemacht; aus uns, die wir jetzt gezwungen sind, Eritreer zu sein; aus uns, die wir jetzt noch hundert Seelen in Bedrängnis sind, die nicht einmal wissen, wer das Kommando hat.

So sprach Orlando, und eine Hand halb in der Luft, die andere auf der Brust, begann er zu singen

Weißt du, wo am blühendsten die Erde ist?
Weißt du, wo am magischsten die Sonne lächelt?
Auf dem Meer, das uns mit dem goldenen Afrika verbindet,
weist uns Italiens Stern einen Schatz.

Und was haben wir diesem Afrika gebracht, lass hören? Den Kaffee? Haben wir sie mit Kaffee glücklich gemacht?, fragte Adi skeptisch von hinter dem Tresen.

Diese Geschichte von den Italienern als Wohltäter hatte sie nie überzeugt, sie liebte das Große A, sie war mit Leib und Seele übers Meer gekommen, aber sie wusste, dass sie gekommen war, um sich um ihre eigenen Angelegenheiten zu kümmern, nicht um die anderer.

Sie sah ihn an, ironisches Lächeln, schiefer Blick.

Du, weiß ich nicht, aber ich habe ihnen das Eis gebracht, das in der Wüste Gold wert ist, verteidigte sich Orlando beleidigt.

Das Eis hast du für dich und deinesgleichen gebracht, entgegnete sie. Fragen wir Hamed, was du ihm Schönes gebracht hast. Hamed, komm her, wir sprechen über Orlandos Großzügigkeit, rief die Mama.

Der jemenitische Junge kam näher, leuchtender Blick, schmale Hände, dünnes Haar.

Sag, Hamed, was tut der Signor Orlando für dich? Gibt er dir Eis?, fragte sie ihn, wischte sich die Hände an der Schürze ab, wusch die Tassen und stapelte die Untertassen triefnass auf weiße Baumwolltücher.

Ui, Signora Adele. Der Signor Orlando bringt Lachen.

Hast du gehört, Orlando? Du bringst einen zum Lachen, das ist doch mal eine große Eroberung, nicht wahr?

Orlando gab lächelnd nach und zwinkerte Hamed zu.

In diesem gottverlassenen Landstrich ist Lachen besser als Eis. Du bist schlimmer als eine Niederlage, Adele, aber wenigstens kannst du lachen. Jetzt gib diesem Freund des Vaterlands einen Kaffee aus.

Und wieder sang er.

Als faccetta nera
hattest morgens und abends du zu essen.
Jetzt heißt's thank you,
Und mit Essen ist's vorbei.

Eine Woche nach Giadas Ankunft entdeckte die Mama den Zettel mit dem Namen, dem Familiennamen, der Adresse und den freundlichen Grüßen.

Sie warf ihn in den Holzofen in der Küche.

In einem einzigen Punkt hat Orlando recht: Diese Engländer sind so anmaßend.

Und Giada sagte Abel Lebewohl.

IV.

Lasst mich sehen. Ich bin neugierig. Welchen Namen habt ihr mir gegeben? Ah, hässlich? Hässlich soll ich sein?

Als Hamed in die Bar gekommen war, hatte Adi ihn gemustert. Niedrige, fleckige Stirn, dunklere Wangen, cappuccinobraun, gelbliche Zähne, vorn kreuz und quer über- und durcheinander, eng stehende kleine Augen, dichte und gebogene Wimpern, dicke, buschige Augenbrauen, schwarze Haare, glatt wie Grashalme, die in ungleiche Büschel geschnitten bis in den Nacken fielen. Ein graues Gewand bis zum Knie, darunter Hosen. Eine zwei Größen zu weite Herrenjacke mit riesigen Schulterpolstern und Nadelstreifen, die man kaum noch sah, so ausgebleicht waren sie, geschlossene Schnürschuhe, die ihm ein Italiener geschenkt hatte, bei dem seine Mutter arbeitete; er trug sie immer, so lang, bis an der Spitze ein Zeh herauskam.

Absurd, sich bei dieser Hitze so anzuziehen, dachte Giada, die die Araber in ihren Barchent-Gewändern bei fünfzig Grad außerhalb der Oasen noch nicht gesehen hatte.

Hamed hatte vor allem lange Hände, die kräftig aussahen, knotig, ganz ruhig. Sie zitterten nie. Man konnte ihm ein ganzes Gläserservice anvertrauen, da war es sicher. Hände, die zu halten wussten.

Er wohnte in einem *tukul* am anderen Ende von Assab und legte im Morgengrauen zu Fuß eine ganz schöne Strecke zurück, um in die Bar zu kommen. Manchmal entlud er nachmittags Schiffe im Hafen, manchmal begleitete er abends Fremde in die Wüste; manche Nacht verbrachte er angelehnt draußen vor der Bar, aus Angst, nicht rechtzeitig wach zu werden.

Begehst du den Ramadan? Denn da ist schon Ghan, der ihn begeht, und er magert mir ab, ist ganz ausgezehrt und zu nichts nutze. Den ganzen Tag sitzt er da und starrt Löcher in die Luft statt zu arbeiten. Wenn du den Ramadan begehst, kann ich dich nicht nehmen, sagte Adi.

Ui, Signora, ich essen im Haus, so Allah nicht sehen.

Sie lächelte ihn an.

Prima. Aber um hierzubleiben, musst du schreiben lernen, Giada wird es dir beibringen.

Und so wurde von diesem Tag an der gleichaltrige Hamed ihr junger Schüler. Jeden Tag schrieb er das Alphabet in das linierte Heft, das so gelb war wie seine Zähne, erst zittrig, dann taten seine sehr langen Finger nach und nach ihre Arbeit. In den Pausen rief Giada ihn zum Tresen, er stellte das Tablett ab, das er getragen hatte, konzentrierte sich und zog die Augenbrauen zusammen, als wollte er einen Faden durchs Nadelöhr ziehen.

Wir müssen die Namen aufschreiben, die Leute hier kommen und gehen, keiner zahlt sofort. Also führen du und ich fein säuberlich Buch. Sonst bekommen wir ordentlich Ärger mit meiner Mutter. Sie sagt, die Italiener vergessen es gewöhnlich, wenn sie Geld schulden.

Hamed lachte, auch mit den Augen, und nickte; das ist das H, das ist das V, das ist das Q, das ist das N. Mit lauter Stimme wiederholte er und schrieb, immer und immer wieder, bis er zufrieden war.

Giada notierte die Namen der Gäste der Reihe nach und diktierte sie ihm Buchstabe für Buchstabe, aber das war nicht immer einfach, oft kannte sie die Namen selbst nicht. Also begannen sie, welche zu erfinden.

Der Lange: 1 Espresso. 1 Bitter.
Der Blonde: 2 Espresso. 1 Päckchen Lucky Strike. 2 Camel lose.
Der Witzbold: 1 Cappuccino. 1 Cognac.
Kurz-Bein: 2 kleine Campari.
9-Finger: 5 Espresso (vielleicht falsch gezählt, fragen).
Rote Krawatte: 1 Panino. 1 Milch.
Stock: 2 Espresso (einer runtergefallen, zählt der?)

Der Reiche: 2 Cognac. 1 Bitter. 1 Espresso. 2 Päckchen Camel.
Hose mit Loch: 3 Panini (1 mit Fleisch).

Wenn Gäste zum Zahlen kamen, deckte Hamed das Heft ab, damit sie die Spitznamen nicht sahen, und er lachte, als hüteten Giada und er gefährliche Geheimnisse. Der tägliche Taufakt war ihr größter Spaß geworden.

Und wie nennen wir den da? Und den am Tisch, der zwei Espresso getrunken hat? Und den, der aus dem petrolgrünen Auto gestiegen ist? Und den Typ mit den zu großen Schuhen? Nennen wir ihn Clown; und großes Gelächter.

Ja, ja, Clown, ohne rote Nase.

Schreib Hinkebein, Hamed.

Nein, Hinkebein ist böse, das geht nicht.

Was schreiben wir dann?

Schreiben wir … schreiben wir … hässlich.

Los, schreib hässlich, in Druckschrift. Dieses H sieht aus wie ein P. Schreib es besser.

Ja, ja, hässlich ist gut, das ist nicht böse.

Einmal jedoch hatte ein Gast das Spiel mit den Spitznamen durchschaut und hatte sich über dieses Hässlich aufgeregt, das Hamed und Giada ihm angehängt hatten.

Lasst mich sehen. Ich bin neugierig. Welchen Namen habt ihr mir gegeben? Ah, hässlich? Hässlich soll ich sein?

Die Mutter sah, wie sie gemeinsame Sache machten, und schimpfte, es war zu arbeiten, keine Zeit für Kinderspielchen.

Als Adi die Inventurliste für die Vorräte machen wollte, drängte Hamed sich vor, er wollte alles in die Liste schreiben.

Hamed, hier fehlt ein Z, dort hast du ein T zu viel geschrieben, diese beiden Wörter werden auseinandergeschrieben, was heißen diese letzten drei? Man versteht nichts, die Zwischenräume sind nicht nichts, Hamed, du bist ein Gesundheitsrisiko mit diesen Doppelkonsonanten.

Dennoch brachte auch sie Zeit damit zu, ihn zu unterrichten. Er hätte zum Buchhalter getaugt, so akkurat war dieser kleine Eritreer.

Ghan, der den Ramadan beging, war scheuer, er kam weniger oft in der Woche, und manchmal schickte Adi ihn hinter Orlando her in die Fabrik, um ihn loszuwerden, er kam ihr vor wie ein wandelnder Toter, einer, der bloß Maulaffen feilhält. Aber sie jagte ihn nicht weg, auch wenn er an den schwierigsten Tagen des Fastens vor der Bar bloß heiße Luft atmete. Adi setzte sich zu ihm, ein Glas Zuckerwasser in Händen.

Trink, Ghan, sonst höhlt es dich aus wie die Vertiefungen in den Salinen. Ihr seid schon seltsam, mit diesem störrischen Nicht-essen-Wollen, verflixt noch eins. Ich habe mir des Herrgotts wegen nie ein Laster verwehrt. Oh nein, wenn wir schon auf dieser Erde leben müssen, dann müssen wir das tun, wie es sich gehört.

Adi stieß grauen Rauch aus, sublimierten Teer, klebrige Asche. Und wenn sie eine Zigarette ausdrückte, zündete sie mit der Kippe gleich die nächste an. Vor dem Schlafengehen roch sie an ihren Händen, um sich vom Nikotin einlullen zu lassen. Ihrem besten Freund.

In die Kirche ging sie seit dem Tag nicht mehr, an dem sie dem neuen Priester, der sie bei einem Pfarrfest nicht dabeihaben wollte, eine saftige Ohrfeige verpasst hatte.

Sie, die getrennt war und mit Orlando außerhalb der religiösen Ordnung lebte. Sie ging wohl besser nicht in die Kirche.

Sie verstehen mich, Signora, nicht wahr? Nehmen Sie es nicht persönlich, es geht um Regeln, die für alle gelten und die respektiert werden müssen, sonst denkt ja jeder, er kann machen, was er will. Sei es auch nur die Geschichte mit den Lastwagen, die nackten Beine, die Leidenschaft für die Jagd, der tomatenrote Lippenstift, die Fixierung auf französische Zigaretten, dieses Arbeiten ohne ein Zuhause, das diesen Namen verdient.

Ach ja? Dann sehen Sie zu, dass Sie nicht herkommen und einen Kaffee verlangen, und auch kein Schnäpschen zum Kaffee und keinen Bitter. Dann lesen Sie die Messe doch für diese paar *sciarmutte*, die dem Mann einer anderen schöne Augen machen und zu Hause den abessinischen Geliebten haben, der sich um den Garten kümmert.

Und dann hatte es die Ohrfeige gesetzt, direkt vor der Bar, auf das pausbäckige Knollengesicht des Priesters. Ein internationaler Zwischenfall, den Verhandlungen zwischen Palazzo Chigi und Haile Selassie zwecks Wiederaufnahme diplomatischer Beziehungen zwischen Italien und Äthiopien nach dem Krieg ebenbürtig.

Nehmen Sie es nicht persönlich, ich wollte dem Heiligen Geist gegenüber handgreiflich werden, nicht Ihnen. Adi war wütend, der Priester konsterniert und betroffen; Orlando hatte eingegriffen, den Ernsthaften markierend, hatte sich aber nur mit Mühe ein hysterisches Gelächter verkneifen können, das ihm direkt aus dem Bauch aufstieg.

Einen Priester, dem es die Sprache verschlägt, habe ich noch nie gesehen, erzählte Orlando denen, die nach Einzelheiten fragten, denn im Lauf einer Stunde wussten alle Bescheid, hatten sich alle informiert. Den Priester zu schlagen war wie dem Arzt ins Gesicht zu spucken. Denn das waren die Einzigen, die unter den Italienern noch etwas galten.

***

Sie sehen aus wie Menschenaugen. Schau sie dir genau an. Sie glänzen so schön, hatte Giada gesagt, als sie zum ersten Mal die Pupillen der Gazelle Checco betrachtete.

Die Brombeeren, die sie mit Luisa an der Schotterstraße Richtung Autobahn gesammelt hatte, waren von demselben Schwarz, selbstherrlich und herb.

Diese Augen waren wie polierte Steine, gut, um daraus Knaufe für Türen und Fenster zu machen. Diese Augen sahen sich um.

Lange Wimpern, auch wie bei Menschen.

Sie scheint uns anzusehen, sie scheint zu hören, was wir sagen, sie neigt den Kopf zur Seite, wenn wir flüstern, sie richtet die Pupillen, diese beiden Brombeeren, auf den Boden, als würde sie im Staub etwas suchen, während wir eine Sprache sprechen, die sie nicht versteht.

Wie sollten diese Augen nicht fliehen? Bei diesem Geschrei, bei diesen vielen Händen, die sich nähern, die abtasten, Fleisch erspüren, Fell gegen den Strich streicheln?

Augen wie der auf der Abtropfschale der Vittoria zusammengekehrte Kaffeesatz, den man stillschweigend noch einmal verwendet. Den »Hebel« der Maschine für einen Cappuccino herunterziehen, die Milch wirkt ja immer ausgleichend und macht, dass man nichts merkt; und das Salz übertönt ohnedies alles.

Augen, die hüpfen, während der magere kleine Körper noch keine Bewegung macht, ausgestreckt auf dem Sand liegt, der so fein ist, dass er Asthma auslöst, den Atem raubt, wenn der Wind sich erhebt. Bewegliche und neugierige kleine Tänzer, die jedes Zucken in der Nähe ganz genau erfassen.

Es war das dritte Mal, dass Giada es versuchte, die ersten beiden Gazellen waren innerhalb weniger Tage gestorben; die Zunge heraushängend, das Blut erkaltet, die Ohren umgeknickt, in sich verschlossen, leer. Wie diese Hose, die Giada in Legnano auf einem Baum gesehen hatte und vor der sie davongelaufen war.

Ich will keine Gazelle mehr, hatte sie zur Mama gesagt, sie leiden.

Und doch war sie an diesem Mittwoch zu dem roten Haus gegangen, dem letzten in der Allee, die sich dann zum Meer hin etwas öffnete; raue Böen, triefnasser Sand. Dahinter bot eine Gruppe von *diavoletti* sie unter einer Dattelpalme feil, sie hatten sie ihren Müttern in der Wüste geraubt. Sie hatten Stöcke bei sich, mit denen sie sie an den dürren Beinchen antrieben.

Sie waren so klein, dass sie noch gar nicht aufgestanden waren, Stummelschwänzchen, noch nicht einmal ein Schatten von Hörnern. So klein, dass in ihren Augen das Meer lag, darin schwimmend Wolken, die am Himmel von Assab noch nie gesehen worden waren.

Wie viel wollt ihr für die da?, fragte Giada schließlich, hinter dem Rücken die Finger knetend und mit den Füßen im Sand spielend.

Die *diavoletti* standen barfuß zwischen den dürren Beinen der noch neugeborenen Gazellen. Und die beraubte Gazellenmutter heulte in der Wüste fast wie ein Wolf, fast als wäre ein Löwe gekommen und hätte sie alle zerrissen, diese armen kleinen Wesen ohne Hörner.

Zu zweit brachten sie sie ihr, hielten sie ungeschickt, erwürgten sie fast, schleiften sie, eine Spur im Staub hinterlassend; und die Gazelle, die seit Tagen nichts getrunken hatte, hatte den Geschmack der Milch schon vergessen.

Die *diavoletti* hatten die Gazellen in der Wüste an Stöcke gebunden wie gehäutete Zicklein für das Hochzeitsmahl und sie sich, einer vorn, einer hinten, auf die Schultern geladen.

Die Fremden mögen exotische Tiere im Haus, die sie sich in ihrem Land nicht einmal hatten vorstellen können.

Aber Giada war wegen dieser Augen da. Sie hatte sich in ihnen wiedergefunden, ein Stück ihrer selbst; wer weiß, wo es sich in diesen Pupillen verbarg. Sie wusste nicht, was es war, aber es war da.

Ali sagte, alle Tiere seien gemacht, um in Gesellschaft zu leben, aber sie müssten wählen können. Sie sagte: Bring eine dieser Gazellen nach Hause, halte sie bei dir draußen, gib ihr zwei Tage, wenn sie Heimweh hat, wird sie gehen, wirst schon sehen, und den Gestank der Wüste findet sie leicht wieder, sonst mach ihr ein bequemes Lager und kommandier sie nicht herum; gib nur Ratschläge, frag sie, ob sie dich ein Stück begleiten mag.

Mit Tieren verstand sie sich auch auf Distanz. Es gab keines, dem sie nicht in innigster Liebe verbunden war.

Wie Coruss, die feuerrote Katze, langhaarig und das ganze Jahr über rollig, die in jedem Winkel der Bar Knäuel ihres Fells hinterließ, und wenn sie werfen wollte, versteifte sie sich auf einen bestimmten Platz und war nicht mehr davon abzubringen. Ihre ersten Jungen hatte sie in der Zigaretten-Schublade geboren, fast als hätte sie das Nikotin-Übel von Adi übernommen. Vielleicht erinnerte es sie an Adi, an den Geruch ihrer Hände. Dort, zwischen Filtern, Tabak und Teer, war für Coruss ein sicherer Platz. Es war, wie in Adis Armen zu sein.

Also fasste Giada ihren Entschluss. Sie brachte die Gazelle nach Hause, Schritt für Schritt, da sie ihr zum Tragen zu schwer war.

Sie legte sie neben ihr Bett. Einmal neben dem *anghareb* ausgestreckt, hatte sich das kleine Wesen nicht mehr gerührt. Schnauze am Boden, zerfließende, immer feuchte Meeraugen. Ganz lange Beine, die wirklich nichts zu tragen vermochten. Zu viel Rumpf und kaum Muskeln. Eine komplizierte, absonderliche Anatomie. Wer hat diese Kreatur erschaffen, deren Beine sie nicht tragen?

Ein Holzspielzeug, zu dem in der Schachtel ein Stück fehlt und das jedes Mal zusammenbricht.

Dann machte die Gazelle ein paar sehr drollige Versuche, und die Gelenke knickten nach allen Seiten weg. Maximal zwei Schrittchen, dann fiel sie wieder auf den Bauch, sie gab Laute von sich, klagte, schien zu schnauben. Sie verrenkte sich, kippte nach rechts oder links, um es dann erneut zu probieren. Stur.

Giada sah ihr ein Weilchen zu, ohne einzugreifen, sie wusste auch nicht, was sie hätte tun können; doch dann, als das Tier wieder umzufallen drohte, half sie ihm spontan mit einer Hand unter dem Bauch.

Sie versetzte ihm ein paar kleine Stöße an den richtigen Stellen, damit es etwas besser ins Gleichgewicht kam, aber ohne es hochzuziehen. Es zu zwingen hatte keinen Sinn. Das müssen sie schon allein herausfinden, die Tiere. Und darauf kannst du dich verlassen, sie finden es immer heraus, erklärte Adi, die im Türrahmen lehnte, der eigentlich eine einfache Maueröffnung ohne Tür war. Man ging dort aus und ein, auch ohne anklopfen zu müssen.

Los, Checco, los.

Was ist das denn für ein Name, Checco?

Der erstbeste, der mir in den Sinn kam. Ich habe Checco gedacht.

Die Mutter lachte. Die Gazelle Checco, wirklich schön.

Unterdessen schwankte Checco, sank in sich zusammen wie eine Pflanze im Hauch der Hitze, sie regte sich auch im Stillstand und trat das Stroh; die Hufe scharrten im Leeren; die Knie machten krick, krick; sie schienen bei jedem Versuch zu brechen. Sie brachen und fielen wieder zu Boden.

Los, Checco, los. Giada ermunterte die Gazelle Auge in Auge.

Ganz zerbrechlich, ganz dünn, wie eine Binse mit vier Bambusstäbchen als Stützen. Ganz kaputt.

Und eigentlich ist Checco ein Männername. Wenn wir genau sein wollen.

Sie brauchte ein paar Stunden, doch schließlich stand sie aufrecht auf zittrigen Beinen, die Ohren gespitzt, den Schwanz hochgereckt, schnuppernde Nüstern.

Sie wittert das Meer. Bestimmt, dachte Giada und sprach mit ihr, lobte sie für diesen Erfolg.

Von diesem Augenblick an waren Giada und Checco unzertrennlich.

Giada nahm Ziegenmilch, weil sie nach zwei gescheiterten Versuchen begriffen hatte, dass Kuhmilch Gazellen schadete. Sie war zu reichhaltig. Morgens beim Wechsel des Bettes machte sie sie am Herd warm, füllte sie in eine alte Babyflasche und rief Checco. Und die stand auf.

Kaum wach, wagte die Gazelle ein paar elegante Schritte; sie wechselte Vorderhuf und Hinterhuf ab wie bei der Parade, langsam und ein wenig trotzig tastete sie den Boden ab. Wenn sie dann den Ruf hörte, begann sie mit den vier Beinen gleichzeitig zu springen, wie eine Heuschrecke sprang sie mit ihrem schwarzen Streifen den ganzen Rücken entlang von Stein zu Stein. Giada lachte sich tot.

Nach der Zeit mit der Ziegenmilch trank sie morgens Kaffee mit Zucker, diese sämige Mischung von süß und salzig, ein entschiedener und liebenswerter Kontrast, sogar für eine Gazelle.

Checco kaute mit den kleinen Vorderzähnen die weichen Karamellbonbons, die Giada ihr vor dem Schlafengehen gab und die ihr regelmäßig am Gaumen kleben blieben. Dann hielt sie ihr mit der Hand das Maul fest und löste das Bonbon geschickt mit einem Finger ab, ließ sie aber weiter wiederkäuen, gerunzelte Schnauze und gerümpfte Nase, in merkwürdigen Posen, weil die Schleimhäute irritiert waren und doch den so guten Geschmack genossen.

Checco konnte die Vorderhufe auf den Tisch stellen, und Giada band ihr sogar ein Lätzchen um den Hals, als ob sie ein Baby wäre, das Hilfe braucht, um seinen Salat zu essen. Sie wollte ihn ausschließlich angemacht. Salz, Pfeffer, Öl. Kein einfaches vertrocknetes Gras. Eine Feinschmeckergazelle, sagte Orlando, mit Blick auf das Tier, das sich anschickte, wie alle übrigen Tischgenossen seine tägliche Mahlzeit einzunehmen: leicht geöffnetes Maul, wachsame Augen auf die verschiedenen Gerichte.

Hüpfend, alle vier Läufe ganz eng beieinander, lief Checco bis zum Meer, ein Frosch mit Hufen.

Giada konnte noch nicht schwimmen und Checco sah ihr vom Ufer aus zu, wie sie sich in Ufernähe allein an der Oberfläche treiben ließ. Drei Schritte vor und drei zurück, weil das Wasser sie schlussendlich immer erschreckt zurückweichen ließ.

Zu verschieden vom Sand der Wüste, um einladend zu wirken, es war eine unglaublich salzige Unermesslichkeit, für eine Gazelle, die Süßigkeiten liebte, wenig angenehm.

Checco schnupperte an dem Henna und kniff dabei sogar die Augen zu, so stark war der Geruch. Nach dem Färben malte Mila ihr immer einen roten Punkt zwischen die Augen und segnete sie, die Hände wild durch die Luft wirbelnd und Riten befolgend, die nur sie allein kannte. Und Checco akzeptierte und respektierte diese heilige Handlung; sie schien sogar ehrfürchtig den Kopf zu senken.

Checco ließ sich von der Katze um die Bar jagen, hielt sie dabei aber stets auf dem nötigen Abstand, um Spaß zu haben, ohne dass sie sie anspringen konnte, denn wenn es nach ihr gegangen wäre, hätte Coruss nicht einmal mehr eine Staubwolke von ihr gesehen. Die Katze schlief auf dem Ausziehsofa in dem kleinen Esszimmer, und Checco lag auf der Strohmatte und hielt Wache, fast als ob die Gazelle den Löwen behüten müsse. Coruss bewachen, als wäre sie ein Votivaltar.

Checco saß draußen vor der Tür der Bar und strich mit aufgestelltem Schwänzchen zwischen den Tischen der Pokerspieler herum, auch bis spät nachts, bis um drei oder vier; wenn Giada schlafen ging, blieb sie und kontrollierte, dass nicht die üblichen Reibereien ausbrachen, zu denen es kommt, wenn alle zu viel intus haben.

Im Kino setzte sie sich neben Giada, blickte konzentriert auf die weiße Leinwand, sie schien die Worte zu verstehen, alle Worte, wirklich alle, und herzlich zu lachen, wenn es was zu lachen gab. Nicht immer, aber wenn es wirklich nötig war, wie es intelligente Menschen eben tun.

Checco steckte Hamed ihre Schnauze zwischen die Beine und schob, nahm ihn auf die Hörner, die sie nicht hatte, drückte ihn gegen die Wand, fixierte ihn, stemmte sich mit den Hufen gegen ihn, schien ihn angreifen zu wollen, während sie doch nur mit ihm spielte, und dann kullerten sie ineinander verkeilt mit großem Radau mitten durchs Lokal, in einem wilden Gewirr aus Hufen und Lederschuhen. Hamed trällerte ein Lied für sie, Giada schien es ein Klagegesang, aber Hamed sagte, Checco würde es bestimmt wiedererkennen; es war der Gesang der Araber in der Wüste.

Eines Tages brach Checco sich ein Bein.

Die *diavoletti* hatten sie in Richtung Corso laufen sehen, mit ihrem hüpfenden Gang, und sie waren ihr gefolgt, bewehrt mit Steinen und Stöcken, um sie im Kreis laufen zu lassen und ihr die Beine durcheinanderzubringen.

Checco drehte und drehte sich. Aber die zu langen, zu dünnen, zu mageren Beine hatten sich wirklich verhakt, eins über das andere wie in einem Strang Wolle: Checco fiel hin.

Da hagelte es Steinwürfe und Stockstöße. *Tielbodù. Tielbodù.*

Checco fuhr hoch und versuchte aufzustehen, aber das Bein war wirklich gebrochen, und als Giada sie fand, war sie fast leblos. Sie verscheuchte die Kinder und brach mitten auf der Straße in Verzweiflung aus, rief um Hilfe.

Die Leute umringten sie, fast als hätte sie ein blutendes Kind im Arm.

Jemand kam auf die Idee, in einem der Geschäfte mit Telefon den Arzt zu rufen, der in einer Viertelstunde da war, mit Tragbahre, Verbandszeug, Spritzen und was sonst noch, alles auf den Militärjeep der Unfallstation geladen.

Der Arzt sah die Menschenansammlung und dieses Mädchen, dieses weinende Kind, dann eine Schnauze, zwei Ohren, den Schwanz, einen schwarzen Streifen.

Habt ihr mich etwa wegen einer Gazelle gerufen?

Er runzelte die Stirn, seine Miene verfinsterte sich, er regte sich auf.

Es gibt keinen Glauben mehr in diesem Ort, nächstes Mal ruft ihr mich, um Fliegen zu kurieren.

Doch schließlich lud er Checco in den Jeep, Giada saß voller Dankbarkeit auf dem Rücksitz, tröstete ihre Adoptivtochter mit freundlichen Worten und streichelte ihr über den Rücken. Sie brachten sie ins Krankenhaus, und vor den verwunderten Augen der Leute legte der Arzt Checco nach wie vor murrend einen Gipsverband an.

Aber gehört sich so was, hm, mein Fräulein, wegen einer Gazelle den Doktor zu rufen?

Giada hatte nicht den Mut zu sagen, dass das nicht sie gewesen war. Checco reglos auf diesem Holztisch, der Gestank nach Gips, das verdrehte Bein, ganz schief, diesmal wirklich gebrochen.

Sie brachten sie sogar in die Bar, Hamed lud sie aus dem Rettungswagen aus, dann Giada, die voller Hoffnung war.

Nach einer Woche konnte Checco wieder gehen und traben.

Etwas angeschlagen und schief, aber sprühend vor dieser Energie, die ihr allein eigen war, allein von diesen Brombeeren kam, die sie anstelle der Augen hatte, ein kühnes Aufblitzen. Die Rituale wurden wieder aufgenommen: der gezuckerte Kaffee, die Karamellbonbons am Gaumen, die Hennapunkte auf der Stirn, die Lieder der Araber in der Wüste, die man ihr ins Ohr flüsterte, damit sie am Fuß des Tresens ausruhen konnte, Coruss' erfolglose Verfolgungsjagden, Orlandos große Hände, die sie in die Wangen kniffen, als würden sie einen Windhund streicheln, Adis amüsierte Blicke, wenn sie ihr auf einem Teller Karotten mit Zitronensaft herrichtete und dann sah, wie ihr die orangenen Streifen zwischen den Vorderzähnen heraushingen.

Dann brach sie sich noch einmal das Bein, an derselben Stelle. Wieder waren es die *diavoletti* unter den runden und salzigen Bögen des Markts, die Verkäufer in einer Reihe in dem einzigen Streifen Schatten an der Wand lehnend, in der Ferne die Umrisse eines Jeeps, der aus der Wüste wiederkam, der Geruch von

Datteln mit der Madonna auf dem Kern, die jungen und doch wegen des Staubs schon mit Blasen bedeckten Füße, die zu weiten Unterhosen und die am Hals ausgefransten Pullover. Noch einmal Stockschläge, Schreie, Verfolgung; ein Spielzeug zum Kaputtmachen.

Tielbodù. Tielbodù. Tielbodù.

Giada hatte nicht den Mut, erneut wegen einer Gazelle das Krankenhaus anzurufen, sie sah schon das Gesicht des Arztes vor sich, der sich darüber beklagte, sich um alle kümmern zu müssen.

Wenn das so weitergeht, schickt ihr mich noch, bei den Krokodilen in den Sümpfen oder den Quallen im Meer die Reflexe zu prüfen.

Zu beschämend für die Mutter, ein Streich kann mal durchgehen, aber beim zweiten Mal ist es beleidigend.

Und dann haben die Tiere ihre eigenen Gesetze, sie sind nicht dafür geschaffen, eingegipst zu werden, sie sind nicht für Tragbahren gemacht, für Pflaster oder Spritzen. Kaffee mag angehen. Karamellbonbons auch. Aber Krankenhäuser nicht. Bei denen weiß man, wann man hineinkommt, und nicht, wann man wieder herauskommt. Ersparen wir den Tieren wenigstens das Krankenhaus. Ich würde meinen Fuß nie da hineinsetzen und sehe nicht ein, warum Tiere ihre Tage dort verbringen sollten.

Die Mutter schüttelte den Kopf. Entschieden. Sie würden den Doktor nicht rufen.

Hamed versuchte, Checcos Bein mit einem Stock zu schienen, und schmierte es mit einer Paste ein, die aussah wie Schlamm, aber noch schlimmer stank. Meine Mutter nimmt sie. Ist gut. Auch für Tiere.

Mit seinen langen und kräftigen Fingern drückte und massierte er das Bein und zog die Schnur fest.

Los, Checco. Los. Aber diesmal genügten Hameds Hände nicht.

Am dritten Tag wachte Checco nicht auf, als man sie rief.

Leere Augen.

***

Giacomo erzählte immer was.

Es war ein brütend heißer Tag. Mein Freund Piga und ich hatten wunde Füße; verbrannt.

Piga sagt, gehen wir den Jägern zuschauen, wie sie den Hyänen das Fell abziehen.

Ich sag, ist gut. Und wir schwänzen die Schule.

Wir legen zwei Kilometer zurück, dann werden wir müde, und bis zur Brücke zu gehen, um hinüberzukommen, dazu haben wir keine Lust.

Da sehen wir ein Rohr, das die beiden Ufer verbindet. Es glänzt wie ein Schmuckstück.

Piga sagt, laufen wir da drauf rüber, sonst zerfrisst uns das Salz im Schlick die Knöchel.

Ich sag, hältst du dich für einen Seiltänzer? Das Rohr ist nicht so breit, man kann da nicht drauf laufen.

Piga sagt, ich will das Fellabziehen aber nicht verpassen.

Ich sag, lass uns rittlings rüberrutschen.

Also los. Wir klettern hinauf. Piga vorn und ich hinten.

Wir ziehen die Hemden aus und stecken sie zwischen die Beine. Das Metall ist glühend heiß.

Auch mit dem Stoff werden die Schenkel geröstet.

An das Rohr geklammert, schieben wir uns vorwärts, um über den Sumpf zu kommen.

Ein unsäglicher Gestank steigt von unten auf, Tierkadaver und Fliegen.

Piga sagt, ich komme so nicht weiter.

Ich frag, warum. Er zeigt auf ein Scharnier, das zwei Teile des Rohrs verbindet.

Er weiß nicht, wie er da rüberkommen soll, im wackligen Gleichgewicht auf diesem Rohr sitzend.

Piga sagt, geh zurück.

Ich sag, vergiss es, ich fall runter. In der Scheiße wirst du landen.

Piga sagt, ich geh nicht weiter, die Bolzen sind riesig, da fall ich ganz bestimmt runter.

Ich sag, ich gehe nicht zurück, ich kann mich nicht umdrehen, da fall ich ganz bestimmt runter.

Zehn Minuten bringen wir mit Diskutieren zu, dann noch mal zehn, dann nochmal zehn.

Die Stunden vergehen und wir debattieren da. Die Gluthitze hat uns die Gehirne verbrannt.

Ich gehe nicht zurück, ich gehe nicht vorwärts.

Die Hyänen waren bestimmt längst gehäutet.

Bis sein Vater uns findet.

Wir waren sieben Jahre alt, und an diesem Tag haben wir zwei Dinge gelernt: dass Piga Angst vor Bolzen hat und dass sein Vater sich nicht um die Sonne schert, wenn er zuschlägt.

***

In diesem unbequemen Bett in Legnano, mit den Fäusten der Großmutter im Rücken, hatte Giada davon geträumt, dass es ihr Leben verändern würde, ins große A zu kommen.

Sie würde ganz bunte Kleider haben, würde sehr hohe Bäume sehen, auf sehr geschickten Dromedaren reiten.

Sie dachte, sie würde singen, musizieren, tanzen. Sie dachte, im ganzen großen A gäbe es rote Teppiche und die Kälte von Legnano würde ihr niemals fehlen.

Doch jetzt hatte sie Angst, sie zu vergessen. Den Regen zu vergessen, den Schnee, den eisigen Wind, das Eis in den Regentonnen, die klirrenden Fensterscheiben bei unter null, den schmutzigen Schnee an den Straßenrändern, die Finger steif vor Kälte, sodass sie in der Fabrik das Schiffchen nicht bewegen konnte, die gefrorenen Putzlumpen im Schränkchen.

Die Hitze dagegen drückte ihr auf die Lungen, nachts weinte sie um eine Gazelle, tagsüber machte sie salzigen Kaffee, am Nachmitttag las sie die Aufschriften auf den Lastwagen, die über den Corso fuhren.

Adi erlaubte ihr viele Dinge nicht. Sie wollte nicht, dass sie sich schminkte, dass sie einen BH trug, dass sie leichte Blusen anzog, dass sie allein ins Kino ging, dass sie kniefreie Röcke kaufte, dass sie in der Kirche offene Schuhe trug, auch wenn sie selbst nicht hinging; eben weil sie dort nicht hinging.

Keiner soll sagen, dass ich nicht weiß, wie ich meine Kinder zu erziehen habe.

Auch wenn von den Kindern nur Giada da war und die anderen am anderen Ende der Welt, aber sie waren in guten Händen. Das wiederholte Adi oft.

Sie sind in guten Händen, sie sind brav, es fehlt ihnen an nichts, sie haben gelernt, zurechtzukommen, ich schicke Geld, ich vergesse die Anweisung nie. Sie sind in guten Händen.

Jeden, der ihr zu nahe kam, wenn sie durch die Bar ging, schrie sie an, ein General, der bei der ersten freundlichen Bemerkung eines Kunden das Gewehr zücken konnte.

Ich kenne die Männer in- und auswendig. Sie sind alle sehr gut, im Davonlaufen. Giada führte das Beispiel des Vaters an, der sicher nicht davongelaufen, im Gegenteil verlassen worden war.

Dein Vater wollte mich wie eine Rose für eine Vitrine, aber Blumen wachsen, wo sie wollen, und wenn du ihnen erzählst, du wärst ein Gärtner und wolltest sie gießen, verwelken sie zum Trotz. Sie sind Kinder des Regens.

Auf dem Markt rief sie sie zu sich.

Nur keine Vertraulichkeiten, Giada, geh vor mir her, lehn dich nicht rüber und rühr nichts an. Das sind alles Faulenzer, Taugenichtse, Fähnchen im Wind. Wer glaubt denn, dass Orlando bleibt? Er bleibt, so lange es ihm passt. Was glaubst du denn? Beim ersten Mädchen mit dunkler Haut packt auch er seinen Koffer. Was glaubst du denn? Das hier ist nicht die Welt der Heiligen.

Sie schicken Briefchen, hast du verstanden? Ach, was ein schönes Volk, diese Engländer.

Allein beim Gedanken an den Jungen auf der *Gerusalemme Liberata* kam sie schon in Wallung. Sie horchte sie aus, verlangte Details. Was hast du mit ihm gemacht? Was habt ihr einander gesagt? Wo habt ihr euch getroffen?

Noch nach Monaten machte sie weiter mit dieser Litanei. Denn ist der Ruf erst einmal futsch, ist er nicht mehr zu retten. Sie ereiferte sich ganz von allein. Errichtete ein Wolkenschloss aus Wut, murrte, auch wenn Giada nicht antwortete.

Was? Du sagst nichts? Ah, wusste ich's doch. Da steckt doch was dahinter. Eine Mutter hat nie Ruhe.

Von dieser dauernden Vor-sich-hin-Schimpferei bekam Adi Kopfschmerzen.

Ich will nicht, dass du so endest wie ich. Priester ohrfeigen.

Hatte sie einmal schreiend und mit wutentbrannten Augen bekannt.

Schön. Sehr schön war ihre Mutter. Hochtoupierte Haare, haselnussbraune Haut, breite Stirn, sanfte Augen, geschminkte Lippen, markantes, aber anmutiges Kinn, weiche Wangenknochen.

Die Hitze, das Gezeter. Sie war so schön.

Giada verstand nicht, was so schlimm daran war, so zu sein wie sie.

Früher oder später wirst du es verstehen.

So endete diese Unterredung mit der Mutter, die sich das Gewehr schnappte und für ein paar Stunden verschwand.

Ich nehme den Jeep, wartet nicht mit dem Abendessen auf mich.

An diesem Abend blieb Giada allein in der Bar. Ein paar Weißhemden scharten sich um den Billardtisch, Gelächter war zu hören.

Wir waren sieben Jahre alt, und an diesem Tag haben wir zwei Dinge gelernt: dass Piga Angst vor Bolzen hat und dass sein Vater sich nicht um die Sonne schert, wenn er zuschlägt. Er hat uns ordentlich verprügelt, sagte eine Männerstimme.

Er hat uns gewisse Ohrfeigen verpasst, nachdem er uns stundenlang in der Wüste gesucht hatte, um uns dann wie Krebse von dem Rohr über den Abflusskanal zu klauben. Und er lachte.

Es war einer der Stammkunden, der gerade hereingekommen war.

Er trat an den Tresen.

He, Kindchen, weißt du, welches der echte Cognac ist?

Er wirkte wie aus einem amerikanischen Film.

Klar weiß ich das, das sind die importierten. Und du brauchst hier gar nicht den Vorwitzigen zu spielen, sonst schenk ich dir einen hiesigen Schnaps ein und berechne ihn dir, als ob er aus Übersee wäre.

Der Quasi-Schauspieler hatte gelacht, den Zahnstocher wie eine Zigarette im Mund, lässig angelehnt.

Deine Mutter hat gesagt, du brauchst Englisch-Unterricht, zufällig arbeite ich bei Champion im Sekretariat, ich bin hier sozusagen der Bürgermeister, ich weiß nicht, ob du Bescheid weißt, scheinst dich in politischen Dingen nicht besonders auszukennen.

Er trommelte mit den Fingern auf den Holztresen. Zeigefinger, Mittelfinger, Ringfinger. Ringfinger, Mittelfinger, Zeigefinger. Zwei Mal mit dem Daumen. Die Fingernägel etwas länger, wie bei den Arabern.

Ich habe unter dem Duce gelebt, du bist vielleicht derjenige, der sich nicht auskennt, du wirst wohl höchstens ein paar Tuareg in der Wüste getroffen haben, entgegnete Giada empört.

Immer diese Geschichte von dem Mädchen, das unbedarft aus allen Wolken fällt. Sie war eine Tochter des Faschismus, sie hatte den Krieg mitgemacht, die Bomben gehört, auf den Feldern geschlafen, auf den Scherben der zerborstenen Fenster gelegen, hatte eine Seereise gemacht, inklusive Weihnachten an Bord, sie war Arbeiterin in der Baumwollfabrik gewesen, sie konnte lesen und schreiben.

Sie war kein Püppchen.

Ist ja gut, ist ja gut. Giacomo hob beschwichtigend die Hände und grinste angesichts der kämpferischen Haltung, die im Gegensatz zu den dünnen Ärmchen ihrer Besitzerin stand.

Willst du jetzt Englisch lernen oder nicht? Ich bin ein guter Samariter, für die hoffnungslosen Fälle mach ich den Unterricht umsonst.

Er trommelte auf das Holz, als wäre es Eselshaut, auch mit der Handfläche.

Lebhaft musterten die Augen die Marken der Hochprozentigen hinter Giada. Er schien teils anwesend, teils abwesend zu sein. Zwischen einem Lächeln und dem nächsten reiste er ohne Gepäck auf imaginären Schiffen.

Der Körper nie still, der Geist löste den Anker vom Boden.

Ja, ich will es lernen, dieses Englisch. Es ist scheint's die Sprache für alle hier geworden, sogar für die hoffnungslosen Fälle.

Giada räumte die ziemlich beschädigten Tässchen an ihren Platz, das Porzellan war gelb verfärbt vom starken Kaffee. Der Geruch wich nie ganz.

So kam Giacomo mit Adis Erlaubnis nachmittags in die Bar und begann, Giada unter ihrer Aufsicht Englisch beizubringen.

Das übliche zerknitterte Heftchen, Bleistifte, die mit dem kurbelbetriebenen Spitzer gespitzt wurden, die Späne konnte man zum Füllen der Ritzen zwischen den Bodendielen verwenden, verdreht geschriebene Wörter und eine seltsame Aussprache, die wenig Englisches hatte. Die Härte des Italienischen lauert stets im Hintergrund, dieser unvergessliche Klang.

Giacomo spielte sich als großer Kenner Afrikas auf. Er war im großen A geboren, er war nicht wie sie und ihre Mutter, die Verpflanzte, Flüchtlinge waren. In Asmara war er zur Welt gekommen, hatte sich in Massaua eingeschifft, fuhr nachts mit dem Jeep nach Obock, ohne sich zu verfahren, er fischte im Golf von Aden, seine Tränen hatten den Geschmack des Roten Meeres, seine Haut kannte keinen Schnee, alles, was erbaut worden war, hatte er entstehen sehen, er hatte die Grundsteinlegung gesehen, das Anrühren des Mörtels, er erinnerte sich an alle Flüsse, die später ausgetrocknet waren, er konnte mit bloßen Händen Mollusken fangen, er sprach sogar Tigrinya, er konnte sich mit allen verständigen. Wirklich mit allen.

Giada gab sich wenig beeindruckt, hörte nur mit halbem Ohr seinen Erzählungen zu, die von fantastischen Abenteuern, unglaublichen Begegnungen und wunderbaren Entdeckungen handelten; als ob das große A tatsächlich das Paradies wäre, das sie sich vorgestellt hatte. Das Land der unbegrenzten Möglichkeiten, der Absurditäten, der Fröhlichkeit, der endlosen Erzählung. Giacomo wusste sich Gehör zu verschaffen, er vermochte die Aufmerksamkeit aller zu fesseln und sie zwischen den Worten spazieren zu führen, während er voller Fantasie mit ihnen hantierte und sie knetete; er ließ sie aufgehen wie Hefeteig und reicherte sie mit nie gesehenen kostbaren Bildern an. Es genügten zwei siebenjährige Jungen, ein Metallrohr, vier Stunden in der Sonne, und niemand rührte sich von den Tischen, bis er fertig war. Er, der so wenig gelernt hatte, der ewige Bummler, der keine Sicherheiten gab, er war besser als jede Sendung im Radio oder jedes Buch.

Eines Abends trödelte er lange herum und zögerte das Nachhausgehen hinaus: Er hatte schon Karten und Billard gespielt, hatte seinen Amaro getrunken, hatte mit seinen Freunden geplaudert, und alle waren mittlerweile schlafen gegangen. Er aber nicht, er spazierte vor dem Tresen auf und ab, grüßte mit diesem Lächeln eines Hausherrn und tat so, als würde er das Geld in seiner Tasche zählen, um die Rechnung zu begleichen, die er absichtlich seit dem Morgen offengelassen hatte.

Hamed machte sich in der abendlichen Kühle auf den Weg; grüßte mit zwei zusammengelegten Fingern und einem müden Lächeln.

Sie blieben allein. Er, der amerikanische Schauspieler, stampfte über diese nach Salz stinkende Bühne, als wäre sie von den Scheinwerfern Hollywoods angestrahlt. Er beugte sich über den Tresen und gab ein paar Albernheiten von sich, die Haut an den Wangen von der Sonne gestrafft, die Augen flackerten lebhaft.

Die Häuser der Araber tief in der Wüste, wo es nie regnet, haben kein Dach.

Die Mauern schützen sie nur vor dem Sand. Das genügt. Es gibt die Lichter der Nacht, die Gesellschaft leisten.

Die Frauen in den Häusern machen keinen Lärm. Nur ihre Augen sind unbedeckt, sie sitzen an die Mauern gekauert, und wenn sie blind werden, merkt das niemand.

Die Männer tragen Wolle, bei dieser Hitze, und sie haben keine Angst vor dem Sand.

Die Erde hat überall die gleiche Farbe, und man atmet nichts als trockenen Wind. Bis in die Kehle.

Weißt du das alles, Giada?

Nein, sie wusste es nicht. Und hörte weiter zu, vergaß die Gläser und legte das Geschirrtuch beiseite.

Andere Orte kamen dran, andere Völker, andere Meere, andere Berge. Die Bar war ein riesiges Theater geworden. Reicher als das Kino.

Am Schluss sprang, wie der schlaue Redner erhofft hatte, ein Küsschen dabei heraus; Giada war in gewissen Dingen unbedarft, sogar dic langsame Annäherung der Lippen, ein Aufstützen der Ellbogen auf dem Tresen, das Vorschieben einer Schulter, die Verlagerung des Gewichts in ihre Richtung, der Blick eines Heckenschützen auf diesen unbefleckten Mund, waren neu für sie, und dann war zwischen den Worten diese Nähe offensichtlich, leicht, aus Sand und Sonnenuntergang, der erste Kuss, der letzte Kuss, die Verurteilung, das Fest, der Anfang eines langen Endes. Es konnte nichts Reineres geben, als sich von den Geschichten des großen A gefangen nehmen zu lassen, die Hoffnung schenkten, während sie über die Dünen gestreut wurden, sonnenmüde langsam herabsanken und sich tief in der Nacht häuteten und zu Wunderträumen jedes reisenden Kindes wurden, das jenseits des Meeres die Unendlichkeit finden will.

In diesem Moment wurde der Zauber durchbrochen, denn wie durch Magie erschien Adi auf der Schwelle, die die Bar von der Wohnung trennte.

Wut und Empörung standen in ihrem Gesicht. Wie bei einem Stierkampf stampfte sie mit dem Absatz auf den Boden und breitete die Arme so weit aus, dass es sie beinahe zu zerreißen schien.

Hey, meinst du, du kannst hierherkommen und dein Schindluder treiben?

Ha, solche wie dich, die kenn ich. Wie meine Westentasche, wie das Wasser, das ich morgens trinke, wie das Bett, in dem ich schlafe. Ich weiß alles über euch: Theaterspielen, das könnt ihr gut. Hier gibt es kein Rundum-Paket, nein, mein Herr. Wir sind ganz sicher nicht nach Afrika gekommen, um die Begleitdamen zu geben.

Entweder du heiratest sie oder du lässt die Finger weg.

Giada hatte sich hinter dem Tresen zusammengekauert, wie betäubt, sie hatte nicht einmal mitbekommen, dass sie diesen

Kuss gegeben hatte. Er war wie ein Staubwirbel hinter einem arabischen Haus gewesen. Etwas, das man wegen höherer Gewalt einfach irgendwann annehmen musste.

Ich heirate sie, sagte Giacomo.

V.

All dies war mit Liebe gemacht.

Schnell vergingen sechs Monate, nicht greifbar, federleicht. Sechs Monate und sie heirateten.

Luisa schickte aus Legnano Glückwünsche und das Brautkleid ganz aus Spitze.

Der Rock bodenlang, die Ärmel bis zum Handgelenk, Paspeln, Schleppe, Schleier. Ein Triumph aus weißer Spitze. Dies war das Geschenk der Familie auf der anderen Seite des Mittelmeers. Und als sie es auspackte, umarmte Giada es, als ob es ganz Legnano wäre, komplett in ein Schiff gestopft.

Ein paar dieser Volants hätten sie sich sparen können, du wirst aussehen wie ein Zierdeckchen auf Beinen, kommentierte die Mutter und schaute verwundert auf die Unmengen an Stickereien, die die Tochter bedeckten, fast als wäre sie ein protziger Tischläufer. Die Schleppe ist beschädigt, ob dieser Stoff wohl gut ist? Lass mich mal fühlen.

Er wirkt leicht, ein bisschen dünn gewebt. Deine Schuhe sind elfenbeinfarben und nicht weiß; bei deinen kleinen Füßen findet man nichts Passendes, nur kleine Mädchen tragen Größe fünfunddreißig, überall habe ich danach gesucht, bis nach Massaua, aber nichts zu machen.

Die Idee, bei der Hochzeit etwas Blaues zu tragen, ist albern. Die Sache mit der gestohlenen Aussteuer liegt mir immer noch im Magen, und deine Cousine wird ja eh nichts damit anfangen können, allenfalls mitansehen, wie sie Schimmel ansetzt. Wir werden alles neu kaufen müssen. Im Verzug mit den Bettlaken, wie stehen wir bloß vor den Colgadas da.

Und weißt du, dass deine Schwiegermutter das Geld für das Hochzeitsgeschenk von Giacomo verlangt hat? Was soll ich sagen: Sind das denn normale Menschen? Das Kaffeeservice hat von der Mutter des Bräutigams zu kommen.

Stell dir vor, die Hochzeitsanzeige musste Orlando schreiben, weil er eine schönere Handschrift hat als ich; er hat einfach ihr Telegramm abgeschrieben.

Schick das Geld. Stopp. Für die Kaffeetässchen. Stopp. Schreib die Anzeige. Stopp. Glückwunsch von der Mama.

Vom ersten Sohn, der heiratet, verlangt sie Geld, um Tässchen und Untertassen zu kaufen? Nur gut, dass ich hier die mit den schlechten Manieren bin … Bei denen zu Hause muss man die Türen mit den Füßen öffnen, das kann ich dir sagen, weil man die Hände immer voll haben muss, sie wollen die feinen Herrschaften geben und haben doch das Geld nicht dafür.

So schimpfte Adi, und um die richtige Haltung zu zeigen, wählte sie für sich ein knielanges rotes Kleid, von der Schneiderin aus einem Stoff aus Asmara genäht, denn Ohrfeige hin oder her, sie war mittlerweile aus der Kirche ausgeschlossen und würde mit Orlando draußen warten: Sonne im Zenit, mit Strohhut und Giacomos Hündchen, dem Malteser, als Gesellschaft.

Nur ich, der Hund und dieser Faschist aus Ravenna, stell dir vor, was für ein Terzett …

Die Leute sagten, Giada sehe an diesem Morgen des 15. Juli aus, als würde sie zur Firmung gehen.

Der Kopf voller Locken, von Mila mit dem Brenneisen gedreht, die Füße in spitzen Schuhen, elfenbeinfarben und nicht weiß, das Kleid, das bei jedem Schritt Staub fing, Hamed dahinter, der die Schleppe hochzuhalten versuchte, Adis Perlohrringe, die an den Handgelenken verschwitzten Handschuhe, die Kniffe in die Wangen, um sie zu röten, die Taille so schmal, dass man sie mit zwei Händen umfassen konnte, der von der Mutter verbotene Lippenstift, der BH, den sie zum ersten Mal trug.

Nun da sie eine Signora geworden war.

Am Himmel war kein Platz für Wolken und kein Lüftchen rührte sich.

Kratzig und durchbrochen, wie es war, juckte das Kleid auf der von der Sonne gebräunten Haut, es spannte am Hals, rote Flecken in den Achselhöhlen und in der Armbeuge; der Geruch des Stoffes, der in einer Truhe verschlossen gewesen war, hatte sich bereits mit dem des Salzes angereichert.

Die Braut war nicht die einzige Unbefleckte, alle schritten in schneeweißen Kleidern geschlossen voran, fächelten sich mit Straußenfedern Luft zu, um nicht vor Hitze umzufallen. Nur Giacomos Schwester Nadia hatte sich den Hauch eines türkisfarbenen Kleides erlaubt. So hübsch war sie, weite Stirn, herzförmiges Mündchen, die Füße in der richtigen Größe, nicht zu groß und nicht zu klein, von allen Anwesenden bewundert, an der Seite des Familienoberhaupts, der Mutter, klebend. Giacomos Vater kannte niemand.

Das Ritual begann. Die Ventilatoren am Ende des Kirchenschiffes gingen an und die Familienangehörigen setzten sich nach vorne. Den schon aufgekratzten Freunden weiter hinten entschlüpften laut einige flotte Sprüche.

Die Leute tuschelten in den Bänken, es brodelten Klatsch und Kommentare.

Er ist ein solcher Liederjan, wer weiß, ob sie ihm den Kopf zurechtsetzt.

Sie ist so klein, wie alt mag sie sein, sind wir sicher, dass sie schon heiraten darf?

Er scheint ein Star zu sein, er arbeitet bei den Engländern, ist ziemlich bekannt, es heißt, er ist beim Würfeln sehr gut.

Sie macht die Küchenhilfe in der Bar der Mutter, die mit Schnäpsen handelt und jetzt draußen vor der Kirche steht.

Sie ist rot angezogen. Sie haben mal eine Gazelle gezähmt.

Dann wandte die Schwiegermutter sich an die geladenen Gäste: Ruhe. Mit einer einzigen Handbewegung brachte sie sie zum Schweigen, alle miteinander.

Hochgeschlossenes, elfenbeinfarbenes Kleid, die üppigen Formen umspielend, Perlenketten, Spitzenhandschuhe, die Beine geschlossen und nicht übereinandergeschlagen, eine halb verwelkte Orchidee an den Hals gesteckt, die Haut gelb von der

Sonne, dieselben lebhaften Augen wie ihre Kinder, aber herrischer, forschender, urteilender.

Der Chef der englischen Verwaltung, Champion, führte Giada zum Altar.

Ganz verwirrt, als wäre es ein Traum, sich ihrer selbst nicht bewusst, dankte sie allen, schüttelte Hände, lächelte. Sie hatte auch nicht die geringste Ahnung, was die Ehe war, außer Brautkleid, Hochzeitsmahl, gestohlene Aussteuer, Reihenhaus, Malteser Hündchen, zu ertragende Schwiegermutter und Schwägerin.

Doch im Innersten fühlte sie, dass es der blumengesäumte Übergang in ein gutes Leben war, einem Leben als Frau.

Priester: Der Gott Abrahams, Isaaks und Jakobs.

Der Gott, der Adam und Eva im Paradies zusammengeführt hat, bekräftige durch Christus das Jawort, das ihr euch vor der Kirche gegeben habt, und stehe euch bei mit seinem Segen.

Der Mensch wage nicht zu trennen, was Gott vereint hat.

Alle: Amen.

Priester: Auch durch die Dokumente.

Er räusperte sich und legte eine Hand vor den Mund.

Die du, Giacomo, mir noch bringen musst.

Ein weiteres Räuspern, überzeugter als beim ersten Mal.

Ich erkläre euch zu Mann und Frau.

Alle: Amen.

Giacomo war nämlich eine Art Bürgermeister und musste diese Funktion auch im Fall der eigenen Hochzeit erfüllen. Nur schade, dass er mit den Dokumenten ein bisschen im Verzug war.

In der Kirche erhob sich allgemeines Raunen, Adi draußen war in der Sonne schon geschmolzen und fing an, Orlando mit Fragen zu quälen. Giada errötete.

Und begriff, dass sie einen jungen Mann geheiratet hatte, den sie sechs Monate zuvor kennengelernt hatte und der imstande war, am Tag der eigenen Hochzeit vor dem Altar die erforderlichen Dokumente zu vergessen.

Giacomo lächelte sie an, Schauspielerblick, gehüllt in schneeweiße Rohseide, und zuckte mit den Schultern, wie um sich zu entschuldigen. Er würde sie dann schon noch bringen, diese Wische.

Seien wir doch nicht so förmlich, in der Kirche bin ich doch erschienen, oder nicht? Ich hab meiner Mutter sogar das Geld für zwölf Teller und zwölf Tässchen geschickt, obwohl ich meinen Kaffee doch nur in der Bar trinke.

***

Dann kam der Moment der Fotoaufnahmen, die Piga machte.

Der Moment der Reiskörner, die in die Augen flogen.

Der Moment des Maltesers, der Giada aus Eifersucht wütend ankläffte, von seinem Platz verdrängt und draußen vor der Kirche gelassen.

Der Moment des kräftigen Händeschüttelns und der Glückwünsche, auch von Leuten, die man nie zuvor gesehen hatte.

Der Moment des vom Doktor ausgeliehenen Autos, nach Mister Champion und dem Priester der angesehenste Mann der Gemeinde.

Und dann ging es zum Mittagessen bei dem englischen Verwalter.

Die Champions bewohnten einen Landsitz aus der Kolonialzeit, wo der weiße Putz abgeblättert und die Pflanzen an der kleinen Allee welk waren. Es war das einzige Haus mit Klimaanlage, innen besser gepflegt als außen, mit leeren Brunnen und schiefen Hecken, vielleicht um diejenigen in besonderes Erstaunen zu versetzen, die die Schwelle überschritten, was schon ein großes Privileg war.

An den Wänden hingen viele Dinge, die Giada noch nie gesehen hatte.

Ausgestopfte Jagdtrophäen, nach zermürbendem Warten in dem stets zur Verfügung stehenden Jeep der Verwaltung in der Wüste erbeutet, hauptsächlich Gazellen, aber auch ein majestätischer Löwe; Kandelaber in Elfenbein und Schmiedeeisen, aus Florenz importiertes Kunsthandwerk; farbige Drucke, erworben in Indien, wo gewisse Cousins wie Nabobs lebten, aber stets im britischen Stil; Fotografien von hochadeligen Vorfahren, Baronen, Komtessen und Lords in herrlichen, blank polierten Rahmen, die täglich vor dem Frühstück abgestaubt wurden; Ölgemälde von Landschaften in England, Schottland und Cornwall, bei französischen Malern in Auftrag gegeben, *acheté à Paris*; riesige Bücherregale mit sorgfältig zusammengestellten enzyklopädischen Sammlungen; eigenwillige Pendeluhren, jede mit einer anderen Zeit, wie bei Reisenden, die sich für die Uhrzeiten auf der ganzen Welt interessieren.

Auf dem Boden mit Zigarrengeruch imprägnierte Teppiche, wie man sie in Assab nie sah, wo das Klima sie nicht erlaubte; sie dämpften das Geräusch der Absätze. Verschämt lief Giada auf Zehenspitzen.

Die klimatisierte Luft fächelte all den Spitzen Kühlung zu, der Schweiß lief ihr in Strömen über die Haut unter diesem Kleid, das für die Temperaturen der Wüste zu italienisch war.

Die lange Tafel stand mitten in einem großen Saal, der wichtigen Begegnungen und Festen vorbehalten war, das schwarze Tischtuch und die rosa Teller, der Jugendstilstuck an den Wänden, das riesige Gemälde eines Jägers, den Stiefel auf einem Löwenkopf.

Adi fand diese Zusammenstellung bizarr, eine Mischung aus Puppenmahlzeit, Leichenschmaus und einer dieser Jagdpartien, bei denen die Askari die Beute erlegten und der Herr sich damit fotografieren ließ.

Aber schließlich setzten sich alle.

Es gab unendlich viel Besteck, Giacomo zeigte ihr, welches sie benutzen sollte. Ein Gang folgte dem nächsten, alle serviert von Dienern in Livree, mit Handschuhen und geschlossenen Schuhen.

Giada war an so viel Essen nicht gewöhnt. Nach dem Krieg war ihr ein leicht stillbarer Hunger geblieben, ein Magen, der mit wenig auskam. Sie konnte auch eine Mahlzeit auslassen, ohne es zu merken, oder sich mit einer halben Portion begnügen und den Rest für Hamed übrig lassen, der für vier zu essen schien. Gefräßig und von allen Speisen, an der Zubereitung interessiert, den

Zutaten und den Gewürzen. Er beklagte sich bei Adi, weil sie das *zighini* immer zu wenig scharf machte.

Mehr *berberè*, Signora. Mehr *berberè* sonst ist es, als würde man Luft essen.

Und dann gab es Streit; Adi sagte, dass Italiener bei dieser Unmenge an feurigem rotem Gewürz auch draufgehen könnten, selbst wenn sie ihre Gaumen als kulinarisch bewandert ausgaben. Mit Schärfe müsse man maßvoll umgehen.

Aber ihr Freund war nicht da, man hatte ihn nicht zusammen mit Champion und dem Doktor einladen können.

Er hatte ihr vor der Kirche die Hände gedrückt. Hamed.

Ein neues Leben, Giada. Ein schönes neues Leben.

Und erst hatte sie ihm geglaubt.

Sie träumte von einem schönen Teller Rührei mit Tomaten als Hauptgericht, stattdessen kamen gegrillte Garnelen, lang und dick, respekteinflößende Tiere, die zu dritt kaum Platz auf dem Teller fanden.

Ganz frisch, hörte sie die Gäste über den Tellern tuscheln, die das schon am Geruch erkannt hatten.

Die Schwiegermutter beobachtete sie verstohlen. Die Ellbogen nie auf den Tisch gestützt, die Serviette im Schoß und nur mit einem Zipfel zum Mund geführt, das formelle Lächeln für die Tischgenossen, nie eine Frage zu viel. Sie warf dem Sohn ermahnende Blicke zu, wenn sie hörte, dass er zu einer Anekdote anhob, die für ein Hochzeitsmahl unpassend schien.

Nein, Giacomo, das erzählst du uns ein andermal, den Auftritt der Tänzerinnen im Imperial-Kino …

Und er lachte, er trank und lachte erneut. Es spornte ihn an, wenn er sah, dass sie hochfuhren, sobald er das Wort ergriff, und er war zufrieden, wenn die Mutter seufzte oder die Schwester den Mund verzog. Giada kam er immer mehr wie ein besonders lebhafter Fremder vor, einer von denen, die mit dir am Tisch sitzen und von dem du denkst, der ist aber mal ein guter Unterhalter. Die Sache mit dem Ehemann war ihr noch nicht klar.

Entschuldigen Sie, meine Damen und Herren, aber Garnelen muss ich mit den Fingern essen oder ich esse sie gar nicht. All dieses Besteck und Geschirr ist sehr hübsch, bonbonrosa, das hat man noch nicht gesehen, aber gewisse Speisen verlangen Handarbeit. Adi hatte eine Garnele am Schwanz gepackt, ein paar Sekunden später tat Giacomo es ihr mit einem breiten Lächeln nach.

Die frohe Kunde verbreitete sich unter den Gästen, alle schienen von der Mutter der Braut ermuntert, die offenbar nicht allzu viel gutes Benehmen erwartete.

Sehr gut, Signora Adele, auch ich fürchtete schon, mir die besten Teile entgehen lassen zu müssen, mit Messer und Gabel ist das wirklich Verschwendung.

Die Schwiegermutter hatte mit unbewegter Miene geschickt eine Garnele von dreien zerlegt, die anderen beiden lagen unberührt auf dem Teller, als hätte es ihr den Appetit verdorben, zu sehen, wie andere die Finger benutzten.

Diese zwei Krustentiere symbolisierten die soeben vollzogene Hochzeit.

Keine Aussteuer, kein Botschafter, eine Bar für Lastwagenfahrer, eine Mutter im roten Kleid, eine Blitzverlobung, das Aussehen eines unterernährten Kindes, das die Askari wie Freunde behandelte.

Signora Colgada war außer sich. Ihr solltet die Hochzeitsreise zu uns machen, sagte sie; das Glas kaum mit den Lippen berührend, den kleinen Finger abgespreizt. Vielleicht in der Hoffnung, diese Schwiegertochter ein bisschen geradezubiegen, im Grunde ist sie ja noch so jung und unerfahren, mit ein paar Stupsern bekommt man die schon in die Spur.

Of course in Asmara. We will pay the airplane.

Sofort setzte sich Champion für seinen Vertrauten Giacomo ein und bot an, alle Kosten für diese Hochzeitsreise zu übernehmen, auf der man ins Kühle fuhr, sich ausruhte, sich auf dem Familiensitz aufhielt und um fünf Uhr Tee trank.

Giada nickte, der Englisch-Unterricht war zu nichts gut gewesen, außer ihr einen Ehering an den Finger zu bringen.

Seit der Kirche drehte sie an ihm herum. Er war ihr unbequem, lästig: Er war eine Qual. Sie stellte sich Fragen über das Danach: nach dem Essen, nach den Lächeln, nach den Verabschiedungen, nach der Nacht.

Orlando bebte: finsterer Gesichtsausdruck, buschige, gerunzelte Augenbrauen, unangenehme Haltung.

Diese Engländer schicken unsere Kinder auf Reisen, schon bald sehen wir sie sogar auf dem Klo sitzen und uns das Toilettenpapier reichen, um uns am Ende des Monats die Rechnung mit Zinseszinsen zu präsentieren.

Knurrte er Adi ins Ohr, er sprach sehr schnell, um nur von ihr gehört zu werden.

Sie sind sehr freundlich, sagte Adi. Aber wenn Sie erlauben, Mister, die Reise meiner Tochter bezahle ich. Sie haben schon so viel getan, Sie haben uns zu diesem wundervollen Hochzeitsmahl eingeladen, solche Köstlichkeiten haben wir seit Jahren nicht gegessen. Aber lassen Sie uns doch bitte unseren Teil beitragen, entschuldigen Sie.

Adi hatte den letzten Garnelenschwanz an den Rand des Tellers geschoben, sich zierlich den Mund abgewischt, die Serviette mit Lippenstift beschmiert und das liebenswürdige Lächeln einer wahren Signora aufgesetzt, die jedoch keinen Widerspruch duldet.

Glaub bloß nicht, dass die Colgadas zahlen, nicht einmal die Hochzeitsanzeige konnten sie schreiben.

Es blieben nur zwei Garnelen am Tisch übrig, sie wurden in den Müll geworfen, statt dass man sie den Hunden gab.

***

In Assab hatte es seit neun Jahren nicht einen Tropfen geregnet.

Aber nach der Hochzeit, als sie für die Flitterwochen packten, fing es an zu regnen.

Stundenlang war Weltuntergang.

Die *diavoletti* liefen durch die Straßen, dann warfen sie sich in die trüben Pfützen auf den Boden, steckten die Füße ins Wasser und sangen im Regen, ohne dass man es verstand.

Man betrachtete den Himmel mit Freude und Sorge. Die Landschaft war verändert: dunkle Farben, das nasse Braun der vollgesaugten Erde, das kompakte Grau der Wolken, das stille

Violett des Meeres, das nackte Anthrazit der Felsen. Alles triefte, und bei den Häusern ohne Dach, ohne Fenster und Türen lief das Wasser ärgerlicherweise nach eigenem Gutdünken hinaus und hinein, ohne dass es eingeladen oder verscheucht worden wäre.

Das Salz hatte sich in diesen neun langen Jahren angesammelt und eine so dicke Kruste gebildet, dass alles wasserdicht war. Rauf und runter, rein und raus, nie absorbiert. Das Wasser war endlich Herr über das, was ihm lange Zeit vorenthalten gewesen war. Es lief unter die Möbel, zwischen die Bodendielen, die Arkaden entlang, in die Wurzeln der Dattelpalmen, an die Ufer der Wüste.

Eimer, Besen, Wischmopps, Hände reichten nicht. Nun war das Wasser an der Reihe, überall zu sein.

Assab wurde überschwemmt, zum stummen Erstaunen derer, die schweigend zusahen, wie die flüssige Macht den Raum der Wüste eroberte. Ein spöttisches Wasser, reichte es doch nicht, um ein Flussbett zu füllen, eine Spalte zu erfrischen, eine Pflanze wachsen zu lassen.

Das Haus des Brautpaars war fast fertig: weiß, wie Giada es sich immer erträumt hatte, fünf Zimmer, zwei Bedienstete, ringsum trockene Erde, die Bottiche für das Eis auf dem Dach.

Aber aufgrund des Regens blieben Giada und Giacomo in den ersten Tagen getrennt, die Straßen waren unpassierbar, die Möbel waren noch nicht angekommen, auch das Bett nicht.

Giada war erleichtert, denn direkt nach dem Hochzeitsmahl hatte sie sich tausend Fragen gestellt: Wie es sein würde, so weit weg von der Mutter zu schlafen, das *anghareb* verlassen zu müssen, die trockenen Nächte unter den Sternen, die Geräusche der noch bis zum Morgengrauen wachen Kartenspieler, die Katze Coruss, schnurrend auf den nackten Füßen.

Und dann Adis Gerüche, die sie ihr, nach Jahren, in denen sie sie nur selten und nur vorübergehend gesehen hatten, nun so nahe brachten.

Tabak, Puder, Zimt, Henna. Und noch einmal Tabak, Puder, Zimt, Henna.

Die Mutter war gleich hier, hinter der Tür. Giada würde sie im Bett ablösen, würde auf demselben Kissen schlafen wie sie.

Das Leben in der Bar war jedoch von einem Tag auf den anderen zu Ende. Sie war nun eine Signora, wiederholte sie sich und betrachtete das schmutzige Wasser, wie es vorwitzig dahinfloss, Signore haben ihr Haus, sie hängen nicht am Rockzipfel der Mutter. Signore werden Mütter, so hatte es zu sein.

Sie fürchtete sich davor, mit ihm allein zu sein, in einem leeren Haus, einem ungemachten Bett, zwischen nie zuvor benutzten Gegenständen. Ihr war klar geworden, dass dieser Mann ein Unbekannter für sie war. Nicht zu wissen, was auf sie zukam, flößte ihr Angst ein; alle schienen bereit dafür, zu heiraten oder andere zu verheiraten, aber was geschah danach? Wie ging es als Eheleute weiter? Die Mutter verlor nicht viele Worte darüber, was getan werden muss, musst du tun, das lernst du von allein, und als sie klein gewesen war, hatte die Tante gedacht, sie sei nur gut zum Eiersammeln bei den Hühnern, von wegen Hochzeit und Ehemann.

Doch jetzt war der Ehemann da, hatte Rohseide getragen, ganz in Weiß, hatte Garnelen gegessen und wie ein Filmstar für Fotos posiert, ein Lächeln im Gesicht. Alle hatten Amen gesagt, der Bund war geschlossen.

Das Flugzeug nach Asmara konnte nicht starten, die Piste war ein See.

In ihm spiegelten sich die Schatten.

Giada und Giacomo mussten tagelang warten, bevor sie abheben konnten.

Ich habe geheiratet und deshalb weint jetzt der Himmel. In Asmara könnte auch Schnee liegen, sagte er lachend, aber mit einem Funken Rührung angesichts der Tatsache, die Wüste nass zu sehen.

Sie dachte an den Frost in Legnano, der den Regen zu Eis gefrieren ließ.

Die Flitterwochen bei der Schwiegermutter in Asmara waren wie der Traum von einer bestimmten, der nahen Zukunft. Eine Zukunft, die in Giada schon ein paar Zweifel aufkeimen ließ.

Weißes Haus, Bedienstete, üppiger Garten, blühende Pflanzen, Veranda, Pergola.

Aber in Asmara herrschte ein frisches Klima, das Assab sich nicht erlauben konnte, und die Villa der Schwiegermutter war bis ins Detail ausgestaltet und angefüllt mit wertvollen Gegenständen, alle geschenkt, viele noch eingepackt.

Die Schwiegermutter war mit französischem Eau de Cologne getränkt, sie stank, als wollte sie die Mücken verjagen.

Afrika verdankt uns alles. Jedes Zeichen der Verbesserung haben wir ihnen gebracht, und jetzt sollen wir ihrer Ansicht nach mit Schuldgefühlen leben. Warum denn? Arbeit, Brot, Krankenhäuser, Schulen ... Alles von uns.

Das hat Brusasca gesagt, unser ehemaliger Außenminister, nicht irgendein Dahergelaufener also, ich erinnere mich gut an ihn, ich habe den Artikel aufgehoben, in den schlimmsten Momenten dieser Stadt lese ich ihn immer wieder, eine wunderbare Rede, Rom 1947, ein wichtiges Datum, Giada, schreib es dir auf.

Wir haben all das mit Liebe gemacht, das kann man nicht leugnen, genauso hat es Brusasca gesagt.

Mit unserer Liebe haben wir sie gerettet, mit der Zuneigung zu diesem elenden Land, und sie haben alles vergessen, die Undankbaren.

Deshalb achte nicht auf die Stadt, sie verkommt. Sie ist nicht mehr wie früher.

Früher waren wir hier praktisch in Italien, jetzt sind wir irgendwas zwischendrin, jeden Tag kommen sie von oben und von unten, sie kaufen unsere Häuser, tauschen die Namensschilder an den Toren aus. Ich wende mich von dem falschen Lächeln derer ab, die gekommen sind, um klammheimlich bei uns zu schmarotzen.

Sie stehlen Lebensmittel aus unseren Speisekammern; ich weiß nicht, ob das nicht klar genug ist.

Du hast von unserem Afrika nur die Überreste gesehen in diesem verlorenen Kaff in der Wüste, nicht einmal auf der Karte ist es eingezeichnet, man stelle sich das vor. Mein Sohn, dieser

Dickkopf, ist da runtergegangen, um seine Zeit zu verplempern, während wir hier in Asmara alles haben, was man braucht.

Vielleicht sollte ich sagen, wir hatten, früher einmal gab es wirklich alles.

Sonntags geht man in die Kirche, eine richtige Kathedrale, nicht so eine Gluthöhle, wie ihr dort habt. Das Augustus und das Impero sind immer voll, sie tragen bedeutende Namen und machen ihnen Ehre, jeden Tag laufen dort Filme, und es ist nicht bloß so ein bunt zusammengewürfelter Haufen Strohstühle wie bei euch, wo die Frau des Doktors mit einem Paar guter Schuhe ihren großen Auftritt hat; hier bei uns wäre das peinlich.

Nicht dass ich Kinos liebe, aber sie sollten der Bezeichnung als solche wenigstens würdig sein.

Auch das Odeon hat nie zugemacht; man ging regelmäßig ins Theater, *shiftà* hin oder her, Banditen lassen uns kalt, in Asmara hat man keine Angst, wir Italiener genießen die besondere Wertschätzung des Kaisers. Hier sind Gino Mill, Mario Folena, Gianni Lombardi, die Poli, Doretta del Prà aufgetreten. Aber was sollst du mit diesen Namen anfangen? Du bist aus einer bombardierten Stadt bei Mailand gekommen und hast dir jetzt in einer Bar die Seele aus dem Leib geschwitzt. Und was für eine Bar … hast du unsere Bars hier gesehen? Die in den Clubs sind fantastisch, sie importieren alles aus Italien, erstklassige Produkte. Meine Tochter wird regelmäßig zu den Bällen im Mingardi-Schwimmbad, im Tennisclub, im Piccadilly eingeladen. Rechtschaffene Leute. Wenn der Club zusammenkommt, versteht sich, ich schicke meine Tochter schließlich nicht in die Stadt, um sich unters Volk zu mischen. Sie ist immer in Begleitung von Freunden des Vertrauens, aus guter Familie.

Alles Italiener.

Die Schwiegermutter ließ Giada auf der Veranda in einem der Korbstühle Platz nehmen und redete. Die Dienerin brachte Gläser mit kalter Limonade. Giacomo verschwand, um seine Freunde zu treffen, er sehe sie nie, das sei eine gute Gelegenheit. Ihre Hochzeitsreise. Wenn er nicht da war, war das Ritual der Limonade unumgänglich. Nadia trug die Haare zusammengebunden, nach der Hochzeit hatte auch sie sie sich mit Henna gefärbt. Sie stammelte herum, sah sich um und nickte der Mutter zu.

Sie gingen zum Fotografieren mit ihr in den Garten.

Giada und Nadia. Lächeln. Foto.

Giada und die Schwiegermutter. Lächeln. Foto.

Giada, Nadia und die Schwiegermutter. Lächeln. Foto.

Sie tauschten Plätze. Weiteres Foto.

Mit vertauschten Plätzen. Anderes Foto.

Giada allein. Unter dem Efeu, neben der Amphore oder im Gras sitzend, mit der Limonade in der Hand.

Lächeln. Fotos.

Signora Colgada scheuchte ihren Diener wie einen Verdammten im Garten herum, suggerierte Posen, die reihum wiederholt wurden, als auch Giacomo wieder in der Villa erschien. Das waren dann neue Choreografien und neue Gesichter, neue Ansichten, neue Vasen, neue Pflanzen.

Lächeln. Foto. Lächeln. Foto. Lächeln …

Bald fanden sie sich erschöpft in den Korbstühlen mit weißen Kissen wieder. Die Limonade immer kühl.

Manchmal ist es mir zuwider, ins Kino zu gehen. Das Getuschel, die Zigaretten, Leute, die aufstehen.

Es ist nicht so elegant wie das Theater, mit seiner Ordnung und dem Respekt vor der Dunkelheit, die Hände im Schoß gefaltet, graziöse Haltungen, die Damen, die maßgeschneiderte Kleider zur Schau stellen.

Auch den Applaus verstehe ich nicht. Warum Schauspielern applaudieren, die nicht anwesend sind? Das ist, als wollte man Lärm für Gespenster machen. Manche pfeifen sogar. Erinnerst du dich, Nadia, dass du mir das erzählt hast? Zum Glück war ich nicht dabei.

Das sind unsere Malheurs.

Zusammen mit den kurzen Verlobungszeiten. Nimm es mir nicht übel, Giada. Aber sechs Monate sind wenig, quasi nichts. Wir haben es mit eilig zusammengeschusterten Hochzeiten zu tun, Blitz-Heiraten, in einem Moment sagt man sich Guten Tag und im nächsten steht man schon vor dem Altar. Die Meinung der Familie zählt mittlerweile nichts mehr.

Ich konnte mit Giacomo über nichts reden. Er hat mich um das Hochzeitsgeschenk gebeten und fertig. Man weiß nichts mehr von seinen Kindern und findet dann Schwiegertochter und Enkel in den eigenen vier Wänden. Wir nehmen euch in diesen Tagen gerne auf, um euch zu feiern, das ist es nicht. Aber verstehst du, die Norm würde ganz anderes verlangen.

Das Bankett war nett, sehr *à la mode*, an einem eleganten Ort, das muss ich zugeben, aber auch sehr kurz, im Handumdrehen war es vorbei: Ohne Vorwarnung waren wir schon beim Dessert.

Giacomo hat keine richtige Anstellung, unnötig, das zu leugnen, er wechselt den Arbeitsplatz wie die Socken; du brauchst nicht die Brauen hochzuziehen, du wirst schon wissen, wen du geheiratet hast, nicht wahr?

Ich hoffe nur, dass deine Mutter euch vor der Hochzeit auseinandergehalten hat, man hört da ja gewisse Dinge … Sprechen wir lieber gar nicht davon, Ende der Rede.

Ach, noch vergessen, ich verbiete dir, in meinem Haus den Ausdruck *leisure time* zu verwenden. Er klingt wie lässig, und das stört mich.

Wenigstens die Freizeit soll italienisch bleiben.

Giada war erschöpft und hatte vom vielen Nicken einen steifen Hals bekommen, die Zähne schmerzten vom Zusammenbeißen, und so bat sie ihren frisch Angetrauten, einen ganzen Tag mit ihr zu verbringen; und er willigte ein, denn er kannte das Temperament der Mutter und konnte sich gut vorstellen, dass seine Frau die Stadt sehen wollte und nicht nur ihre herrliche Veranda. Und sein Verschwinden wurde fast verziehen, fast.

Asmara war so, wie die Schwiegermutter erzählt hatte. Aber nicht ganz.

Eine Stadt im Jugendstil, voller Bars, Konditoreien, Gemischtwarenhandlungen, Schneidereien, Clubs, Kinos, Bekleidungsgeschäften, Läden mit Waren, die Giada nicht einmal in der Heimat je gesehen hatte.

Es war ein transplantiertes Italien, ein pulsierendes Herz in einem Körper, der es an einem gewissen Punkt nicht mehr haben wollte. Ganz allmählich stieß er es ab. Stück für Stück: Der Körper war seiner überdrüssig geworden.

Auf der Straße konnten sie sich nicht an der Hand halten, sie gingen eingehängt. Er, der große Erzähler, dort mehr denn je, spielte den Führer und erläuterte die Orte seiner Kindheit. In einem Moment verzauberte er sie, im nächsten nicht. Als sie darüber hinaus eine Frage stellte: Bist du glücklich? Glaubst du, es war die richtige Entscheidung? Wird es für immer sein?, drehte er das Gesicht weg und sagte: Schau in dieser Bar dahinten, da habe ich Jahre mit Kartenspielen zugebracht. Der Piga und ich, was für ein Paar. Ich glaube, der Pächter hat jetzt gewechselt.

Kennst du die Geschichte mit dem Rohr? Habe ich sie dir schon mal erzählt? Wir waren sieben Jahre alt und an diesem Tag haben wir zwei Dinge gelernt: dass Piga Angst vor Bolzen hat und dass sein Vater sich nicht um die Sonne schert, wenn er zuschlägt.

Er wiederholte immer dieselben Anekdoten.

Er grüßte alle, Italiener und Nicht-Italiener, blieb stehen, um zu plaudern, und zog sie zu den Bekannten hin und stellte sie als meine EHEFRAU vor. In Großbuchstaben, wie alle Dinge, die wichtig sind, die man hervorheben will. Ein neues Wort für Giada. Es hatte den Geschmack von Kiwi, die sie nie gegessen hatte, bevor sie nach Afrika gekommen war; und diese Süße, die das Herz zum Weinen brachte, hatte sie überrascht und mit Freude erfüllt, aber am Abend hatte sie Bläschen auf der Zunge gehabt.

Ja, meine junge Ehefrau. Stört euch nicht daran, dass sie klein ist, das ist nur ihr Körperbau, sie ist gewitzt. Augenzwinkern. Wir haben vor wenigen Tagen geheiratet. Dann hat es geregnet, das Wasser fiel wie ein Wunder vom Himmel. Man hatte schon fast zehn Jahre keinen Regen mehr gesehen. Ob das ein Zeichen des Schicksals ist? Augenzwinkern.

Doch er lachte auf seine flapsige Art, kaute zwischen den Mahlzeiten Tabak und sagte, das hat mir ein Ziegenhirt beigebracht, ich käue besser wieder als die Kühe in der Toskana, nie gesehen, he, aber es heißt, es seien die besten; er übersetzte ihr unverständliche Wörter. Er war ein schöner Mann, glatte Haut, anziehender Blick, glänzende Zähne, sie wurde nicht müde, ihn zu betrachten, auch wenn sie Lust bekam, sich hinzustellen und ausgiebig mit den Füßen aufzustampfen, wenn er wie ein Sturzbach redete und ständig mit den Augen zwinkerte.

Er schwieg nie, überdeckte mit anderen Leben, dass sie beide sich nicht kannten, ab und zu veränderte er die Episode, die er ihr schon erzählt hatte, das brachte sie durcheinander; er lief tänzelnd, leicht dahin, wie ein Vogel im Flug.

Und wir beide?, fragte sich Giada. Wird von uns beiden nie die Rede sein?

Er führte sie zum Essen aus, griechisch, arabisch, französisch. Er erzählte ihr, dass seine Mutter und seine Schwester auf der Straße häufig so taten, als würden sie ihn nicht erkennen, dass sein Bruder Icaro sie die Pechschwarzen nannte. Seiner Meinung nach bringt Öl Geld, aber Teer ist schwarz und stinkt.

Giacomo hingegen wollte die Namen von allen wissen. Überall waren Freunde von ihm, in den Häusern, auf den Straßen, in den Geschäften. Er verneigte sich, bevor er die Schwelle überschritt, als wäre das immer noch das Reich des Negus, des äthiopischen Kaisers.

Alle wollten die Frischvermählten empfangen. Sie mit ihrem Brot und ihrem Wasser segnen. Und so verging die Zeit im Tumult der ersten Gefühle und in den widersprüchlichen Böen der Ruhe, fern von der Veranda und der lästig kühlen Limonade.

***

Nach der Reise erwartete sie in Assab außer dem Ende des Geschwätzes und der Segenswünsche die berühmte kleine Villa, ganz ebenerdig und mit fünf Räumen.

Wenn Giada alleine im Schlafzimmer war, schaute sie sich die Kleidung und die Accessoires des Asmarers an, der ihr Ehemann geworden war: die Schuhe, die Ringe, die Knöpfe, die Kettchen, das Rasierwasser, das Eau de Cologne.

Sie legte alle Dinge auf die Kommode aus dunklem Holz und betrachtete sie, dann änderte sie die Anordnung, las die Etiketten, drehte alles um, nahm etwas von seinem Puder, es war eine

Art, Vertrautheit herzustellen, so etwas wie Hautkontakt, sich Gerüche und Gewohnheiten anzueignen.

Noch hatten sie sich nicht berührt, nicht einmal gestreift; zuerst war da die Geschichte mit dem Regen und dem fertigzustellenden Haus, dann das winzige Zimmer bei der Schwiegermutter, das schmale Bett, eigentlich nur für eine Person, Giacomo, der aufstand und sich aufs Sofa legte. Die Tage vergingen, abends tat sie so, als ob sie schliefe, sie sagte, sie sei erschöpft vom Umzug, die neuen Gewohnheiten, alles an seinen Platz räumen, dann grässliche Kopfschmerzen, Bauchweh und Durchfall, Heufieber, auch wenn es gar kein Heu gab, in Seitenlage zusammengekauert wandte sie ihm den Rücken zu, tat so, als wäre der Ehemann anderswo.

Sie fürchtete sich, verspürte vor Sorge Stiche im Magen, sie hatte keine Vorstellung davon, was sie tun sollte, und wusste doch, dass sie irgendwann etwas würde tun müssen, im Guten wie im Schlechten, bis dass der Tod euch scheidet.

Ehemann.

Würde auch er Schühchen für Neugeborene nähen und Schmetterlinge sammeln?

Ehemann, Vater, Bruder. Zwei davon hatte sie unterwegs schon verloren. Und bei dem hier wusste sie nicht, wie sie ihn an sich binden sollte. Es war ihr eine gute Idee erschienen zu heiraten, um die Beunruhigung zu überwinden, die die Tante und die Cousine in ihr ausgelöst hatten, die Beunruhigung, eine alte Jungfer zu werden und jede Nacht wegen der leeren Betthälfte zu weinen. Jetzt war diese belegt, aber mit einem nahezu unbekannten Mann, dessen Puder sie im Grunde gar nicht mochte, er war süßlich, geschwätzig, sogar der Puder zwinkerte durch das Pulver.

Sich nicht zu kennen sei normal. Man gewöhnt sich dann aneinander, sagte ihre Mutter immer wieder. Man ist bei sich zu Hause und begreift, wie man zusammenlebt, das kann dir keiner beibringen. Diese Prüfung musst du allein bestehen.

Es gibt kein Rezept, keiner wird dir je sagen können, wie viel dieses verflixte Genug ist, wie bei Salz und Pfeffer musst du es durch Probieren selbst herausfinden, der Gaumen und der

Geschmack müssen sich verfeinern, dann wirst du wissen, wann es zu viel und wann es zu wenig ist, da gibt es keine Tricks und keine Ausflüchte.

Jeden lieben Tag wachst du auf und er ist da.

Es sei denn, du machst es an einem bestimmten Punkt wie ich und haust ab, aber überleg dir das vorher gut, denn umzukehren ist sehr mühsam, und wenn du unterwegs deinen guten Ruf verlierst, bringt ihn dir niemand mit einem Lächeln auf den Lippen und einem Strauß Margeriten in der Hand an die Haustür. Wenn du ihn verlierst, ist er weg.

Vor allem aber gewöhnte Giada sich rasch an den BH, den sie früher nicht getragen hatte, an den roten Lippenstift auch im Haus, die verschwenderisch in jedem Zimmer versprühten Düfte: Lavendel aus der Provence, Zitronen aus Sizilien, Sandelholz aus Indien; ausgefeilte, toupierte Frisuren, sonntags Locken mit der Brennschere, Spaziergänge mit dem Hund auf dem Corso zu den Arkaden, um an den Seifen und Gewürzen zu riechen und selbst zu bestellen, was sie mit nach Hause nehmen wollte.

Hundert Gramm, zwei Unzen, vier Kilo.

Niemand hinter ihr, der ihr Vorschriften machte, denn dieser Ehering am Finger schien ein Passierschein zu einer neuen Welt zu sein. In der man die Möglichkeit hatte zu wählen.

Das Haus war für Giada, die bisher nur das Zimmerchen mit der Großmutter als Zusatz und das *anghareb* außerhalb der Bar gekannt hatte, ein Königspalast. Einige Träume schienen sich erfüllt zu haben.

Giacomo stellte zwei Bedienstete ein: eine Eritreerin, Ige, die das Haus putzte, und einen Jemeniten, Kafi, der als Koch, Hausmeister und Wächter fungierte. Bedient und geachtet. Eine Signora durfte keinen Finger rühren.

Giada, die keinerlei Absicht hatte, die Hände in den Schoß zu legen, ließ sich das Kochen beibringen, das hatte sie nie getan, weil sie früher zum Essen eine Beziehung der Entbehrung und der Unruhe gehabt hatte. Immer herbeigesehnt, wenn es fehlte, immer abgewiesen, wenn es zu viel war.

*Teff*mehl, Sesam, Kardamom, Ingwerbutter, Linsen und Mangold wurden neue Freunde und Weggefährten.

Die junge Ehefrau begriff bald, dass ein von ihr selbst zubereitetes gutes Abendessen Giacomo zum Lächeln brachte, wenn er von der Arbeit nach Hause kam, und das war ihre erste Art, miteinander zu kommunizieren, um die andere Befangenheit der kalten Laken zu überwinden. Ich koche, schau, wie ich mir Mühe gebe, du kommst müde nach Haus und alles ist fertig, wir verstehen uns. Du machst mir Komplimente, wir sehen uns an und lächeln.

Einige Male sollte es genügen, andere Male nicht.

Er wäre nicht überzeugt, zu viel Pfeffer dran, der Wein sei schal, die Gewürze schmecke man gar nicht. Und sie würde ihn schief ansehen, zwischen Hass und verzweifeltem Ärger. Um es am nächsten Tag gleich wieder zu versuchen und Leckerbissen zuzubereiten, dabei konnte sie anfangs doch nicht einmal ein Ei kochen.

Der Malteser hatte sie seit der Hochzeit auf dem Kieker: Sie, die sich in das Idyll von ihm und Giacomo drängte. Er kläffte sie an wie ein Verrückter, blieb nie im Haus, wenn sie da war, lief davon, wenn Giacomo bei der Arbeit war. Adi erklärte Giada, dass sie Geduld haben müsse, Tiere haben so ihren Charakter, aber sie sind nicht blöde wie die Menschen, früher oder später begreifen sie, vor allem, wenn die Gemeinschaft ihnen einen Vorteil bringt. Und so war es, nach und nach eroberte Giada auch Gippi.

Ein wenig durch das eigens für ihn zubereitete Futter, ein wenig durch die melancholischen Blicke, die sie ihm vom Sofa aus zuwarf. Die Schwiegermutter hatte ihr gesagt, sie solle den Plastiküberzug behalten, sonst sei das weiße Leder schnell ruiniert, aber sie hatte ihn gleich am zweiten Tag weggeworfen; wozu soll ein Sofa gut sein, wenn jeder, der sich draufsetzt, kleben bleibt? Hier sind wir, Gippi, du und ich, in diesem Haus und warten. Den Großteil des Tages wusste Giada nicht, was sie anfangen sollte, ein Espresso bei der Mutter, eine Runde über den Markt, ein neuer Strohhut, eine Wäsche, eine Plauderei mit Ige, eine leidenschaftliche Diskussion mit Kafi über die richtige Menge

Curry für die Kartoffeln. Ansonsten sie, Gippi, das Haus, darauf wartend, das Abendessen zu servieren.

Von Geschrei und Weglaufen gingen sie über zu Gleichgültigkeit und Toleranz und landeten bei Zuneigung und Verständnis.

Gippi wurde zu ihrem Schatten. Wo Giada auch hinging, der Malteser trottete hinter ihr her. Ein Segen gegen die Einsamkeit.

Stell dir vor, zuerst gehörte dieser Hund Nadia. Klein sollte er sein, wie es bei den französischen Damen Mode ist, und damit er nicht größer wurde, gab sie ihm jeden Tag Schnaps. Keine Ahnung, wer ihr erzählt hat, dass der Hund durch Alkohol ein Welpe bleiben würde. Ein schöner Charakter, meine Schwester. Ich habe ihn ihr weggenommen, bevor er Leberzirrhose bekam. Armer Gippi, er war immer betrunken.

Giacomo gefiel die neu entstandene Beziehung zwischen den beiden, da das Hündchen die Stille ausfüllte, wenn er nicht da war oder wenn sie einander fern waren zwischen diesen weißen Wänden.

***

Jeden Tag ging Giada zu ihrer Mutter einen Espresso trinken, sie plauderte mit Hamed, ließ sich von Orlando Eis schenken, beobachtete die Kunden, die sie nun nicht mehr bedienen musste, wenn sie an den Pokertischen spielten. Eine Aura des Respekts schien sie zu umgeben, als wäre sie in Watte gepackt. Man verhätschelte sie. Die Frischverheiratete. Sie zogen den Hut zum Gruß, keiner machte mehr zudringliche Bemerkungen, die gleichaltrigen Frauen luden sie zum Tee ein oder ins Kino auf die Plätze neben sich, in den Italienischen Club Gesellschaftstänze tanzen. Alle in Begleitung.

Eines Abends hatte sie, kaum im Club eingetroffen, Giacomo in der Menge verloren, es würde ein Unterfangen werden, ihn wiederzufinden, und das trieb ihr den Schweiß auf die Stirn. War er es, der da mit der Tochter dieses wichtigen Engländers, dem Autohändler, sprach?

Sie lachten, worüber lachten sie?

Lange Beine, die Hände, schmal wie Spindeln, webten Muster in der Luft, der Klang der quäkenden Stimme, ein Mäuschen im Käfig, teure Schuhe aus Frankreich, nein, aus Deutschland, sie war eine tückische Blondine, im Geschmack der Zeit voraus, eng anliegende Kleider, damenhafte Hüften, Edelsteine an den Fingern, Diamanten und Rubine, dem Sultan geraubte Steine.

Sie lachten, jetzt war es gewiss, dass sie lachten.

In dem Gedränge hatte sie sich vielleicht getäuscht.

Tanzen Sie Boogie-Woogie?, fragte Giada, um auf andere Gedanken zu kommen.

Mit den Amerikanern sind auch die Tänze nach Legnano gekommen. Meine Cousinen sind oft hingegangen, ich würde gern tanzen lernen, hatte sie mit vor Begeisterung leuchtenden Augen vorgeschlagen, schon bereit loszulegen: leichtfüßig, Hände in der Luft, Rhythmus im Ohr, Schmetterlinge im Bauch.

Das sind fremde Tänze, neu, zu gewagt. Wir hier lieben Standardtänze nach italienischer Art, *il ballo liscio*, hatte man ihr erklärt, und sie war so enttäuscht, dass sie von da an im Club nur gelangweilt zusah. Giacomo war nicht der Typ für Paartänze, er liebte das Spiel und Trinkgelage mit den Freunden.

Er war verschwunden. War es möglich, dass diese Fingerkuppen auf der Hüfte dieser farblosen kleinen Engländerin seine waren, Frisur wie im Film, Casquè mit Kuss am Ende, Handrücken an der Stirn, nachgebende Knie, *Crème Chantilly*, Gelatine und in Milch getauchter Toast? Aber nein, aber nein …

Sie hätte sich mit diesem Jungen vom Schiff vermählen können, wer weiß, was in seinen Briefchen gestanden hatte, es ärgerte sie, das nicht zu wissen; sie könnte jetzt in Südafrika leben, auf Nashörnern reiten und aus Indien importierte Stoffe kaufen, mit einer dreistöckigen Villa am Meer und so luxuriösen Schuhen, wie das große A sie noch nicht gesehen hatte. Aber nein, aber nein …

Nach Assab kam alles mit Verspätung, wenn man der Sache in Italien schon überdrüssig war. Von Boogie-Woogie nicht einmal eine Spur.

Was sitzt du denn hier herum, Mädchen?

Die Frau des Arztes hatte sie im Blick. Sie war die Besitzerin des Kinos und lief in Schals und Tüchern herum, die immer im Wind flatterten, ganz langen Zigaretten, die fast die Nase der Passanten berührten. Sie wurde *sheriffa*, Frau Sheriff, genannt. Im Club spielte sie sich wie die Chefin auf und unterwies die jungen Ehefrauen, um sie in die italienische Gesellschaft einzuführen.

Sie ließ sich den Herkunftsort der Familie sagen, und wenn er südlich von Bologna lag, rümpfte sie die Nase. Sie grüßte alle und räumte im Kino nur den Mitgliedern des engsten Zirkels einen Rabatt ein, denen sie für die brandneuen Filme die ersten Reihen reservierte.

Sie ging am Arm ihres Mannes und fuhr ihm mit der Hand durchs Gesicht, um den Lippenstift abzuwischen, den sie selbst ihm auf die Wange gedrückt hatte. Es war ein einziges Küssen und Wischen, wobei sie über einige der Anekdoten lachte, die ihre bessere Hälfte von sich gab. Fast keine war lustig.

Ah, Sie sind das Mädchen mit der Gazelle, die Frau von Colgada.

Jedes Mal tat der Arzt so, als würde er sie zum ersten Mal sehen.

Ja, stimmt. Die Gazelle hieß Checco. Am Ende ist sie gestorben.

Wer weiß, warum sie lachten.

Ach was, eine Gazelle? Und hast du sie wirklich behandeln müssen?, fragte die *sheriffa* ihren Mann.

Sicher, sicher, ich wusste nicht, was tun, sie war sterbenskrank und das Mädchen weinte, als stünde sie am Krankenbett ihres schwindsüchtigen Vaters, antwortete er.

Du weißt, dass Giacomo Jagd auf Gazellen macht? Du wirst schon sehen, er wird dich mitnehmen. Diese Tiere gehören nicht ins Haus. Man isst sie. Mein liebes Kind, man merkt, dass die Leute dort, wo du herkommst, mit den Eigenheiten der Welt wenig vertraut sind. Die *sheriffa* zündete sich noch eine Zigarette an und klammerte sich mit scheinheiligem Ausdruck an den Mann: eine Trophäe, ein Banner.

Wo ich herkomme, da hat man Katzen in den Trümmern der Häuser abgeschossen und gegessen, weil der Krieg uns alles genommen hatte, erwiderte Giada trocken, ohne die Mundwinkel zu verziehen.

Und sie verstummten, betreten, betrübt. Unser armes Italien, unsere armen Mitbürger. Wie viel Leid, wie viel Schmerz, wie viel Grausamkeit.

Sogar Katzen, das ist unerhört, arme Kreaturen.

Jetzt haben sie auch noch Überschwemmungen, wir müssen sammeln und den Herrn bitten, dass er all den Regen, der sie plagt, hierherschickt. Hier nur ein paar Tropfen, die haben wir schon wieder vergessen.

Ich bitte dich, Alfredo, schenk mir diesen letzten Walzer, dann gehen wir zu Bett.

Du hast doch nichts dagegen, wenn wir tanzen, Giada?

Du wirst sehen, früher oder später kommt Giacomo. Früher oder später.

Und sie entfernten sich zusammen mit ihrer Bestürzung. Im Takt der Musik.

Giada hatte verstanden, warum Adi den Club nicht mochte.

Sie sind alle Italiener, wenn es ihnen passt.

So hatte sie sie abgekanzelt.

***

Es kam die von Giada am meisten gefürchtete Nacht, unter oder auf den Laken, es ist heiß, es ist kalt, mach das Licht an, mach es aus, atme tief, atme leise, sie hatte nichts begriffen, hatte sich ergeben.

Die übliche Verstellung mit der Müdigkeit hatte nicht genügt, Giacomo hatte insistiert und ihr ins Ohr geflüstert, dass sie nun schon unendlich lang verheiratet seien, er habe den Überblick über die Zahl der Fastentage verloren, in der Hochzeitsnacht habe sie sich höchstens den Ellbogen streicheln lassen, heißer Atem an der Schulter.

Sie konnten nicht so weitermachen wie die Kinder beim Fest des Schutzpatrons, sie war erwachsen, sie war eine Signora. Ja, sie war Herrin dieses Hauses, ihres Hauses, er war ihr Ehemann, da gab es Pflichten, sie konnte nicht alles einfach fix und fertig haben und dann ihren Part nicht erfüllen.

Ich koche, bereite jeden Abend etwas anderes zu, um dich nicht zu langweilen, hätte Giada ihn erinnern wollen, du beschwerst dich über die Saucen und Beilagen, sagst, mach mehr Salz und weniger Pfeffer dran, jedes zweite Mal passt es dir nicht, ich kümmere mich um den Hund, bürste ihm sein zerzaustes Fell, ich laufe den ganzen Tag überall herum und mache Besorgungen, ich ziehe die Kleider an, die du magst, den dreiviertellangen Rock und das Tuch mit den roten und grünen Tupfen, es kotzt mich ein bisschen an, wenn ich ehrlich sein soll, dass du einfach auf Festen verschwindest.

Da war diese Frau mit dem honigblonden Haar im Club, die lächelte, hast du ihr die Zigarette angezündet, die sie zwischen den Lippen hatte?

Mir ist nicht klar, wie diese Sache mit der Ehe funktioniert, wird nur das gemacht, was dir passt?

Aber sie sagte nichts.

Er wusste Bescheid, es war eine natürliche Sache, er würde sie auf Händen tragen.

Das Rote Meer, die griechischen Inseln, die höchsten Gipfel des Apennins und die sonnigsten Tage in Ligurien, sie würden Haut an Haut reisen.

Giada war kurz davor aufzustehen und das Licht anzumachen, ins Bad zu flüchten, sich in die Duschkabine zu zwängen, sich unter den Strahl Salzwasser zu kauern, die Mutter anzurufen und um Rat zu bitten.

Oder abzuwarten, dass ein anderes, nie gesehenes Selbst hervortrat, überraschend aus dem Nichts aufgetaucht, zu allem fähig, der Leuchtturm, der die Schiffe anlockt, die Sirenen des Odysseus, die blonde Filmdiva, die ihn mit offenem Mund dastehen lässt.

Sie dagegen konnte sich nicht die Bluse aufknöpfen vor einem halb Unbekannten, den sie in sechs Monaten Verlobungszeit vier Mal gesehen hatte, mit der Mutter als Gefängnisaufseherin hinter dem Tresen, auch wenn die verspätet beigebrachten Dokumente, der Priester, die Familien, die Fotos, die Limonade, die Spaziergänge an seinem Arm besagten, dass sie eins waren, unzertrennlich, unauflöslich verbunden.

Los Giada, spiel nicht das Dummchen, sagte Giacomo zu ihr.

Und sie wollte die Rolle des -chen nicht mehr spielen, derjenigen, die immer das Püppchen ist, der man ein Kleidchen überzieht, der man ein Hütchen schenkt, ein Löffelchen auf den Tisch legt, die ein Nickerchen macht, die wie ein laues Lüftchen ist und der man recht fest das Händchen schütteln muss. Das Dummchen.

Sie schloss die Augen und stellte sich vor, es wäre ein Tanz, nichts für die Tanzfläche, sondern was fürs anspruchsvolle Theater, mit Tänzern, die sich auf einem Bein drehen und Kreide aufwirbeln, dass man niesen muss.

***

Fünf Monate waren seit der Hochzeit vergangen, und eines Morgens erwachte Giada geplagt von tausend unruhigen Gedanken. Wie Aale schlängelten sie sich durch ihr Gehirn, sie schmerzten sie im Kopf und am Mageneingang.

Eine heftige und unerwartete Übelkeit überkam sie.

Sie ging durch den Flur in Richtung Küche, schüttelte verärgert den Kopf und glaubte das Sirren einer Mücke zu hören, wie die, die vom Parfüm der Schwiegermutter verscheucht wurden, sie hatte den süßlichen Geruch in der Nase.

Was treiben die jungen Mädchen, die in den Gängen des Kinos herumstehen? Unartigkeiten. Sie sah sie alle vor sich, mit ihren frechen Mienen. Sie sahen sie betroffen an. Die mit Schlamm belegten Brote stinken aber, meine Güte, dieser ausländische Imbiss ist nichts für Signore, nur heißer Tee. Sie hatte den bitteren Geschmack von Erde im Mund.

Luisa kam ihr in den Sinn, die einen dampfenden Sud aus Brennnesseln zubereitete. Pass auf, verbrenn dich nicht, sagte sie zu ihr.

Giada stützte sich mit der Hand an der Wand ab, sie fühlte, wie ihre Beine nachgaben.

Ich habe die schönsten Spitzen von ganz Venedig ausgesucht, sagte die Freundin aus Legnano in ihrem Kopf.

Tonino und ich sollten in Mailand in Sant'Ambrogio heiraten, ach, wie schön Mailand doch ist.

Ich sehe ihn am Altar, in Matrosenuniform.

Ich könnte ohnmächtig werden vor Glück.

Doch Tonino war im Krieg gefallen, die Hochzeit hatte nicht stattgefunden, er war ein Tintenfischknochen auf dem schwärzesten Meeresgrund.

Giada war schwindlig.

Es war ein regelrechtes Hauen und Stechen in ihrem Kopf, sie war ganz benommen davon. Die Bilder ohrfeigten sich gegenseitig, die Wörter waren scheuende Schlachtrösser.

Legnano, Mailand, Assab, Taranto, Massaua, Dschibuti, das große A. Willkommen im großen A.

Sie ging ins Bad und übergab sich.

Es war Schwangerschaftsübelkeit.

VI.

Vor unvordenklichen Zeiten war das Meer
nichts anderes als Wüste.

Die Hitze wird deinen Sohn umbringen. Er wird Ausschlag und Flechten auf der Haut bekommen.

Die Haare werden ihm ausfallen, die Hände werden ihm vertrocknen, die Haut wird dünn werden, die Augen starr.

Und um der Hitze zu entrinnen, badete sie ihn im Waschbecken: der kleine nackte Körper fand ganz zwischen den ausgespreizten Fingern Platz, war schwer.

Beim Eintauchen ins Wasser kein Ton. Die Schenkel glatt unter den Fingerspitzen.

Dann breitete sie ein sauberes Handtuch auf dem Bett aus und legte ihn darauf: Hände und Füße ins Leere greifend. Direkt unter den Ventilator, die Flügel drehten sich, fächelten ihm Kühlung zu.

Das Gesicht rot vom Wind, Augen geschlossen, verträumt.

Nein, *du* wirst ihn umbringen. Was fällt dir ein, ihn zu baden und in den Luftzug zu legen? Davon bekommt er Koliken. Er bekommt einen Kollaps.

So schimpfte Adi sie, als sie entdeckte, dass Massi von Giada triefnass unter die rotierenden Flügel gelegt worden war.

Du musst seinen Bauch bedeckt und warm halten, auch wenn es draußen vierzig Grad hat.

Und Giada verteidigte sich, dem Jungen gehe es sehr gut, diese Hitze bringe sie alle beide noch ins Irrenhaus, nachts weine er und Giacomo wolle nicht, dass sie aufstand, um nach ihm zu sehen. Oder er setzte ihn ins Auto und kutschierte ihn bis zum Morgengrauen durch Assab, damit er Ruhe gab.

Wenn der Ehemann dann wieder einschlief, ging sie und erfrischte ihn mit nassen Fingern oder sie brachte ihn direkt ins Bad.

Das Kind schien bei jedem Tropfen, den es auf der Haut spürte, wiederaufzuleben. Es war glücklich.

Schwiegermutter und Schwägerin hatten Massi wie eine Puppe bei allen Verwandten und Freunden herumgezeigt, ein *Rotzlöffel* hätte die Tante gesagt, wenn sie hier gewesen wäre, und bei jedem Besuch sollte er geweckt werden; jetzt konnte Massi Tag und Nacht nicht mehr unterscheiden.

Die Nase hat er von Giacomo, genau gleich. Nächste Woche bringe ich dir Fotos, da erkennst du es bestimmt. Und dann diese Art zu lächeln? Ein echter Colgada. Das Kinn hat er von Nadia, genau wie sie, auch die fein gezeichneten Lippen. Siehst du nicht diesen wachen, erhabenen Blick, es scheint meiner zu sein. Und die Augenbrauen? Genau wie die hier, wirklich identisch.

Von Giada hatte er nichts, wenn man sie so hörte.

Massimiliano ist ein schöner Name, ja. Massimiliano Colgada.

Man braucht Zeit, um ihn auszusprechen.

Giacomo war verärgert, müde, lustlos. Er wusste nicht, dass er mit sechzig lernen würde, Vater zu sein. Und damals war er noch keine dreißig, hatte Frau und Kind am Hals, das ebenerdige weiße Haus, die Engländer, die ihm Arbeit gaben, aber offenbar bald mit ihrem ganzen Zirkus würden abziehen müssen, die Mutter, die sogar nachts anrief: Wie steht es um die Tässchen von meinem Service, benutzt du sie? Lass die Geschenke deiner armen Mutter nicht verstauben. Vergiss uns nicht.

Giada so unvorbereitet, der Ehemann schimpfte ständig, alles musste er ihr beibringen.

Sie wusste nicht einmal, wie die Kinder auf die Welt kamen; sie hatte ihn gefragt, wo sie herauskommen, durch welche Körperöffnung und wie. Der Klapperstorch, der Kohlkopf im Garten, die böse Fee.

Sie war bloß ein Häuflein Knochen, das Kind lastete schwer auf ihr, zu zweit waren sie zu viel für diesen schwachen Körper.

Die Schwangerschaft war mühsam gewesen. Giacomo war finster geworden, war es denn möglich, dass niemand sie auch über die einfachsten Dinge aufgeklärt hatte?

Die Momente der Intimität, die schon zuvor selten gewesen waren wie schöne Träume, hatten sich in den Nächten mit dem wimmernden Kind verflüchtigt wie Nebel.

Giada ständig hinter Adi her, um sich alles erklären zu lassen, und Gippi an ihrem Rockzipfel, eine Verlängerung von ihr mit milchigem Fell.

Eines Nachmittags, nach einem Streit mit Giacomo, brachte Giada den Sohn in den weniger heißen Stunden an den Strand, sie war gern mit Massi allein, ohne die anderen, die ihr andauernd sagten, wie sie sich um ihn zu kümmern habe.

Bleib hier am Ufer sitzen, ich gehe eine Runde schwimmen.

Jetzt, da sie es endlich gelernt hatte, gelangte sie mit ein paar Zügen zu den Felsen und kletterte ungeachtet der Kratzer, die sie sich dabei holte, hinauf; sie betrachtete die weite Fläche, dachte an die Länder, die vage jenseits davon auftauchten.

In Sichtweite, aber nicht in Reichweite.

Das Rote Meer, das Schwarze Meer, Legnano, Catania, wer weiß …

Aber Massi war erst wenige Monate alt, er hatte die Anweisung der Mutter nicht verstanden, und kaum hatte sie sich umgedreht, war er hingepurzelt; sie fand ihn, Kopf unten, Hintern oben, an der Strandlinie.

Eilig stürzte sie hin, rannte, packte ihn an der Unterhose und schüttelte ihn. Ein Krebs, eine Krabbe, ein Seestern.

Dann nahm sie das Wasser aus der Flasche, kostbares Süßwasser, das sie von zu Hause mitgebracht hatte, wundervoll an den Tagen der Trockenheit, und wusch ihn ab.

Er spuckte, ohne noch sprechen zu können.

Giada war fast zum Lachen zumute, vor Angst.

Dem Ehemann erzählte sie nichts.

***

Hast du die Flasche eingepackt und das Töpfchen? Du weißt, dass Massi unterwegs nie Pipi macht, hatte Adi sie ermahnt.

Du bist verrückt, ein Kind zur Jagd in die Wüste mitzunehmen.

Bevor sie aufbrachen, rührte Giada einen Brei an aus amerikanischen Haferflocken, von denen man in Italien nur träumen konnte, Milch und Gemüse und füllte ihn in eine Thermoskanne. Außerdem steckte sie das Töpfchen in die große Tasche, ein paar Feldflaschen mit Süßwasser und einige Handtücher, um den Schweiß abzutrocknen.

So ausgerüstet waren sie bereit zum Aufbruch.

Das waren die schönen Momente mit Giacomo, Schmetterlinge und blühende Blumen, fern von den üblichen Schwächen, sie lächelten sich an, scherzten und spielten die kühnen Abenteurer, sie beide und der Sohn. Je mehr Zeit verging, desto mehr erschienen sie wie ein wunderliches, aber gut aufeinander eingespieltes Trio, erlebten auch sie Momente der heiteren Gelassenheit, der beruhigenden Gedanken.

Deswegen hatte Giada diese Ausflüge liebgewonnen, sie wollte sie nicht missen. So absurd es auch scheinen mochte, eine Ehe durch Tage der Jagd in der Wüste ins Lot zu bringen.

Gewehre auf dem Rücksitz, Strohhüte, Sandpisten, nie waren es Straßen.

Alles auf den Jeep geladen, der von Mister Champion, Giacomos Wohltäter, geliehen war, ohne dessen Wissen.

Heimlich standen Giacomo, Giada, Piga und der in ein Laken gehüllte und mit einem Hütchen versehene Massi jeden Samstag bei Morgengrauen auf und holten das Auto aus der Garage unter dem Büro. Der Engländer brauchte es ja doch nicht, er ließ es nur verstauben und fuhr in Assab damit herum, um seine Frau vorzuzeigen.

Ein eiliger Espresso, gern ein doppelter, Hamid machte sie eigens für sie so früh, und dann los.

Jagdtag, Signora Colgada.

Nenn mich nicht Signora, Hamed. Und auch nicht Colgada. Nenn mich bei meinem Namen.

Jagdtag, Giada.

Ja, Jagdtag.

Mit ihrer Familie in der Wüste zu sein machte sie selig, dieser grenzenlose Sand nahm sie auf, als Teil von etwas schwer Greifbarem, verbunden mit ihrem Sohn, vereint und gemeinsam.

Das waren die Absonderlichkeiten des großen A.

Wo es keine Markierungen und keine Fahrbahnen gab, fuhr Giacomo im Zickzack.

Man folgte dem Wind.

Norden, Süden, Westen, Osten: Das waren ihre versprengten Reisegefährten, die man Kilometer für Kilometer wieder finden musste. Nur er behielt in der von zu viel Sonne erzeugten Dunkelheit die Orientierung.

Ein Blinder, der es wagte, durch den Kontakt der Reifen zu sehen.

Stunde um Stunde nur dürre Sträucher und verdorrtes Gestrüpp, Senken, vertrocknetes und sprödes Holz, Sand.

Bei jeder Sichtung wich man von der imaginären Route ab, die der Fahrer im Geist entworfen hatte.

Man verließ die Piste. Stieg zum Schießen aus und ging zu Fuß.

Giada blieb im Jeep sitzen und hörte dann die Schüsse in der Ferne, Pfeifen, Krachen, *Bomben*; den gehetzten Lauf der Fliehenden, gellende, menschliche Schreie; das Aufschlagen der Hörner auf der Ladefläche, Körper, die auf dem Fahrzeug lasteten, leblos; Patronenhülsen, zum Andenken auf das Armaturenbrett geworfen, wenn man sie wiedergefunden hatte. Ich nehme das Kind, du versuch zu zielen: Giacomo hielt ihr ein Gewehr hin. Sie schüttelte den Kopf. Ich bin nicht gut im Töten.

Sie kamen nach Obock, das Dschibuti gegenüberlag, der anderen Seite der Bucht, dem anderen Land.

Giacomo fuhr bis zum äußersten Posten einer französischen Garnison.

Leute, die seit Monaten keine lebende Seele mehr gesehen hatte.

Sie nahmen sie auf wie Verwandte.

Ein bisschen auf Arabisch und ein bisschen auf Französisch, man verständigte sich.

Sie kochten über einem dürftigen Feuer vor den Zelten, Suppe und gebratener Ziegenbock. Alles hatte den guten Geschmack der Erwartung.

Giada wiegte Massi in diesem Fluss aus Gerüchen und Worten, blickte durch das Feuer zu ihrem Ehemann, sein zitternder Schatten auf den Felsen beruhigte sie.

Fett tropfte vom Spieß, der Dampf vernichtete die Hitze, kondensierte an den Nasen. Sie feierten sie wie alte Freunde, führten sie durch das Lager.

Sie waren nur einen Steinwurf vom Meer entfernt: Absurd, dachte Giada, dieses Meer und diese Wüste zusammen.

Aber doch war es so.

***

Giacomo konnte sogar auf den Hörnern der getöteten Gazellen schlafen.

Piga ebenso, er hatte Mühe, die Augen offen zu halten, und dieses Lenkrad drehte sich tanzend.

Giada schrie und verteilte Ohrfeigen, um sie wach zu halten, aber oft misslang ihr das.

Also schaukelten sie richtungslos dahin, auf Abwegen, hinter dem Jeep die Goldfolie des plattgefahrenen Sandes.

Kilometer um Kilometer, während die Temperatur sank und es Nacht wurde. Ein dichtes Dunkel ohne einen Widerschein, wirklich stockfinster.

Die Scheinwerfer erhellten, wenn es hochkam, ein paar Schritt weit. Die Pisten vernebelten sich. Über alles senkte sich die Stille der Abwesenheit.

Leicht, sich zu verlieren, leicht, sich in die Nacht ziehen zu lassen und darin unterzugehen. Die Leitsterne, auch sie eingeschlafen: erloschen, leise flackernd, schwindend, vergessen.

Manchmal fuhren sie stundenlang im Kreis, genossen die Verzweiflung der Müdigkeit und des Verlierens. Giacomo gab den Witzbold, erzählte Geschichten, um der jungen Ehefrau Angst zu machen, er amüsierte sich.

Es heißt, in der Wüste versteckt sich ein Ungeheuer mit dem Körper einer Hyäne und dem Kopf eines Krokodils. Es frisst nur die frischvermählten Frauen, vor allem wenn sie unter einen Meter sechzig groß sind und Schuhgröße fünfunddreißig tragen.

Er lachte und brachte das Fahrzeug vorsätzlich ins Schleudern, nach rechts und links, nach rechts und links, immer schneller; und Giada schlug ihn auf den Hinterkopf und zwickte ihn mit den rot lackierten Fingernägeln.

Nur du glaubst an Ungeheuer, mir machen die Menschen mehr Angst, antwortete sie beleidigt, weil sie noch immer wie ein ängstliches Kind behandelt wurde.

Dann tauchte oben ein Licht auf. Es war die Öllampe des Emirs, der sie an der Spitze des Minaretts aufhängte, als er sah, dass dieser verdammte Jeep die Orientierung einfach nicht wiederfinden wollte.

So also dieser Lichtstrahl, um ihm Richtung zu geben und ihn wieder auf die imaginäre Fahrbahn zu bringen.

Nach Assab fahren wir da lang. Ins Nichts, aber genau in diese Richtung.

Giacomo genügte ein kleines Licht über einer Gruppe schäbiger *tukul*, um den Weg nach Hause zu finden. Zum Dank an den guten Emir drehte er mit dem Jeep eine Runde um das Wüstendorf und erlegte Hyänen, was ihre Ziegen rettete.

Wenn er konnte, kehrte er tagsüber dorthin zurück und brachte ihnen das erbeutete Fleisch.

Ich zerlege es nicht für euch. Ihr mit euren Religionen macht bloß Scherereien. Ich gebe euch das Tier, und ihr wählt nach eurem Gutdünken die Teile aus, die ihr essen wollt. Hier beleidigt man scheint's jeden Tag einen anderen Gott.

Und sie nahmen die Gazellen, säuberten und zerlegten sie.

Minarett der Rettung, Führung, Leuchtturm der schläfrigen und platten Nächte.

Die Hyänen heulten wie irre in Richtung des Jeeps, das Fell gesträubt, die Zähne gebleckt.

Dann weitere Schüsse und zu Boden, niedergestreckt. Stille und Flucht.

Der Emir, hochzufrieden und Ausschau haltend, schwenkte das Lämpchen, zeigte, wohin man schießen musste.

Immer in seiner ganz eigenen Sprache, die nicht Französisch war, nicht Arabisch, nicht Italienisch.

Aber Giacomo verstand ihn, ohne dass ihm ein Wort entging.

Massi schlief in ein Handtuch gewickelt, selbst die Schüsse weckten ihn nicht.

Sie fuhren, stellten sich vor, schon im Bett zu liegen.

Drei Schlafwandler, ein Töpfchen, ein paar ausgetrunkene Feldflaschen und vier leblose Gazellen hinten im Jeep. Auf ihre Art waren sie glücklich.

Giacomo wachte früh am Sonntagmorgen auf und ließ die Messe sausen, um den Jeep vom Blut zu säubern.

***

Als das Protektorat endete, verließen die Engländer Assab und mit ihnen auch Mister Champion seine Kolonialvilla.

Löwenköpfe und bonbonfarbenes Geschirr.

Giacomo begann für die Amerikaner zu arbeiten, um allen die Durchquerung der Wüste zu ermöglichen.

Schluss mit den Fahrten abseits der Piste, Schluss mit den verlassenen Stützpunkten der Franzosen, dem Herumirren ohne Scheinwerfer unter dem Minarett.

Die Wüste gehört allen.

All das brachte auch das Ende ihrer samstäglichen Ausflüge mit sich, zur tiefen Enttäuschung der jungen Ehefrau.

Der Bau des Highway wurde in Angriff genommen, dieser sehr, sehr, sehr langen Schnellstraße, die Assab mit Addis Abeba, Eritrea und Äthiopien verbinden sollte.

Die Amerikaner richteten ihre Baustellen ein und nahmen sie mit, wenn ein Abschnitt fertig war, man rückte mit allem Gerät voran, Schritt für Schritt gewann man den Krieg gegen den aufsässigen Sand.

Die Amerikaner hatten alles, sogar Kühlschränke. Ihnen machte die Hitze keine Angst.

Es gab immer auch Eis, es gab immer Süßwasser, Obst und Gemüse in den Lkws, die den Asphalt herbeischafften. Die schwarze Zunge eines Kadavers, die den Boden leckte und sich um Salz und Steine nicht scherte. Nach und nach rückten die Amerikaner vor. Niemand wusste, wie es dazu gekommen war, aber von einem bestimmten Zeitpunkt an war die Wüste einzig und allein ihre Angelegenheit geworden.

Unter den Italienern konnten nur wenige so gut Englisch wie Giacomo, und er hatte sich gleich als Erster gemeldet. Am Ende jeder Arbeit schaffte er es, sofort eine andere zu finden, und wenn er sie sich ausdenken musste.

Er konnte Ingenieur sein, Zimmermann, Maurer, Professor, Arzt, Gaukler. Zauberer.

Immer seltener brach er von zu Hause auf und kam wieder. Er schickte Briefe, sagte, er sei müde, die Arbeit sei schwer, aber die Amerikaner zahlten gut, es herrsche gute Stimmung, sie behandelten ihn wie einen Herrn, sie hatten große Achtung vor ihm. Stopp.

Eher Telegramme als Briefe.

Giada antwortete ihm mit langen Schreiben, in denen sie detailliert von jedem Fortschritt Massis erzählte, jeder Sorge, die sie plagte, denkst du an mich? Bist du traurig ohne uns? Fehlen wir dir? Doch häufig wurden die Fragen übergangen, die Begeisterung gedämpft, in dürftigen, achtlos hingeworfenen Zeilen. Sie saß auf dem Holzhocker in der Bar der Mutter, plauderte mit Hamed, lachte, wenn sie die abgenutzten alten Hefte ansah, abends kochte sie *wot;* sie ließ sich bei der arabischen Schneiderin unter den Arkaden zimtfarbene Kleider nähen, trug Lippenstift auf, den sie im Eis aufbewahrte, damit er nicht schmolz; sie ging spazieren und brachte Massi Wörter bei.

Haus. Straße. Palme. Bar. Kino. Markt. Sand. Sand. Sand. Los Massi, sag Papa, mit schön lauter Stimme, du rufst es und läufst ihm entgegen, wenn er wieder in der Gasse auftaucht.

Sie versuchte normal weiterzuleben, beschäftigte sich mit Hausarbeit, aber da waren nicht wenige Momente ohne Saft, Momente der Langeweile, mit Fliegen und Blicken über die Schwelle des

Hauses hinaus, die Gedanken ständig in Erwartung dieses seltsamen Mannes, dem sie, ob sie wollte oder nicht, mittlerweile zugetan war, so großzügig und vorlaut wie unkontrolliert, kaputte Bremsen, schnell zu Fuß, dem war nicht zu trauen. Giacomo solle ihr schreiben, ihr mitteilen, wann er nach Assab zurückkommen würde, dann würde sie ein raffiniertes Abendessen zubereiten, ein zehngängiges Menü, würde weiße Vorhänge an die Fenster hängen, Orlando bitten, Eis aufs Dach zu packen, würde Willkommenslieder anstimmen, um ihm zu zeigen, dass der Ort, an den er zurückkehrte, zum Bleiben der beste war.

Sind Briefe für mich dabei, Kafi? Nein, Signora Colgada.

Als ganze zwei Wochen lang nicht ein Wort vom Highway eintraf, war Giada aufgebrochen. Das Kind auf dem Arm, hatte sie nach einer Passage durch die Wüste gefragt. Sie war es leid, jeden Tag wie in einem Höllenkreis zu warten, auf den Raben, der die Leber auffrisst.

Mama, wohin gehen wir?

Sand. Sand. Sand.

Er sah ihn überall und zeigte darauf. Mittlerweile war es sein Lieblingswort geworden.

Dieser verrückte Tirelli, ein Freund des Ehemanns und bekannt für seine mangelnde Umsicht, machte sich mit ihr auf den Weg.

Er brachte sie nachmittags in die Senke unter dem Monte Paradiso, wo sich außer abends niemand hinwagte.

Und nach Jahren sah Giada wieder Schnee, weiß und dicht trat er unter dem Wüstenberg aus dem Boden.

Das Weiß ließ die Wüste verblassen, während die Härchen an den Armen wegen der hohen Temperatur schmorten. Zwei Verrückte, die um diese Tageszeit die Senke durchquerten, die Mutter würde ihr am Abend eine Ohrfeige verpassen. Du, das arme Kind und Tirelli, wenn ich den zu fassen kriege …

Im Nichts dieses heißen Nebels ließ der heroische Begleiter den Motor aufheulen, komm, wir schaffen das, komm, sonst bringt uns die Sonne noch um.

Massi wurde mit dem Eis aus dem Behälter erfrischt, das schmolz und die Sitze des Jeeps durchnässte.

Sand. Sand. Sand.

Glühend heißer Wind peitschte gegen die Windschutzscheibe, trocknete die Iris aus, füllte die Trommelfelle. Wütender Sand, denn um diese Zeit hatte ihn niemand zu betreten.

Am Ende waren sie gesund und wohlbehalten im Lager angekommen. Giada trat vor den Ehemann hin, durcheinander und dünnhäutig, zufrieden, nicht gebraten worden zu sein, bewehrt mit seinen Schreiben von im Schnitt drei Zeilen, die sie wie Pfauenfedern schwenkte. Er empfing sie mit einem breiten Lächeln, als ob dieses Schweigen nie existiert hätte. Das war typisch für ihn, immer die nächste Seite im Drehbuch aufschlagen, das gerade gespielte Stück verändern und für sich selbst eine Rolle als Held schaffen. Jetzt war er der mit Arbeit überhäufte Ehemann, erdrückt von den Opfern, die er ihnen zuliebe brachte, nur ihnen zuliebe, so beschäftigt, dass er keine Zeit hatte, sich Papier und Stift zu besorgen.

Giada hatte weitere Diskussionen vermieden, ohne sich jedoch von seiner Schöntuerei überzeugt zu zeigen. Sie erzählte ihm von dieser verzweifelten Reise, und Giacomo brüllte, das sei ja fast schon Mord von diesem ihrem Chauffeur, dem Einfaltspinsel.

Doch es war keine Zeit geblieben, es Tirelli büßen zu lassen, immer wieder forderte der die Senke heraus und kam ein paar Monate später dort um, von der Hitze gefressen.

***

Das Hin und Her mit den Baustellen des Highway machte Gippi schlechte Laune, er fraß nicht wie früher, suchte im Haus nach Giacomo, verlor Giada jeden zweiten Nachmittag, eine Seele in Pein.

Auf den Spaziergängen blieb er stehen und bellte grundlos, er verharrte stundenlang reglos am Eingang, knurrte, wenn jemand sich Massi näherte, sogar die ihm wohlbekannten Dienstboten.

Giacomo beschloss, ihn für den letzten Straßenabschnitt mitzunehmen. Die Arbeiten waren fast beendet, aber der Hund konnte nicht länger ohne ihn bleiben. Giada versuchte ihn zu überzeugen, es sei gefährlich dort inmitten der Maschinen und all der Menschen, aber er hörte nicht auf sie. Er hatte ihn aus dem Hafenbecken und vor dem Alkohol der Schwester gerettet. Es war sein Hund und er würde bei ihm bleiben.

Eines Nachmittags bekam Giada ein Telegramm von der amerikanischen Baustelle, als Massi gerade ein geschlossenes und ganz rundes O malte, wie ein Ausruf. Sie hoffte, dass die Qual nun endlich vorbei sein würde und sie in ihr weißes Haus zurückkehren würden, zu der Veranda, dem Duft nach Eau de Cologne, den gelernten und jeden Abend variierten Rezepten, um den Ehemann lächeln zu sehen und seine Komplimente zu hören, sie würde seine auch noch so harsche Kritik ertragen, seine säuerliche Miene im Bett, wenn das Licht gelöscht wurde, sogar die schlimmsten Dinge fehlten ihr, die Ängste, die ihr den Hals zuschnürten.

Ein Rudel Wüstenhunde. Stopp. Hat Gippi zerfleischt. Stopp. Tut mir leid. Stopp. Komm zu mir. Stopp. Giacomo.

Und so packten Giada und Massi mit kratziger Kehle ihre Koffer, machten sich bereit, die erste Schnellstraße bis Addis Abeba zu befahren, und sagten Eritrea und dem Malteser Lebewohl.

VII.

Was kann man anfangen mit einer roten Frau?

Addis Abeba. Neue Blume. Neues Land. Neue Stadt.

Eine komische Stadt, hatte Adi gesagt. Wo Eukalyptusbäume und Palmen beieinander stehen.

Von Juli bis September war Regenzeit. Es regnete morgens, genau um fünf.

Dunkles Wasser, salzig und kalt. Eine Stunde und fertig. Es schwappte den Viale Churchill hinunter und verschwand stumm, um sich am nächsten Tag pünktlich wieder einzustellen. Wasser, das zuverlässig an die Fenster klopfte, ohne sich zu verspäten, ohne auf sich warten zu lassen, ohne in Vergessenheit zu geraten. Wasser, das nicht betrog.

Mama, schau mal was für eine große Dusche. Massimiliano hatte so etwas noch nie gesehen. Seit seiner Geburt hatte es in Assab keinen Regen gegeben. Und jetzt nahm der Himmel merkwürdige Farben an, hatte einen herben Geruch und war triefnass vor Wolken. Das Wasser rann überall, denn es brauchte keine harte Kruste aus Wüstensalz aufzulösen.

Der Lärm hatte ihn geweckt. Der schwebende Singsang dieses stillen, zuverlässigen Wassers, alter Gefährte der Stadt.

Er stieg aus dem Bett und lief hinaus. Fast wäre er unter ein Auto gekommen auf dem, was eine richtige Straße war, Autos fuhren in beide Richtungen, das war kein Trampelpfad für Kamele wie der Viale Dogali. Und es gab genug Geld, um Benzin zu kaufen.

Giada erwischte den Sohn gerade noch rechtzeitig.

Das heißt Regen, du Dummkopf. Das ist nicht zum Waschen, wir haben ja Wasser im Haus.

Er war verwirrt. Sonst achtete niemand auf die Tropfen im Morgengrauen.

Da waren nur Menschen, die zur Arbeit gingen.

Ihre Wohnung war in schöner Lage im Hochparterre, nach wie vor zur Miete.

Ausländer durften kein Eigentum haben.

Abends musste man Pullover und Mäntel anziehen, die Temperatur sank um zehn Grad.

Die Italiener waren hier wesentlich zahlreicher als in Assab, die Plätze waren weit, die Alleen breit, die Häuser lagen im Grünen. Giacomo zeigte ihr die faschistischen Bauten, einige bombastisch, andere spartanisch, er bezeichnete sie als sehr raffiniert, ihr kamen sie traurig vor, sie erinnerten sie an vergangene, wenig geliebte Dinge; Bars gab es in jeder Straße zur Genüge. In keiner bekam man Hameds salzigen Kaffee.

Sie waren auf zweitausend Metern Höhe, aber nur einen Schritt von der Sahara entfernt.

Die Wohnung hatten sie wirklich nur kurz, kaum ein paar Monate. Gerade einmal die Zeit, um Möbel auszusuchen, die sie dann so schnell wie möglich und unter Preis wieder verkaufen mussten: die Garderobe im Flur, die wie ein Aal glänzende Kommode beim Fenster, die rosa gestreiften Geranien in den Blumenkästen auf dem Balkon.

Giacomo verliebte sich in eine dreißigjährige Russin. Olia.

Sie hatte einen seltsamen Namen, duftete nach Kaltpressung. In der Stirn gebauschtes Haar in einem Blond, das an die Schale von sehr reifen Zitronen erinnerte, Nerzmantel über die Schulter gelegt, kräftige Fesseln, groß und wohlgeformt, sehr gepflegt bis ins Detail, sie konnte gut Mutter sein, kein Mädchen, das auf der Hochzeit wie eine Katechismusschülerin auftritt, sie trug Schuhgröße neununddreißig und hatte die Angewohnheit, nur mit einem Kopfnicken zu grüßen.

Kopfnicken hier, Kopfnicken da.

Eines Tages kam Giacomo vom amerikanischen Büro nach Hause, die Schuhe perfekt geschnürt, die Augen lebhaft auf der Suche nach etwas zum Anschauen, Lust zu plaudern, wie üblich, von Abenteuern zu erzählen, vorgeschobenes Kinn und Brille; die hatte er anfangs nur getragen, um von den Engländern ernst genommen zu werden, jetzt konnte er sie nicht mehr ablegen. Er putzte sie ständig, nachdem er sie angehaucht hatte; das Wildledertüchlein in der Brusttasche der Jacke. Er blieb faszinierend, ragte heraus.

Ich habe mich verliebt. Ich gehe fort.

Er erzählte, als wäre es irgendein Film mit französischen Untertiteln: wirklich besonders diese Begegnung, an der ein Knopf schuld war.

Er war abgegangen von der Jacke, die Giada bei Bartoli ausgesucht hatte, die Inhaberin hatte sehr von dem Stoff geschwärmt, eine neue Wolle; Olia hatte den Knopf an sich genommen und ihn in die Tasche gesteckt, ohne etwas zu sagen.

Ein paar Tage später hatte sie sich in der Bar hingesetzt und gesagt: Wir verlieren immerzu irgendetwas, ohne es zu bemerken, und der Knopf war neben Giacomos Espresso wieder aufgetaucht. Die Form einer Praline.

Winzig und schwarz.

Giada überlegte gerade, was sie zum Abendessen machen würde. Sie wollte Lasagne versuchen, ihn beeindrucken durch reichlich Sugo, das Fleisch von Hand gehackt, das Messer schmutzig von den Zwiebeln, ohne die Béchamelsauce anbrennen zu lassen, der Ehemann hatte sich oft beschwert, dass sie sie noch immer nicht zubereiten konnte.

Diesmal war sie perfekt geworden, der Ofen war schon vorgeheizt.

Ich habe mich verliebt. Ich gehe fort.

Ich würde sagen, die Möbel kann man verkaufen und wir teilen uns das Geld. Das Kind behältst vorerst du. Ich glaube, ich gehe nach Kalabrien, man sagt, das Meer dort ist wie auf Gemälden. Pinselstriche in einem nie zuvor gesehenen Blau. Kurzum, die Möbel sind alle in gutem Zustand, da ist nur die eine Kommode mit einem losen Schubladenboden, ich habe es dir bisher nicht gesagt, weil es eine Lappalie ist, ein Tag beim Tischler und sie ist wie neu. Wir könnten sie sogar türkis streichen lassen. Wie neu.

Die Untertitel waren zu schnell geworden und Giada konnte ihnen nicht mehr folgen.

Die Lippen sprachen Wörter ohne Buchstaben …

In Kalabrien ist das Meer wie gemalt, die Russinnen sammeln Knöpfe und die Tischler können Geheimfächer einbauen. Du könntest einen doppelten Boden machen lassen, wo du alles versteckst. Wie viel Schmuck hast du?

Sie erinnerte sich an den Tag, an dem sie von der Bar heimgekommen waren und jemand im Zimmer der Mutter schnarchen gehört hatten. Das war ein Dieb, der in den Schubladen herumgesucht hatte und bei dem Versuch, sich zu verstecken, unter dem Bett eingeschlafen war. Und Adi hatte gesagt, ein doppelter Boden ist immer gut, um sich nicht den Familienschmuck stehlen zu lassen. Die Dinge, die wirklich uns gehören, verstehst du?

Die kleine Madonnenfigur, die ihrer Urgroßmutter gehört hatte, drei oder vier goldene Kreuze, eines davon ein Anch, der alte Ehering, den Adi nie weggeworfen hatte.

Ab und zu öffnete sie das Geheimfach und betrachtete sie.

Giada hätte auch den Ehmann dort hineintun müssen, ihm ein Bettchen machen, ihn vor den Dieben verstecken.

Verliebt. Eine Russin.

Sie, die gerissen geworden war, glaubte gelernt zu haben, ihn zu kontrollieren, all seine Bewegungen im Blick zu haben, zu Hause Arbeit, Arbeit zu Hause, neue Freunde, alte Freunde, Telefonanrufe immer vor dem Abendessen.

Und dann hatten sie die Wohnung, sie war sauber und gestrichen, war ihre, Massi wartete darauf, zum Abendessen gerufen zu werden, er hatte gesagt: Mama, wie schön, Papa wird all den Sugo mögen, er riecht gut. Giada meinte, die Momente der Intimität ohne Begeisterung dadurch überwunden zu haben, dass sie sich langsam bei der Hand nahmen, sich in kleinen Dosen kennenlernten, im Gleichgewicht auf einem Seil, das sie mit Hingabe geflochten hatte, er musste weniger oft verschwinden. Sie schmolz langsam, Butter in einem Töpfchen auf kleiner Flamme, wie in den besten Rezepten, wie in den Momenten der Kissen und der gelöschten Lampe, Massi schläft, ich höre seinen regelmäßigen Atem, sie fühlte sich besser, sicherer mit dem Ehemann.

Alles bestens, neue Stadt, schönes neues Leben, seit Jahren schon wartete sie auf dieses schöne Leben, wo war es geblieben?

Verliebt. Eine Russin.

Sie fiel aus allen Wolken, purzelte Kopf voraus aus einem regenschwangeren Himmel, schlug mit dem Kopf auf dem Boden auf, auf dem Beton, schlug tausend Mal auf, fragte sich von da unten aus, wie sie von dort jemals wieder hochkommen sollte.

Sie schrieb an die Mutter und die kam mit einem Lastwagen nach Addis Abeba. Sie fand ihre Tochter im Bad auf dem Boden, auf den flaschengrünen Fliesen sitzend und auf die leere Badewanne starrend. Umgeben von filigranen Mustern. Diese Fliesen hatten ihr sofort gefallen, als sie die Wohnung ausgesucht hatten. So elegant.

Massi neben ihr, unsicher, was sie hier machten.

Sie hatte ihm nichts erklären können, als Giacomo mit seinem schönsten Lächeln auf den Lippen den Koffer hervorholte.

Bis bald, Ihr Lieben.

Sie hätte einen Pantoffel nach ihm werfen mögen oder ein spitzes, eckiges Bild mit breitem Rahmen, dieses verfluchte gemalte Meer von Kalabrien.

Sie hatten ein wunderschönes Meer ganz in der Nähe, was brauchte man die Meere der anderen, Meere auf Fotografien, Malermeere, imaginäre Meere.

Steh auf und komm mit rüber, in dieser Wohnung stinkt's, abgestandene Luft wie bei den Amerikanern.

Wenn du rauchen würdest, wäre hier ein angenehmeres Klima.

Adi schnappte sich den Enkel vom Boden und riss alle Fenster auf.

Ich habe einen Typen gefunden, der die Möbel nimmt. Er bringt sie nach Massaua und schifft sie dort ein, das Geld nimmst du und gehst irgendwo zur Untermiete.

Sie holte einen Topf hervor und setzte Wasser für die Pasta auf.

Es heißt, bei der Import-Export-Abteilung von Stirasacchi suchen sie jemand, der die Buchhaltung macht, du warst doch in Legnano so gut wie im Büro, ich hab mich informiert. Geh morgen hin und schau, wie es aussieht.

Sie setzte Massi zum Spielen auf den Tisch; Öl, Knoblauch und Tomaten. Sie schrie von einem Zimmer zum anderen, um auch im Bad gehört zu werden.

An die Colgadas habe ich geschrieben, wir machen hier keine Theateraufführung für ihn. Nein, mein Herr. Soweit kommt's noch. Die Russen sind gut im Geschichtenerzählen und bei der Suche nach einem Ehemann. Er ist in die Falle gegangen wie ein Idiot. Ja, mein Herr. Wenn sie begreift, dass von Hochzeit hier nicht die Rede sein kann, wirst du sehen, wie sie ihn abserviert.

Sie rührte den Sugo um, kostete ihn mit einem Finger und fügte etwas Peperoncino hinzu, um den Blutdruck zu erhöhen.

Sie zündete sich eine Zigarette an und hielt sie oben zwischen den Fingern, sodass der Rauch sich mit dem Essensdampf vermischte. Sie aß sogar so: Gabel in der einen Hand, brennende französische Zigarette in der anderen.

Jetzt machen wir eine Liste dieser verdammten Möbel, hässlich, hä, ein paar lumpige Lire hat er dafür ausgegeben, sie sind recht abgenutzt. Aber halb so schlimm, der Typ nimmt sie auch so, er hat seine Beziehungen. Er wird dir nicht viel geben, aber es reicht, um bei jemandem unterzukommen. Erinnerst du dich zum Beispiel an diese Freundin von mir, die Klavierunterricht gibt? Die Bedot, ab und zu ist sie zu uns auf Besuch gekommen, sie hat diese etwas merkwürdige Tochter …

Den Jungen nehme ich mit nach Assab, du kommst ihn besuchen, wenn du kannst, bis es dir richtig gut geht. Es ist besser, wenn Kinder gewisse Dinge nicht wissen. Man wirft sie nicht wie Postpakete hierhin und dorthin.

Und dann, wie gesagt, die Tochter ist etwas sonderbar …

Wir schicken ihn bei mir in die Schule. Sicher, es sind fünf Schüler und vor allem lernen sie, Staubkörner zu zählen, aber Massi ist intelligent. Siehst du das nicht? Schlecht dran sind die,

die dumme Kinder zur Welt bringen. Und überhaupt, dieser arme Teufel kommt eh bald zurück.

Sie warf die Pasta ins kochende Salzwasser und rührte mit dem Holzlöffel um.

Sie schaute ins Bad.

Steh auf, du hast schon Schlimmeres erlebt. Du hast die Deutschen überlebt und machst ein solches Theater wegen eines Lumps wie alle anderen, der in zwei Monaten wieder hier vor deiner Tür stehen wird?

Und dann, was ist das denn für ein Name, Olia? Damit kann man höchstens Salat anmachen.

Iss ein paar Spaghetti. Um alles Übrige kümmre ich mich. Die Geranien da draußen sind fast tot, du mochtest sie so gern …

Giada stand auf und warf einen letzten Blick auf das Muster der Fliesen.

Wirklich ein schöner Grünton, schade.

Geranien stinken, antwortete sie. Und setzte sich widerwillig an den Tisch.

***

Die Klavierstunden im Hause Bedot, wohin Giada zog, nachdem Giacomo sie verlassen hatte, begannen um drei Uhr, oft ein paar Minuten später. Niemand wartete auf den Glockenschlag der Uhr.

Ein Kind nach dem anderen, herausgeputzt mit Strohhut, Schleife und kleiner Krawatte.

Als Imbiss gab es ein Glas Milch.

Es gab Mozart, Beethoven, Chopin. Aber nur zur geistigen Erbauung und auf den Platten, die Signora Bedot auflegte, wenn die Kinder nach Hause gegangen waren.

Es gibt sieben Noten. Das Klavier hat achtundachtzig Tasten.

Die weißen nennt man Stammtöne, die schwarzen Alterationen. Die Versetzungszeichen Kreuz und b. Jetzt versuch einen C-Dur-Akkord.

Wieder und wieder. Bis die Finger taub werden.

Drei Uhr nachmittags, das ist immer zu spät oder zu früh, beklagte sich Nicole, die tobsüchtige und verrückte Tochter der Klavierlehrerin.

Genug mit diesem scheußlichen Krach, dieser schrecklichen Verdrehung der absoluten Melodie.

Schreiend hämmerte sie mit den Fäusten gegen die Wand des Esszimmers.

Signora Bedot sagte zu den Schülern, sie sollten nichts darauf geben, sollten mit der Musik fortfahren, die Tochter würde früher oder später des Schimpfens müde werden.

Die aufsässige Zwanzigjährige geriet außer sich.

Merde, merde, merde. Ta gueule.

Sie lief in ihrem Schlafzimmer auf und ab und dabei entschlüpften ihr heftigere Wörter, eine Hyperbel des Ärgers, unter den amüsierten Blicken Giadas.

Lausige Schüler, Verfälscher des Seins.

Merde, merde, merde.

Weitere Faustschläge und dann Tritte mit ihren mageren Antilopenbeinen, die stets in feine schwarze Strümpfe gehüllt waren. Sie zerriss ein Paar pro Woche, weil sie ohne Schuhe damit durch den Rosengarten lief.

Und in dem Zimmer drüben hielt niemand die jungen Musiker auf, schon gar nicht Signora Bedot, die sich darauf beschränkte, Milch nachzugießen und den Kopf zu schütteln.

Früher oder später stürzt das Haus ein, dachte Giada auf einer mausgrauen Decke sitzend.

Nicole hatte eine Wand im Schlafzimmer schwarz gestrichen und kritzelte neben der Tür zum Bad mit weißer Kreide Sätze von französischen Denkern darauf, sie setzte sie in Anführungszeichen.

Deine verteufelten Haare verderben alles.
Was kann man mit einem roten Mann anfangen?

Die Französin sagte, Schwarz sei die Farbe der Existenz.

Sie weigerte sich, die Fenster aufzumachen, um zu lüften.

Sie rauchte Nazionali ohne Filter, aber auf ihre Art. Auch zehn am Tag.

Sie zündete sie an und legte sie auf dem Rand des silbernen Aschenbechers ab, dem am wenigsten vollen, dort ließ sie sie liegen und herunterbrennen, dann nahm sie ein paar Züge puren Teers, direkt in die Augen. Betäubend.

Sie stinken, bemerkte Giada ihr gegenüber, und sie antwortete, das sei das Verdorbene der Existenz, das man annehmen müsse, um es zu begreifen.

Wir sind zu sehr an die Schminke gewöhnt, diese Verfälschungen, statt uns der Wahrheit hinzugeben. Wir sind vergängliche Wesen und wir werden sterben.

Das ist der Geruch des Todes. Unser primärer Geruchseindruck.

Anfangs hatte Giada Schwierigkeiten, sie zu verstehen, oft verlor sie den Faden über ihren schlaffen R, in tiefer Stimmlage, als wären sie in einer Höhle eingeschlossen und als gäbe der Stein die Worte unter Vakuum wieder. Donner in der Nacht.

Morgens wachte sie lachend auf und ging im großen Garten hinter dem Haus Blumen pflücken, nachmittags weinte sie und erklärte, sie leide an einem unheilbaren Übel, einer Kraftlosigkeit, dem Wunsch zu verschwinden, einer schrecklichen Erschöpfung.

Mir tut die Seele weh, jammerte sie, streckte sich auf dem Bett aus, den Kopf am Fußende, und starrte auf die schwarze Wand. Genau unter den Rippen tut es weh. Hier.

Zwischen den Stapeln von abgenutzten Büchern und den nie geleerten Aschenbechern erreichte Giada fast das eigene Bett nicht, diese todbringenden Räucherungen beherrschten sie.

Ihre Zimmergenossin hatte scheinbar nichts zu tun, außer sich um die endlichen und verzweifelten Wesen zu sorgen, unter die sie auch sich selbst einreihte, heimgesucht von falschen Melodien. Ständig in der Krise.

La vie est un bordel.

Wenn Giada aufstand, um zur Arbeit zu gehen oder ihre Mutter anzurufen, schlief Nicole noch, mindestens bis zum Mittag, dann aß sie auf der Veranda Croissants und trank Kaffee. Die Augen in ein Buch versenkt, das direkt aus Frankreich kam, wie sie behauptete.

Giada fand sie sehr hübsch, außergewöhnlich, mit diesen schleppenden Bewegungen, den langen hochroten Haaren, leuchtend und lebhaft wie vom Teufel persönlich gemacht, die Röteste der Roten, dazu die violetten Augenringe, die trockenen, schmalen Lippen, die von jedem Wort verschluckt wurden, die rußigen Zähne, die zu hohe Stirn, die schwachen Knie, stets im Begriff, unter dem Gewicht des In-der-Welt-Seins nachzugeben.

Im Gegensatz zu ihrer Tochter war Signora Bedot eine friedfertige Frau, freundlich, fast unerschütterlich, hingegeben an die Musik und ans Kochen, eine Liebhaberin der Botanik und der guten Umgangsformen. In ihr lebte Seelengüte vereint mit großer Geduld. Die bizarren Launen der Tochter vermochten nichts, ihre fixen Ideen und ihre Grimassen, die unnachgiebigen Standpunkte, die sie bezog: Janese Bedot goss Milch ein und backte Kekse, großmütig und beruhigend.

Adi hatte ihre Tochter nur unter Zögern dorthin gebracht, aber sie wusste, dass sie sie in guten Händen ließ, mit der gebotenen Vorsicht.

Diese Nicole ist verrückt wie ein Pferd, um es deutlich zu sagen. Aber du wirst dich daran gewöhnen und du wirst sehen, dass ihre Gesellschaft dich so sehr beansprucht, dass du alles andere vergisst.

Sartre, Heidegger, Camus, Jaspers, Merleau-Ponty.

Nicole hasste alle Männer, mit Ausnahme von diesen.

Sie traf sich mit stets wechselnden Männern, ohne je ihren Namen zu erwähnen.

Sie nannte sie alle Jean-Paul, wie der französische Philosoph.

Jean-Paul hat einen griechischen Akzent.

Jean-Paul trägt grüne Jacken.

Jean-Paul liebt Haare mit kupferfarbenen Strähnen.

Jean-Paul kann auch nachts in Flugzeugen reisen, die mit weißem Tee beladen sind.

Es ist doch nicht wichtig, wer sie wirklich sind: überzählige Männer; jeder von ihnen ist eingezwängt in den von mir beschlossenen Namen, alle gleich und sterblich.

Es tut mir leid wegen deines Kummers, aber die Ehe ist eine Institution, die unseren begrenzten Existenzen von Kräften aufgezwungen wird, die unser umstürzlerisches Potential schwächen wollen.

L'amour ist nichts anderes als Namengeben.

Nicole kam nach einem Stelldichein nach Hause und schlug wahllos ein Buch auf, vertiefte sich in ein paar Zeilen und seufzte.

Bin ich denn in diesem Zimmer, existiert dieses Zimmer überhaupt?, fragte sie sich mit lauter Stimme.

Giada tat so, als würde sie schlafen.

Sonntags gingen die Frauen des Hauses Bedot nicht in die Kirche und alle Bediensteten putzten das Silber.

Nicole spazierte am Rand des Gartens entlang, und wenn Giada zu ihr kam, um ihr zu sagen, sie solle zum Mittagessen hereinkommen, antwortete sie, sie frage sich gerade nach dem Sinn ihres In-der-Welt-Seins.

Der Garten hatte in ihr diese dringliche Frage aufkeimen lassen, denn was ist ein Garten am Ende anderes als ein ihrer Existenz als Wiese entfremdetes Stück Wiese, abgetrennt vom Rest, ihres natürlichen Daseins beraubt, um etwas am Reißbrett Entschiedenes zu werden: ein künstlicher Akkord aus Pflanzen, die außerhalb der Einfriedung ein ganz anderes Leben hätten führen können oder überhaupt nicht existieren würden.

Verstehst du, Giada? Wir sind Pflanzen, die in die Gärten anderer gezwungen werden: dein Mann, diese Russin, die unfähigen Schüler meiner Mutter, meine geliebten Jean-Pauls.

Ein ums Herz geschlungener Krake, der dich zum Schwitzen bringt. Nichts weiter.

Ich möchte, dass du *Paris* kennenlernst. Eines Nachts müssen wir zusammen hinfahren.

Und Giada sagte, ja, sie würden hinfahren, aber jetzt müssten sie essen, bevor Nicole auf dieser Wiese noch ohnmächtig würde, weil sie nur Luft schluckte.

Signora Bedot trug weite, staubgraue Hemdkleider und Sandalen aus ziegelfarbigem Leder, häufig steckte sie sich Blumen ins Haar und plauderte in der Küche mit ihrer Köchin. Sie brachten Stunden damit zu, übers Essen zu reden.

Wenn Nicole sie hörte, wurde sie wütend. Es gab immer zu viel zu essen in diesem Haus und sie war über die Maßen satt.

Merde, merde, merde.

In diesem Punkt waren sie und Giada sich mehr als in allem Übrigen einig, war die Mailänderin doch nur noch Haut und Knochen, wog noch sechsunddreißig Kilo, ihre Augen waren groß geworden und die Wangen eingefallen, im Magen waren Steine eingenäht. Die Leckerbissen des Hauses Bedot vermochten da nichts: Giada hatte die Gewohnheit angenommen, sich um das Essen zu drücken. Dann fiel ihr das Brot mit Salami ein, das sie unter dem Kissen hatte verstecken müssen, damit die Großmutter oder die Cousine es ihr nicht wegaßen, die Eier mit Tomaten, die sie schamlos hinuntergeschlungen hatte, die Tage des Jahrmarkts mit dem starken Geruch nach karamellisiertem Zucker in der Luft, so intensiv, dass man in Ohnmacht fallen konnte, die harte und grobe Spreu; am Ende aß sie ein paar Bissen, mehr aus Schuldgefühl als aus Hunger. Aber der Kummer, Massi weit weg, Giacomo in Kalabrien, verliebt, bereit, Funken zu sprühen, eine ganz neu aufzubauende Existenz, Stein auf Stein, ohne zu wissen, wie man mit Zement umgeht, hatten ihr die Lust genommen, sich zu ernähren.

Sie welkte dahin, zusammengekrümmt, eine Knospe, der alles Wasser auf einmal genommen worden war, als sie es mehr denn je zu brauchen verspürte.

Nicole ernährte sich von Croissants, geröstetem Brot, Kaviar, wenig mehr.

Auf dem Markt machte sie oft beim Fischstand Halt und bat, die Abfälle vom Vortag anschauen zu dürfen, die abgeschnittenen Köpfe, die abgezogene Haut, die glasigen Augen.

Giada zog sie weg, lächelte dem Fischverkäufer zu, wie um ihn zu besänftigen und ihn diese makabren Fragen vergessen zu lassen.

Du solltest öfter an die Verwesung denken, warum denken wir nie daran?

Warum graut uns vor etwas, das Teil von jedem von uns und Teil dieser Welt ist?

Parfüm wird unser Leben nicht retten.

Parfüm wird dir deinen Mann nicht wiedergeben und mich nicht mit meinem Jean-Paul nach Amerika aufbrechen lassen.

Das Parfüm lügt.

***

Einer nach dem anderen vergingen dreihundertfünfundsechzig Tage. Ein jeder mit seiner Unruhe, bewehrt mit Katastrophen, Nadelstichen und Abwesenheit. Giada zählte sie, fasste sie zu Wochen zusammen, Häufchen Bohnen, Kalenderkästchen, Heilige und Namenstage, gesetzliche Feiertage, sie bat sie inständig, schnell zu vergehen, mit der Geschwindigkeit von Sternen, wenn sie fallen, frecher Schweif, sie sind schwer zu sehen und stehen für jedweden Wunsch.

Giada vermied es, durch den Viale Churchill und an ihrer ersten Wohnung vorbeizugehen, und sobald es ging, ließ sie sich von Nicole nach Assab bringen, um Massi zu sehen. Er schickte ihr von Hand geschriebene Briefchen voller Grammatikfehler, aber überfließend vor Liebe, er bat um Erklärungen, die sie ihm nicht geben konnte.

Und Adi erzählte, dass der Enkel oft bei Orlando sei und zu Mittag immer Pasta essen wolle.

In der Schule waren sie in seinem Alter nur zu zweit.

Er kommt mir vor wie dein Bruder, als er klein war. Dieser Bruder, an den sich niemand mehr erinnerte.

Adi hatte nur eine Fotografie auf dem Nachtkästchen: Giada, Rina, Duccio.

Ein seltsamer Name, sein Vater hatte ihn ausgesucht.

Vater, Bruder, Sohn, Ehemann …

Nicole zitierte auswendig Verse von Baudelaire, während sie in ihrem Chevrolet den berühmten Highway entlangfuhren.

Eine weitere Straße, die sie gern gemieden hätte. Wo auch das Malteserhündchen zerfleischt worden war.

Aber im großen A gab es keine große Auswahl.

Von Giacomo wusste sie wenig. Die Russin schien ihn heiraten zu wollen, aber ohne Scheidung ging das nicht: Giacomo und Giada waren immer noch Mann und Frau. Sie waren noch immer dieses absurde Etwas, das sie vielleicht nie wirklich gewesen waren. Dieses Stück Papier, schwitzend, klebrig wie Teer.

Nach Assab war er nie gekommen, Massi hatte ihn nicht mehr gesehen. Die Mailänderin stellte sich vor, wie er die Meeresfrische genoss, auf blauen Booten in den kristallklaren Fluten, wie er Fisch und Oliven aß und über dieses maritime Italien lachte, das eigens für ihn erschaffen worden war. Wenn sie daran dachte, bekam sie Kröten in den Hals, die sie schon geschluckt hatte und die nun wieder hochkamen, flinker denn je.

Er hatte versucht, ein wenig von dem Geld für die Möbel zu bekommen, aber Adi hatte sich quergestellt.

Du lässt meine Tochter auf der Straße sitzen und willst dabei auch noch Gewinn machen?

Sie hatten nicht mehr miteinander kommuniziert, und seit einer Weile schon wartete Giada nicht mehr, weder auf einen Brief noch auf ein Telegramm. Die Wüstentage waren vorbei.

Zum Glück wurden Giadas Bürostunden auch durch das Geplapper ihrer Kollegin Rachele ausgefüllt, die italienische Illustrierte über die Maßen liebte, auch diejenigen, die mit einer Verspätung von Monaten ankamen. Sie schlug die Beine übereinander und las laut vor.

Schau hier, vom Planeten Jupiter kommen Radiowellen, das sagen die Engländer, sie sprechen von weißen Flecken und glauben, das sind Orkane von kolossalen Ausmaßen. Gruselig. Ich hab noch nie im Leben einen Orkan gesehen. Bei uns zu Hause regnet es höchstens mal stark, nicht wahr?

Schau hier, in Salsomaggiore veranstalten sie einen Wettbewerb für die ideale Frau, dazu muss man Prüfungen in Kultur, Sport und eine in Hauswirtschaft ablegen. Die Prüflinge mussten ein warmes Gericht zubereiten und hatten eine Minute Zeit, um die Zutaten einzukaufen. Gut haben sie das gemacht. In einer Minute hätte ich nicht einmal den Salat pflücken können.

Schau hier, in Russland ist eine antireligiöse Broschüre aufgetaucht, da hat man die Zehn Gebote der Kommunisten aufgeschrieben. Eine feine Sache ist mir das. Es ist die Rede davon, militante Atheisten zu werden und Illustrierte und Zeitungen gegen die Priester zu verbreiten. Aber wir hier importieren doch keine Waren von diesen Leuten, oder? Nicht einmal einen Nachmittagstee würde ich mit den Kommunisten trinken.

Schau hier, mit Vel braucht man Teller und Gläser nicht mehr abzuspülen, man muss sie nur in den Schaum tauchen. Hier bei uns gibt es so was nicht. Sie haben sogar den Preis gesenkt. Was meinst du, wenn wir das Signor Stirasacchi sagen, ob er dann für uns ein bisschen Vel aus Italien kommen lässt?

Giada antwortete, dass die Wahrscheinlichkeit ziemlich gering sei.

Die Firma, für die die beiden arbeiteten, importierte hauptsächlich aus Ungarn und Polen nach Afrika: Decken aus künstlicher, kratziger Wolle, sie haarten, als wären es lebendige Schafe und kosteten jede vier Dollar. Man ließ bergeweise davon kommen, aber es war unklar, was man im großen A mit all diesen Decken anfangen sollte; Tennisschuhe, um sie in den Clubs zu verkaufen, auch im italienischen, aber nur kakifarbene, warum sie nicht welche in anderen Farben bestellten, hatte Giada nie recht verstanden; Brautschleier mit und ohne Kranz und rosa oder blaue Strampelhöschen für die Neugeborenen, die kamen direkt von einer neapolitanischen Firma, wo sie von Hand genäht wurden und deshalb sehr viel mehr kosteten; Schuhe mit Absätzen aus Vigevano, die schickten immer Muster in fünfunddreißig, der Schuhgröße von Giada und Rachele, die sie abwechselnd anprobierten und dann, bevor sie die Bestellung aufgaben, unter sich aufteilten und auswählten, welche sie zu dem Kleid anziehen würden, das sie gerade bei der Schneiderin hatten machen lassen.

Giada stand um sechs Uhr morgens auf, um auf den *merkato* zu gehen und die zu exportierende Ware direkt bei den Händlern zu bestellen. Es waren alles Jemeniten oder Inder, man musste sie in äthiopischen Dollars bezahlen.

Auf dem *merkato* von Addis findest du alles, hatte ihre Mutter erzählt.

Sie wappnete sich mit einem Säckchen voller Münzen und der Liste der Bestellungen, dann ging sie feilschen.

Bereit, in die Gerüche einzutauchen. Es blieb keine Zeit, sich von einem Duft anziehen zu lassen, da klopfte auch schon der nächste an die Tür.

Münder schrien mit lauter Stimme, man solle näherkommen, die Ware wollte betastet, gekostet, gewogen werden, es musste daran gerochen werden, von oben, von unten, von der Seite. Auf dem *merkato* war man ein Sklave der Farben.

Es gab immer einen Dolmetscher, aber die meisten verstanden Italienisch.

Buongiorno, Signora. Alles gut.

Auf dem *merkato* konnte man sich verlaufen, er war so groß wie Assab, und die ersten Male war Giada zwischen Säcken mit Gewürzen und Linsen herumgeirrt, zwischen beladenen Eseln, angeleinten Ziegen, sogar einem Elefanten, der inmitten der Leute trompetet hatte, als wollte er sie abschütteln, zwischen geflochtenen Körben vor den Passanten, in dem Geruch nach nasser Erde, nach dem *chai*, der bei jedem Kauf angeboten wurde. Sie wussten, wer mit großen Aufträgen kam; zu fünft oder sechst verschafften sie ihr zwischen den nackten Füßen derer, die einfach auf dem Boden Waren verkauften, Platz und führten sie zu den eigentlichen Ständen.

Sie kommen von Stirasacchi.

Man empfing sie mit Verbeugungen, anfangs war sie eingeschüchtert, doch dann hatte sie Tritt gefasst: Sie kontrollierte die Ware, überprüfte das Gewicht, informierte sich über Herkunft und Qualität. Das war ihre Arbeit, die erste, die diesen Namen verdiente, Büroarbeit, etwas Ernsthaftes, ganz anders als das Weberschiffchen oder die Bar, ihr eigenes Geld, ihre einzige Möglichkeit zu überleben, und sie hatte nicht die Absicht, durch Zerstreutheit oder geringen Einsatz alles zugrunde zu richten. Sie hatten erkannt, dass sie ihre Sache verstand und nicht leicht zu betrügen war.

Sie hatte Rachele alles beigebracht: Sie hatte sich ins Zeug gelegt wie bei Hamed, Heft für Heft, damit sie lernte, die Rechnungen fehlerfrei in die Bücher einzutragen.

Mit ihr vergingen die Vormittage weniger langsam; als Ausgleich für die Rechnungen schenkte Rachele ihr selbstgemachte Häkeldeckchen, und Giada wusste nicht, wohin damit. Nicole war keine Freundin von Tapeten, Rüschen und Spitzen. Sie sagte, mit den Häkeldeckchen könne man an kühleren Abenden Feuer machen.

Der Vater von Rachele arbeitete als Tischler im Haus des Negus, wo ständig Reparaturen anfielen. Es war die Rede vom Zeremoniell, den Schritten vorwärts und rückwärts, drei und noch einmal drei, den Verbeugungen, wenn man in Gegenwart des Kaisers war, von seinem eher indischen als äthiopischen Aussehen, seinem kleinen Wuchs, seinem merkwürdigen, fadenartigen Äußeren, man nannte ihn den König der Könige, er hatte die Sklaverei abgeschafft, er liebte England und Thermalbäder, seine schönsten Mäntel waren aus dunklem Samt, er hegte eine maßlose Leidenschaft für Löwen.

Als ich eine der Treppen im Palast hinaufging, stand er plötzlich vor mir, erzählte Rachele, und ich wusste nicht, was tun.

Am Negus vorbeizugehen ist eine Schmähung, ihm den Rücken zuzukehren ist eine Schmähung, also neigte ich den Kopf und blieb reglos stehen, wie eine Salzsäule; da lächelte er und machte mir ein Zeichen, ich solle weitergehen, er trat beiseite, seine Wächter mit ihm.

Ein bewundernswerter Mann, eine halbe Portion, aber voller Größe.

Giada amüsierte sich dabei, Rachele reden zu hören, leicht und unbefangen erfrischte sie die Atmosphäre im Büro.

Klein, aber eine Spanne größer als Giada; an den Hüften ein wenig rundlich; wenn sie ein Korsett trug, konnte sie sich zusammenschnüren wie einen Schwamm; sehr sorgfältig abgestimmte Garderobe, war der Hut blau, dann waren es auch die Schuhe und die Handschuhe, grau der Lidschatten und die Nylonstrümpfe, nie Schwarz, das wirkt einschläfernd und macht Lust, wieder zurück ins Bett zu gehen; dichte, kurze Augenbrauen, merkwürdig auf die Stirn geklebt, sie bewegten sich beim Mienenspiel nie; glänzende Nasenspitze, an den Nasenlöchern fleckig; sandfarbene Haare, vom Wind gekämmt; insgesamt gelang es ihrer Kollegin mühelos, einen sogar ohne ein Wort zum Lächeln zu bringen.

Schau hier, da ist die Rede von Mailand, Giada, sie beginnen mit dem Bau eines neuen Wolkenkratzers. Es heißt, dass sie in New York sehr in Mode sind, riesige Gebäude mit ganz vielen Stockwerken, ich habe Fotos gesehen, sie können einem Angst machen. Stell dir vor, dort oben an der Spitze zu arbeiten und alles unten nur als kleine Pünktchen zu sehen: winzige Autos, die dahinflitzen, und Miniaturmenschen, die sich langsam dahinschleppen. Das Gebäude hier soll höher werden als der Dom, man wird es von jedem Punkt der Stadt aus sehen. Hundertvierundzwanzig Meter in zweieinhalb Jahren … Erinnerst du dich noch an Mailand? Wer weiß, vielleicht bauen sie früher oder später auch bei uns eins von diesen Dingern, die die Wolken kitzeln, stell dir das nur vor im Zentrum von Addis, wirklich eine schöne Sache. Warum lachst du? Weil ich Wolkenkitzler gesagt habe?

Meiner Meinung nach ist das ein schönerer Name, denn eigentlich gibt es am Himmel wenig zu kratzen, außer vielleicht die Hintern der Engel.

***

Adi schrieb, dass Massi Radfahren gelernt habe und dabei fast ins Meer gefallen sei. Sie war mitten auf die Straße gesprungen, um ihn aufzuhalten, weil er vergessen hatte, wie man die Bremsen bedient. Wo muss ich drücken? Wo muss ich drücken?, schrie er. Blonde Locken und Segelohren.

Orlando lief hinterher und lachte und tat nichts Vernünftiges, sondern kräuselte nur seinen Bart.

Jeden Abend nahm er den Jungen mit in die Eisfabrik, er ließ ihn die Finger in die Metallformen eintauchen, um die Festigkeit zu prüfen.

Ist es fest geworden?

Nein, es macht noch tschaktschak.

Das hieß, dass das Eis noch nicht fertig war, diese Stange, umgeben von Salzwasser, also noch eine weitere Nacht dort blieb. Wenn es hingegen toktok machte, konnte man es herausziehen, es in einen Jutesack einschlagen und ausliefern, die Abnehmer würden es sorgfältig waschen und damit ihre Zisternen auf dem Dach oder das Bier in der Bar kühlen. Ein jeder ausgestattet mit seinem treuen Hämmerchen.

Massi sprang wie Checco von einer Seite auf die andere und wollte gar nicht mehr dort weg.

Tschaktschak, toktok.

Das hier ist fertig, dieses muss noch eine Nacht schlafen.

Orlando sagte, er solle aufpassen und nicht mit dem Gesicht voraus in die Wanne fallen, er habe keine Lust, ihn wie einen Salzhering da wieder herauszufischen.

Wenn sie nach Hause kamen, war Zeit fürs Lesen, Radio mit all dem Lärm und dem Geschwätz konnte Adi nicht ertragen. Davon werden selbst Taube dumm.

Adi, das Familienoberhaupt, holte also ihre Romane hervor, dicke, kiloschwere Wälzer, gut geeignet, um Türen offenzuhalten, als Hocker zu dienen, den Braten plattzudrücken; sie schleppte sie auf die Veranda ins Kühle. Dort zog sie die Strohschuhe aus, goss Wein für die Erwachsenen und Kamillentee für die Kinder ein: Die Erzählung begann.

Messalina, Ich, Claudius, Sinuhe der Ägypter.

Massi las ab und zu eine halbe Seite, Orlando ein Dutzend, wenn er Lust hatte, aber die große Vorleserin war Adi. Sie setzte die Brille auf, die sie sonst an einer Schnur um den Hals trug, das Päckchen französische Zigaretten neben sich, die Füße nackt, dunkelroter Nagellack.

Verrat, Kämpfe, Intrigen, Rache, Loyalität, Ungehorsam.

Sie nannte es Reisen; wo wir nie hinkommen werden.

Orte jenseits, fern.

Nach einer halben Stunde schlief Massimiliano in den Strohstuhl gekuschelt ein, aber in den Träumen war er Römer, Grieche, Ägypter, Babylonier, Trojaner. In den Träumen kam alles vor.

In der Schule waren sie zu fünft, nur einer war so groß wie er, aber er spionierte alle aus, schrieb die Hausaufgaben ab und kannte keine einzige Geschichte.

Er hieß Primo wie der Großvater, auch wenn er das dritte Kind in der Familie war. Massi und Primo waren in Assab eine Klasse, aber nach der Schule sahen sie sich fast nie.

Der kleine Colgada hatte ganz andere Gesellschaft.

Da war Hamed, der ihm beibrachte, Cappuccino zu machen, den Cognac einzuschenken, ohne dass etwas danebenging, das Geld der Kunden zu zählen, indem er es nach Größe ordnete. Das erzählen wir dann Giada, wie gut du bist.

Gemeinsam schrieben sie ihr kleine Briefchen auf zerknittertem Papier.

Da war Orlando, der ihn mit ins Kino nahm, um Totò zu sehen, und er erzählte ihm den ganzen Film, bevor sie da waren; er saß noch nicht und lachte schon.

Da war Coruss, die Junge warf, Fischköpfe fraß und bis zur Schwanzspitze nach Nikotin stank; sie weckte ihn nachts, wenn sie über das *anghareb* lief, das einst Giadas Lager gewesen war.

Da war Teresa, die Taube der Großmutter; weil ihr der untere Teil des Schnabels fehlte, musste sie ständig gefüttert werden; sie folgte ihr überallhin, trippelte auf dem Tisch herum, während sie aßen, und baute ihr Nest in Adis Haar, um sie am Morgen zu wecken.

Teresa, Teresa. Basta, du machst mir Kopfweh; ich hab verstanden, ich steh auf, halt still …

Da war Adi, die ihn das Abenteuer der Gezeiten gelehrt hatte. Wenn das Wasser wie ein duftender Seidenmantel alles bedeckte, passierten darunter viele Dinge, da war Leben, die Fische schwatzten; wenn das Wasser sich, verärgert von all dem Lärm, zurückzog, blieben die Krebse und Muscheln erstaunt zurück, ganz offen, verwirrt, abgetrieben. Dann konnte Massi mit seinem Blecheimer vorbeikommen und sie einsammeln.

Schau, Massi, da hinten ist einer, siehst du den grünlichen Panzer? Und diesen Seestern? Massi, der ist riesig, lass ihn dir nicht entwischen. Wollen wir für Orlando ein paar Venusmuscheln mitnehmen? Wir spülen sie aus, und dann schwenke ich sie mit Knoblauch in Öl, dazu ein paar Spaghetti. Pass auf, wo du hintrittst, die vergessenen Haken der Fischer kommen bis hierher. Ja, ja, ja, ja.

Das Kind nickte.

Blonde Locken und Segelohren.

Wie verrückt sprang Massi auf alle kühlen Steine.

Nicht rennen, du Dummkopf, du stolperst und dann verlierst du alles, was du gefunden hast.

Wir verlieren immerzu irgendetwas, ohne es zu bemerken.

VIII.

Am Ende wird Sinuhe ins Exil geschickt.
Merit stirbt.

Was für eine Arbeit machst du?

Ich lüfte die Häuser.

Lüften?

Du weißt schon, die Reichen, die Engländer. Die fahren weg und lassen alles zu.

Bist du *zabagnà*? Wächter?

Nein, ich bin kein Wächter, ich mache Türen und Fenster auf, kontrolliere, ob irgendwo Wasser eindringt, ich schaue nach dem Garten, klopfe die Teppiche aus. Kurz, ich lüfte.

Seltsame Arbeit das, mit Verlaub, bemerkte Giada.

Afrika ist nichts für gewöhnliche Arbeiten.

Stachys war ein linkischer junger Grieche, er hatte eine Leidenschaft für Möbel. Der Wert, edle Hölzer, der Kampf gegen die Holzwürmer.

Es gab welche, die setzten auf Orangenschalen oder französischen Lavendel, er aber schwor auf Zimt, ein paar Stangen davon und die Insekten gingen anderswo Urlaub machen.

Die Rahmen, sagte er, mag ich am liebsten. Die unterstützen, sie sind nicht bloß Dekoration, sie verleihen Bedeutung. Jedes Ding mit einem vergoldeten Rahmen drum herum wirkt wie für den Palast des Negus.

In den Häusern, in denen ich arbeite, redete Stachys weiter, überprüfe ich vor allem die Rahmen, ich kontrolliere, ob das Glas gesprungen ist, ob das Papier gut gespannt ist, ob das Holz nicht aufquillt.

Es muss ein Gleichgewicht herrschen, jeder Rahmen muss im Hinblick auf die anderen ausgesucht werden, auf die Einrichtung, auf das Gemälde oder die Fotografie.

Oft hänge ich die Bilder in den Häusern um und niemand merkt es. Sie hängen sie auf, um Leerstellen auszufüllen. Sie lieben sie nicht wirklich. Sie kümmern sich nicht um sie und achten nicht darauf, was sie umgeben soll.

Stachys sagte, die Leute seien versessen darauf, etwas auszustellen, während es doch viel befriedigender sei, unerwartet Bilder zu finden. Das passierte denen, die sich lang in einem Haus aufhielten, so wie er, es von oben bis unten durchstreiften, es hofierten und verführten, es entblößten und dann die Schätze fanden und sie betrachteten; es waren seine.

Er lebte in einem bescheidenen Häuschen, drei Zimmer und fertig, zusammen mit der alten Mutter, die sich weigerte, eine andere Sprache als Griechisch zu lernen, und die in einem Sessel saß und Pullover strickte, die die ohnehin schon überquellenden Schubladen füllten.

Und dieses Häuschen war kahl, keine Tapete, keine Verzierung, kein Rahmen.

Für ihn war es kein Haus der Schätze, es war schöner, sie anderswo zu finden, sie zu suchen.

Er erzählte Giada, dass er manchmal Tage damit verbringe, durch die Villa irgendeines Botschafters zu streifen, Gegenstände zu verrücken und sie dann wieder an ihren Platz zu stellen, unfehlbar, er erinnerte sich an jedes Spitzendeckchen und jede Pendeluhr.

Er streckte sich auf den Perserteppichen aus, atmete den Geruch des Staubes, starrte auf sehr hohe und kahle Decken.

Auf den Veranden gab es außerdem Schaukelstühle, auf die man sich bei Sonnenuntergang setzen konnte, und den Duft der Gardenien, der heraufstieg, als wäre es Moussaka im Ofen. Und er dort, hinter aufgerissenen Türen und Fenstern, die abendliche Brise bauschte die Vorhänge, Segel auf offenem Meer, das Glück zu wissen, dass all dies am folgenden Tag nicht seins sein würde.

Es ist, als hätte man tausend Wohnsitze, würde täglich die Hausnummer wechseln, reisen und immer in derselben Stadt bleiben. Alle Leben leben.

Giada hatte ihn in einem dieser Häuser kennengelernt, er stand im Garten und betrachtete einen Strauch weißer Rosen, er hatte sie von fern gegrüßt, als ob sie Freunde wären.

Du wohnst bei Nicole, nicht wahr? Diesem komischen französischen Mädchen. Ich bin Stachys und diese Rosen sind nicht meine.

Er hatte selig gelächelt.

Und Giada hatte gedacht, dass das der x-te Verrückte war, dem sie auf ihrem Weg begegnete, denn vernünftige Leute traf sie seit den Zeiten in Legnano nicht mehr. Das wird wohl die Wüstenluft sein, das werden die Eukalyptusbäume und die Palmen sein. Es wird wohl so sein, dass hier alles verkehrt herum ist.

Der griechische Junge hatte sie auf einen Kaffee bei sich zu Hause eingeladen, irgendwann in den nächsten Tagen.

Giada hatte umgehend abgelehnt. Ins Haus eines jungen Mannes zu gehen, den sie in einem Garten getroffen hatte, war wirklich keine gute Idee, besonders sie, verheiratet ohne Ehemann, Mutter ohne Kind, sollte das meiden wie Unkraut. Aber auf dem Heimweg von der Arbeit war sie mehrmals an dem Rosenstrauch vorbeigekommen, und erst einen guten Monat später war Stachys dort draußen aufgetaucht, mit seinem verträumten Gesicht, und hatte eine Badematte ausgeschüttelt.

Die aus italienischem Frottee sind die besten, hatte er ihr zugerufen, als er sie am Gittertor stehen sah. Importiert ihr die bei Stirasacchi?

Aufgebracht war sie davongegangen; warum wusste er, wo sie arbeitete? Fehlte nur noch, dass dieser sonderbare Grieche sie verfolgte.

Sie hatte sich vorgenommen, nicht mehr dort entlangzugehen und an der Kreuzung abzubiegen, das Haus der Bedot erreichte man auch auf anderem Wege. Aber er war nie in nur einer Straße, man konnte ihn auf den verschiedensten Veranden, an Fenstern und auf Dächern sehen.

Was machst du da, du dummer Grieche?, rief sie ihm eines Nachmittags zu, als sie ihn auf einem Hausdach herumklettern sah.

Ich kontrolliere die Zisterne, bei dem Wind letzte Woche ist Sand hineingekommen, antwortete er. Wenn ich runterkomme, trinkst du dann diesen Kaffee mit mir? Meine Mutter schenkt dir einen Pullover, sie hat orangefarbene Wolle gekauft, fast duftet sie; sie zeigt dir, wie es geht.

Giada hatte sich in ihren Schuhen aus der Fabrik in Vigevano auf die Zehenspitzen gestellt, um größer zu wirken als ein Grieche, der auf ein Dach geklettert war.

Vergiss es, stricken kann ich selber.

Steif und die Wangen in Flammen war sie davongegangen.

Verrückt das, von den Dächern herunter zu rufen, von Pullovern und Müttern zu reden.

Einen Monat später, anderes Haus, anderer Garten, Stachys hockte voller Erde in einer Ecke.

Giada tat unbeteiligt und versuchte, gleichgültig an ihm vorbeizugehen.

Dann siegte die Neugier und sie machte kehrt, aber er war so konzentriert, dass er gar nichts bemerkt hatte.

Er grub Löcher entlang der Einzäunung.

Was machst du da, kleiner Grieche? Seit wann kümmerst du dich um Gärten?, fragte Giada ihn, während sie die Augen mit der Handfläche gegen die Sonnenstrahlen abschirmte.

Seit es nackte Maulwürfe gibt, Signora. Er lächelte sie an und versuchte unbeholfen, mit den Händen die Erde von seinen Kleidern abzuwischen, aber sie blieb in Klumpen und Brocken an ihm hängen.

Und was ist das? Giada wusste nicht, was sie sich darunter vorstellen sollte.

Sie sind recht hässlich, blind, ohne Fell, die Pfoten dreckig, Rattenschnauze. Ich pflanze Kaiserkronen, damit ich sie nicht mit dem Stock erschlagen muss, sie hauen von allein ab, weil sie den Geruch hassen, antwortete er.

Die Mailänderin sah ihn durch die Hecke hindurch an,

Es roch nach feuchter Erde, das Gras in diesem Garten verfärbte sich gelb.

Man sagt ja, der griechische Kaffee sei besser als der äthiopische, aber Achtung, wenn das ein Märchen ist, trinke ich nie wieder einen, fuhr sie ihn an.

Es war nicht angebracht, eine Einladung offen anzunehmen, aber seine gelassene, absonderliche Art hatte sie neugierig gemacht. Was ist schon Schlimmes dabei?, hatte sie gedacht, vor einer alten griechischen Mutter Kaffee zu trinken, bestimmt wird er sich nicht bei mir anklammern.

Ich schütte die Löcher zu und dann gehen wir.

Stachys tat die Erde mit vollen Händen wieder an ihren Platz, schnell und nachlässig trat er sie mit den Schuhen fest, abgetragene, aber elegante Schuhe, nicht für den Garten, die jetzt ganz dreckig waren. Giadas Gedanken wanderten zu den fest gebundenen Schnürsenkeln an den Füßen von Giacomo, an Schuhen, die sie poliert hatte, hin und her mit dem Lappen, in der Küche auf dem Boden hockend.

***

In der Mitte des schmalen, langen Raums im Haus des Griechen stand ein kleiner Tisch. An der Kopfseite saß eine Mutter von der Sorte, die Giada noch nie gesehen hatte, das Gesicht voller Falten, sodass sie wie eine Großmutter aussah, die Haare hingen einfach herab, ein buntes Stoffband um die Stirn, den Flaum am Kinn sah man auch aus einiger Entfernung; wenn sie den Mund öffnete, sah es aus wie das Saugen eines Neugeborenen an der Brust.

Es war nicht klar, ob sie sprechen oder essen wollte.

Jedenfalls vernahm man nur griechische Wörter, und es waren wenige, genuschelt, geflüstert, und Giada verstand nicht eine Silbe.

Stachys hatte ein dünnes Tischtuch aus durchbrochenem Leinen aufgelegt, gehäkelt, einige Löcher größer als andere.

Die griechische Frau musste die Schöpferin dieser und aller anderen Tischtücher sein.

Dann war der Moment der Pullover: zehn davon hingen draußen auf der Wäscheleine, alle in verschiedenen Farben und Größen. Für wen sie waren, fragte Giada nicht.

Das erste Kaffeegeschäft haben die Griechen eröffnet, so ist das, wir waren es, die damit angefangen haben, es hat bei uns eine lange Tradition, bestehend aus Warten, ihr Italiener seid ungeduldig, ihr wollt einen schnellen Kaffee, der sofort herauskommt und in einer Minute fertig ist, bei euch ist das jetzt Mode so, ihr vergesst die Zeit des Sich-Setzens, wenn das Wasser zur Ruhe kommt und sich dunkel färbt und man wie in einer Zeremonie den Zucker zugibt, den Löffel gut ausklopft, damit auch nicht ein Körnchen verlorengeht.

Der griechische Junge hatte ein kleineres, rundes Tischtuch aus weißer Spitze in die Mitte gelegt.

Das ist das *briki*. Stachys zeigte ein Töpfchen und füllte Wasser hinein. Das Wasser richtig zu dosieren ist für den Kaffeetrinker wichtig, der Geschmack hängt davon ab.

Jetzt muss man warten; die Flamme wird klein gehalten, schwach und beruhigend, sie muss den Kaffee umschmeicheln, verstehst du?

Stachys machte den Herd an, das schüchterne blaue Feuer der Gasflamme züngelte leise am rostigen Gitter hoch.

Er rührte bedächtig um, bewegte den langstieligen Löffel immer im Kreis, das Geräusch von hartem Metall.

Tik. Pause. Tik. Pause. Tik. Pause.

Man muss den Stiel gut festhalten, muss vertraut mit ihm werden, um den Kaffee runterzunehmen, wenn er kocht; er muss im Auge behalten werden, aber ohne dass er Verdacht schöpft.

Siehst du, wie der Schaum aufsteigt? Das macht ihn gut, manche lassen ihn noch einmal aufkochen, um den Schaum loszuwerden, aber ich finde, er passt gut dazu.

Er nahm das Töpfchen vom Feuer und stellte es auf einen rot bemalten Lappen.

Jetzt warten wir, bis er sich setzt, wie ihr es sicher vor einigen Jahren bei dir zu Hause auch noch gemacht habt. Bevor die Lust aufkam, in die Bars zu gehen. Uns gefällt es immer noch so.

Giada wartete, und in dieser Minute, während sich das Kaffeepulver am Boden absetzte, kam es ihr so vor, als hätte sie immer gewartet; da war immer jemand, der sich herbeisehnen ließ.

Dann kam der Moment des Trinkens, aber langsam, alle drei sahen sich dabei reihum in die Augen. Tiefe Stille, Gedanken unter Deck, draußen Flaute.

Vielleicht, weil sie gesehen hatte, wie er entstanden war und gewartet hatte, vielleicht wegen des Gestanks nach nasser Wolle, vielleicht wegen dieses alten *briki*, das von der Mutter auf die Tochter übergangen war, vielleicht wegen des Flaums am Kinn der Frau, vielleicht, weil, wer sich angekündigt hatte, einmal ohne Verspätung auch gekommen war, warum auch immer, dieser Kaffee schmeckte ihr.

***

Es lag Schlamm vor den Häusern, wie so häufig in Addis.

Giada hatte die Brille auf der Nasenspitze, die Hände schrieben auf der Maschine, ohne dass sie hinzusehen brauchte. Es war schon eine Woche vergangen und von der Lieferung mit den Tennisschuhen keine Spur, eine schöne Schererei, hundert Paar kakifarbene Schuhe in einem Lager in Dschibuti.

Rachele öffnete die Tür mit dem Ellbogen und kam, ein kleines Silbertablett mit verzierten Griffen in den Händen, herein.

Sie schloss die Tür mit dem Schuhabsatz.

Kein Zucker, sagte die Kollegin und stellte das Tässchen schief an den Rand des Schreibtisches, sodass Giada die Untertasse beiseiteschieben musste, damit der Espresso sich nicht über die Transportunterlagen des letzten Monats ergießen konnte. Sie war mit der Durchsicht beim Buchstaben M hängengeblieben, und diese verflixten Schuhe in Dschibuti raubten ihr Zeit.

Rachele setzte sich, und das Keramiktellerchen schlug klirrend gegen die Schreibmaschine.

Ich habe deinen griechischen Freund in der Bar getroffen, er sagt, ich soll dich grüßen, er hat gar nicht mehr aufgehört, von Teppichen zu reden, er wollte wissen, ob Stirasacchi hier bei uns solche Teppichböden eingeführt hat wie in den Büros der Amerikaner und ob du diesen Druck aufgehängt hast, den er dir geschenkt hat. Ich habe ihm geantwortet, dass hier nur eine Fotografie des Negus schief neben dem Fenster hängt. Mein Vater sagt auch, dass der Kaiser immer zu lange Hosen anhat, findest du nicht auch?

Rachele warf einen Blick auf die Fotografie im Holzrahmen, die wirklich ganz schief an der Wand hing: der Negus mit einem seiner Löwen, aus einer Zeitung ausgeschnitten und dort aufgehängt.

Er ist nicht mein Freund, wenn man dich danach fragt, geh drüber weg. Es war ein Druck mit schwarzen Schmetterlingen. Das sind nicht meine Lieblingsinsekten, entgegnete Giada und hieb in die Tasten, als würde sie bei Signora Bedot Klavier spielen.

Schmetterlinge sind doch schöne Kreaturen, Giada. Was hast du gegen geflügelte Wesen?

Ihre Freundin hatte gelacht und so stark in den Kaffee geblasen, als wollte sie den Grund des Tässchens freilegen.

Das ist eine Abneigung aus Kindheitstagen, den Grund dafür kann ich dir gar nicht sagen.

Giada rührte den Kaffee nicht an, sie dachte an das *briki*, das man ruhen lässt, und an den Klang des Löffelchens mit dem hypnotischen Rhythmus.

Erst gestern Abend habe ich einen Artikel über einen englischen Schneider gelesen, der eine Hochzeitsanzeige aufgegeben hat, er wartet noch auf die Scheidung, er hat sechs Kinder zu ernähren, ist vierzig, klein und untersetzt.

Rachele spielte mit dem Kaffee herum, sie ließ ihn vom Löffel tropfen und blies auf den schon kalten Rest. Ihre Schreibmaschine stand bereits seit ein paar Stunden still.

Ich habe das Foto gesehen, fand ihn ziemlich hässlich, wirklich wenig anziehend, unter einem dichten und struppigen Schnurrbart waren ein paar große Biberzähne zu sehen. Na ja, weißt du, wie viele Antworten er bekommen hat? Über einhundert in einer Woche, die englischen Frauen reißen sich um ihn, er muss eine Auswahl treffen, er hat diejenigen ausgesucht, die von sich sagen, sie würden Kinder und den Haushalt lieben. Wie fantasievoll, diese englischen Männer. In der *Times* sind die Hochzeitsanzeigen der Renner, kaum zu glauben: hundert Mädchen für einen Familienvater. Die letzten in der Auswahl Verbliebenen sind fünfundzwanzig und zweiundzwanzig Jahre alt, der älteste seiner Söhne ist siebzehn.

Ich weiß, worauf du hinauswillst. Giada lächelte, ohne mit dem Tippen aufzuhören. Taste, Taste, Taste. Do, re, mi, fa, sol.

Rachele setzte eine ungläubige und unschuldige Miene auf: Ich? Auf was hinauswollen? Aber woher denn, nur so zum Plaudern über dies und das, bei einem einfachen Kaffee. Trink deinen, er wird kalt, du hast das Tässchen noch nicht mal angesehen.

Giada drehte den Henkel zu sich, um es zu nehmen, dann aber ließ sie ihn wieder los.

Ich sag ja nur, warum denn nicht? Kurz gesagt, Stachys verzehrt sich nach dir, die ausländischen Männer sind besser, schau doch nur diesen Engländer, der so guten Willens ist? Wenn er das kann, warum du nicht? Manchmal bist du zu streng, du wirst noch zur Existenzialistin wie deine französische Freundin, sagte Rachele.

Der Anwalt, den mir dein Vater empfohlen hat, antwortete Giada, hat mich mit leeren Händen weggeschickt, zwei Stunden lang hat er geredet, um mir zu verstehen zu geben, dass da wenig zu machen ist. Solange Giacomo sich nicht rührt, werde ich die Braut von niemandem. Kein Zuhause, keine Scheidung, kein Ehemann. Von wegen eine Schlange von jungen Männern, die an meine Tür klopfen und auf eine Anzeige antworten. Wenn du hier in Gegenwart einer alten Griechin einen Kaffee trinkst, bist du schon eine *sciarmutta*. Das weißt du doch selbst.

Manchmal redest du genau wie deine Mutter. Nur dass sie mehr Haare und schönere Kleider hat, antwortete Rachele und trank endlich ihren Kaffee, in kleinen Schlückchen, als ob er noch heiß wäre.

Apropos, gib mir mal das Telefon rüber, bat Giada, und die andere reichte es ihr und zog dabei die Schnur, die sich verwickelt hatte, gerade.

Die Mailänderin wählte die Nummer, rückte den Stuhl heran, um die Telefonbuchse nicht aus der Wand zu ziehen, und wartete.

Sie begrüßte Hamed, ein paar Höflichkeitsfloskeln, ein Lächeln und dann: Gib mir die Diktatorin.

Ja?, sagte Adi.

Ciao Mama, grüßte Giada.

Na endlich, ich versuche es seit gestern.

In Dschibuti gibt es ein Problem und Nicole hat seit zwei Tagen die Grippe und isst nichts. Ich muss ihr Spritzen geben, sagte sie.

Was hat der Anwalt gesagt, den Rachele dir empfohlen hat?, fragte die Mutter.

Ich muss darauf warten, dass Giacomo wiederkommt; wenn er verlangt, dass ich ins eheliche Heim zurückkehre, muss ich das tun, war die Antwort.

Du verplemperst Zeit und Geld, ich hatte dich gewarnt, dass diese bürokratischen Federfuchser zu nichts nutze sind, du musst deine Sachen packen, komm, hol das Kind und ruf in Legnano an, deine Tante hat noch die unverheiratete Tochter, die sie nicht unter die Haube bringt, eine Stelle für eine Arbeiterin findet sie sicherlich, die Wut wird verraucht sein, antwortete Adi.

Ich will nicht weg, Mama, ich muss mich nur scheiden lassen, sagte sie.

Du musst hier weg, sage ich dir, wenn es nach den Anwälten gegangen wäre, würde ich noch heute in einem Loch beim Dom Kinderschühchen zählen. Nein danke. Der Geruch nach Leder machte mir Bauchweh, er war überall: an der Bluse, in der Handtasche, im Auto.

Wie geht es denn dir?, fragte Giada.

Immer gleich, Teresa ist gestorben, die Ärmste, ohne Schnabel hat sie es nicht lang gemacht; die Katze spuckt Junge aus wie ein Backofen Brötchen, zwei hat die *sheriffa* genommen, sie fragt oft nach dir, du hast Eindruck bei ihr gemacht; und der Mensch aus Ravenna ist langweilig geworden, er hängt den ganzen Tag rum, macht mir Szenen wegen der Farben meiner Shorts, unglaublich, oder? Ein schönes, ausgewachsenes Weibsbild wie ich soll sich wegen türkisfarbenen Shorts zanken. Verrückt ist das, von wegen Russinnen und Ehemänner jenseits des Meeres, die, die hier sind, richten Schaden an. Du bist im Urlaub, du hast jemand, der für dich kocht, an Geld fehlt es dir nicht, worüber beklagst du dich?, antwortete die Mutter.

Und wie geht es Massi?

Er verbringt die Tage mit Orlando und versucht, ihm beim Lesen zu helfen, dieser Hornochse, es ist schon viel, wenn er die Straßenschilder lesen kann, mein Enkel kann jedem etwas beibringen. Er mag das Eis, sitzt stundenlang am Meer, fragt nach seinem Vater. Ich bin immer versucht, ihm zu sagen, dass er ein Scheißkerl ist, aber dann bezeichne ich ihn doch nur als Reisenden. Neulich sind Schwiegermutter und Schwägerin hier in der Bar aufgekreuzt, die machen ein Gesumme, das kann ich dir sagen. Sie waren ganz erhitzt, die Achselhöhlen fleckig, die Strümpfe runtergerutscht, eine schauerliche Szene; sie sind angeekelt von Assab, als wäre es die Kloake der Welt, zwei Ohrfeigengesichter. Sie haben nach Massi gefragt, ich hab ihnen gesagt, er sei in der Schule, obwohl er hinten geschlafen hat, sie erwarteten, dass ich ihnen einen Espresso ausgab. Kannst du dir das vorstellen? Ich habe ihn ihnen mit Aufschlag verkauft, so vergeht ihnen fürs nächste Mal die Lust, ihre Nase in die Angelegenheiten von anderen zu stecken, antwortete Adi.

Haben sie etwas über ihn gesagt? Über Giacomo?

Was sollen sie schon sagen, sie taten zerstreut, als ob wir nicht Verwandte und sie rein zufällig bei mir gelandet wären und nicht mit dem Flugzeug angereist. Sie haben die Kartenspieler empört angeglotzt und sind wieder gegangen. Aber du hör auf mich, wenn ich dir sage, dass sie summen, zwei Fliegen von der schlimmsten Sorte, die fressen sogar das räudige Fell von Hyänen.

Wir hören uns morgen, Mama, schloss Giada und legte auf.

Die Schnur scharf wie ein Rasiermesser, der Kaffee, stumm und kalt, hatte einen Grauton angenommen, den der aufkommenden Angst.

***

Das erste Mal, als Giada und Stachys ins Kino gingen, sahen sie einen historischen Monumentalfilm.

Giada war bis zuletzt unschlüssig gewesen, ob sie zusagen sollte, ein wenig freute sie die Gesellschaft des neuen Freundes, ein wenig fühlte sie sich außerhalb der Ordnung.

Giada kam es vor, als würden alle in der Schlange an der Kinokasse sie beide anglotzen.

Die Vorführung konnte umgetauft werden: Signora Colgada geht mit einem jungen Griechen aus.

Statt *Sinuhe der Ägypter*.

Hört, hört.

Die Mutter macht salzigen Espresso, der Vater sammelt Schmetterlinge, sie hat den Sohn verlassen, die Schwester schreibt ihr seit Monaten nicht, sie lebt bei zwei französischen Frauen, ganz Croissants und grausige Lektüren, und jetzt steht sie hier an der Seite eines *zabagnà*, der sich wie ein Innenarchitekt aufspielt. Sie stehen in der Schlange für diesen amerikanischen Film, ihre Jackenärmel streifen sich, ihre Schuhe sind braun, als hätten sie das abgesprochen, sie trägt einen dunkelroten englischen Tweedrock, es ist zu warm für Tweed, und die Haare sind ziemlich toupiert, sie hat einen ganz runden Pony, reizend, o ja, sie ist wirklich reizend, auch im Stehen wiegt sie sich in den Hüften, hohe und strenge Wangenknochen in diesem Kindergesicht, was für eine Mutter soll eine sein, die nur Tochter zu sein scheint?

Hört, hört.

Giada strich nervös über die Ledertasche, die Augen auf das Kinoplakat gerichtet. Dann sah sie ihren Begleiter an, seine dichten, fast zusammengewachsenen Augenbrauen, den schmächtigen Körper, die akkurat gebügelte Kleidung, die Hosenträger umfassten eine Andeutung von Bauch, eine kleine Kugel auf einem in die Länge gezogenen Körper, die Hände mit den vortretenden Adern, bereit zu graben, aber auch zu malen, sie konnte sich vorstellen, wie er die Falten der alten griechischen Frau nachzeichnete, bis ins Detail dieses leicht bärtigen Kinns.

Stachys war kein schöner Mann. Ganz und gar nicht.

Auch nicht faszinierend, er hatte nicht die mitreißende Redegabe dessen, der plaudert und eine Gesellschaft zum Lachen bringt wie Colgada, er konnte nicht Karten spielen in der Bar, er erzählte keine lustigen Anekdoten, in den Clubs war er in der Regel nicht gut angesehen.

Man verstand nicht, wie er dort hingekommen war und weshalb er all diese seltsamen Dinge wusste.

Auf den ersten Blick, aber auch auf den zweiten und den dritten, war er ein besonderer Typ, vollkommen in den Wipfeln der Bäume, den Blick auf Dinge gerichtet, die die Mehrheit nicht interessierten wie den Saum der Vorhänge oder die Gucklöcher in den Türen. Er stellte sich Fragen über Wandbretter und über die Anzahl der Schuhe im Schrank. Ausgehend von ihren Wohnungen stellte er sich das Leben der anderen vor. Er fantasierte über das Silberbesteck und die Kupferböden der Pfannen.

Doch wenn er gefragt wurde, antwortete er verlässlich: Sollen wir ausgehen? Ja. Viertel nach acht? Ich werde da sein. Steht mir dieses Kleid? Den Rock hätte ich vielleicht lieber in Altrosa. Was denkst du von mir? Dass du eine intelligente Italienerin bist, gar nicht so schlecht. Was machen wir hier? Wir schauen einen Film.

Und im Unterschied zu Giacomo ließ Stachys nicht seinen Blick auf der Suche nach wer weiß was schweifen, um irgendetwas zu finden, Badeanzüge, Werbeplakate an der Straße, Schaufensterpuppen in den Auslagen, übereinandergeschlagene Beine auf unbequemen Hockern in den Bars.

Er hatte nicht die Angewohnheit zu verschwinden, im Gegenteil, er tauchte an den ausgefallensten Orten auf, er schaute von den höchsten Dächern, erschien hinter der dichtesten Hecke.

Er sagte, die Leute erkennen die Schätze nicht, die sie im Haus haben, das edle Holz des Sockels im Salon, die silberne Vogelfigur mit Olivenzweig im Schnabel, das kleine gläserne Tintenfass, das in der Vitrine funkelt.

Die Leute vergessen die Reichtümer, vor allem die, die sie besitzen. Sie verlieren Dinge, die sie in Händen halten, und bemerken es nicht. Sie lassen sie fallen.

Gewisse Leute nehmen Ouzo nicht wahr, obwohl die Flasche vor ihrer Nase steht.

Sie setzten sich in die vierte Reihe, zu weit hinten konnte so aussehen, als wollten sie sich verstecken, und sie hatte nichts zu verbergen. Sie war mit einem Freund im Kino. Sicher, vielleicht mehr als ein gewöhnlicher Freund, mit dem es jedoch zu nichts außer einem Händedruck, Blicken, einem Lächeln gekommen war. Giada wusste, dass sie im Recht war, dass sie sich jedem Mann hoch erhobenen Hauptes nähern konnte. Sie war es ja gewesen, die bloßgestellt worden war, vertrocknetes Blatt, öffentlich zum Gespött gemacht, dem Geschnatter preisgegeben, aber so ging es nun einmal nicht zu in dieser Welt.

Giacomo konnte fortgehen, Strohhut und Strandsandalen, konnte mit anderen Frauen liebäugeln und den Applaus des Publikums ernten.

Das hast du wirklich gut gemacht, du, ach die Russinnen, welche Eleganz und welche Schenkel, das blonde Haar, wer könnte da widerstehen, den Himmel in den großen Augen, die sich in eisigen Strömen spiegeln, und dann, wie viel Steppe und wie viel Kommunismus im Blut?

Sie wurde misstrauisch beäugt, weil sie mit zwei alleinstehenden Frauen zusammenlebte und ihr eigenes Geld verdiente.

Die Nachmittagsvorstellung besuchten nur wenige Leute.

Besser sich nicht für den Abend verabreden, das konnte zu galant aussehen. Ein Film an einem Nachmittag, wenn Giada keine Schicht hatte, war das Beste. Zum Abendessen war dann jeder wieder bei sich zu Hause, das war die stillschweigende Übereinkunft.

Weißt du, dass es die Verfilmung eines Buches ist?, fragte Stachys.

Und sie sagte, ja, alle hatten es gelesen, sogar ihr Sohn zusammen mit Adi, alle außer ihr.

Und sie setzte hinzu, wenn du es gelesen hast, erzähl mir nicht, wie's ausgeht.

Dann begann der Film.

So ein Dummkopf dieser Sinuhe, der schicken Nefer nachzulaufen, das Haar in Gold und Silber gehüllt, tiefer Ausschnitt, stark geschminkt; ein Verrückter, nicht zu erkennen, dass ein anständiges Mädchen an seiner Seite war, die treue Merit, hübsch, zierlich, zärtlich, bereit, für ihn zu sorgen; wirklich ein Dickschädel, ein Betrüger der schlimmsten Sorte. Er hatte das ganze Eigentum der Familie an die Hure am Hof verschleudert. Er wollte geliebt werden, er, von einer, an der mehr Stanniolpapier hing als an den Nüssen am Weihnachtsbaum in Legnano.

In einer Szene zog die schöne Nefer ihr Kleid aus, um ein anderes anzulegen, und im Wasser eines Brunnens spiegelten sich ihre nackten Beine, zur Schau gestelltes Wohlgefallen.

Giada wurde zum Schluchzen zumute, aber trocken, ohne Tränen.

Die Beine einer Schwimmerin, wie die von Esther Williams, die sie so sehr liebte, Beine, die sie nicht hatte.

Sie war eine Diebin, eine Lügnerin, Sinuhe hätte ihr nicht vertrauen sollen.

Sie wollte sich erheben, die Kleine, hübsch, aber nicht zu sehr, tüchtig, aber nicht zu sehr, anmutig, aber nicht zu sehr, schreien, auf der Stelle springen, den Aufstand proben.

Das sind die Beine einer Kerkermeisterin.

Sie wollte an den Häusern, an allen Ecken den Schmerz plakatieren, sie hatte das Bedürfnis, ein Megaphon zu nehmen und eine Versammlung abzuhalten, Straßenprotest zu machen, zu sagen, hier, hier brennt es, hier tut es weh, Giada wollte es, aber sie konnte nicht.

Sie blieb stumm und der Film lief weiter.

Sie sagte sich, dass wenigstens Merit am Ende Gerechtigkeit widerfahren würde, er würde zu ihr zurückkehren, würde ihr ewige Liebe schwören, im Film müssen die Dinge gut ausgehen, nach den Geboten, du sollst Vater und Mutter ehren, du sollst nicht betrügen, sei treu, sei immer treu.

Das Heim, das Kind, Sinuhe. Am Ende würde ihr Gerechtigkeit widerfahren.

Merde, merde, merde.

Ein Lichtschein fiel von hinten in den Saal, aufgebrachtes Gemurmel folgte.

Die französischen Flüche ließen Giada sofort herumfahren.

In den Reihen hörte sie leise jemanden ihren Namen rufen.

Giada, Giada, wo bist du? Gib mir ein Zeichen, Mailänderin, ich sehe dich nicht.

Und alle fragten sich, wer die blöde Kuh war, die da am Ende des Films Lärm machte.

Wer hatte sie hereingelassen? Das war unerhört.

Ich konnte nicht warten, sagte Nicole, als sie sich wie ein Geier über sie beugte, gerade so hinter sie gezwängt.

Schwarz gekleidet im Dunkel des Kinosaals, eine Krähe.

Du musst mitkommen, und du, kleiner Grieche, geh nach Hause, zischte sie zwischen den Köpfen der beiden.

Sie zog Giada gewaltsam hoch, obwohl sie sich beklagte, unterdessen lief im Film der Epilog. Warum Sinuhe am Anfang des Films allein in der Wüste war, was ihm zugestoßen war, wo Merit und der Sohn waren, der Pharao, das Gift, die Verschwörung, die Hethiter, die eisernen Waffen, Nefer und ihre Beine einer Schwimmerin?

Wir verlangen unser Geld zurück, man kann doch nicht einfach so stören.

Giada ließ sich hinauszerren, Stachys benommen hinter ihr her, beide warfen Blicke auf die Leinwand, um zu erfahren, zu entdecken, um nichts offenzulassen.

Was passiert? Was passiert? Giada wusste nicht, ob sie schreien oder murmeln sollte.

Draußen vor dem Kino prüfte Nicole die Windstärke und zog ihren Totengräbermantel enger um sich. Sie musterte die beiden mit ihren bläulichen Augenringen und den geplatzten Äderchen auf den Wangen. Sie sagte nur vier Dinge.

Die Rückkehr der Liebe ist ein feiges und mörderisches Geschehen: der Krake, der dich nie loslässt.

Man hat Giacomo in der Bar gesehen.

Sinnlos, dass du dir diesen Film anschaust, am Ende wird Sinuhe ins Exil geschickt.

Merit stirbt.

IX.

Sharab

Adi hatte ihre ganz eigene Sprache. Orlando konnte ihr manchmal nicht folgen. Dann sah er sie an, die Augenbrauen gerunzelt, Zahnstocher im Mund, und nach einer langen Pause ging er hinaus; und zwar mit dem üblichen: Ich hab dich nicht verstanden, weißt du.

Wütend fing sie an, die Wörter Silbe für Silbe zu skandieren, als würde sie mit einem Kind reden und ihm ärgerlich den von Brei überquellenden Löffel zeigen.

Das Gespräch wurde dann nicht wiederaufgenommen, man war mittlerweile dazu übergegangen, über die unverständlichen Dialekte dieser italienischen Sprache zu diskutieren, denn wo man hinkam, wurde anders gesprochen; Marotten, das seltsame R, das zu weit offen ausgesprochene E, die ungerechtfertigte Verdoppelung von Konsonanten und all die Freiheiten, die sich ein jeder herausnahm, vor allem in Afrika, wo ein ganzes Leben nicht reichte, um alle Sprachen zu erlernen.

Für Adi war *zambil* die Tasche, aber nicht die Tasche für den Lippenstift, den Taschenspiegel, das Stofftaschentuch, das Portemonnaie; nein, *zambil* war die Einkaufstasche, in die man das Gemüse vom Markt packte, mit einem Seitenfach für die Reste vom Markt und unten mit Papier ausgelegt, damit sie nicht zu schmutzig wurde.

Ich gehe auf den Markt Ingwer und Knoblauch kaufen, gib mir doch eben den *zambil*.

Gerican war kein besonderer Hund, *cane*, sondern der Kanister für die Benzinvorräte der Lastwagen und der Privatautos. Adi berechnete die Ausgaben für eine Reise in *gerican*. Einen *gerican* für die nähere Umgebung von Assab, fünf *gerican* für Dschibuti, zehn für Addis. Stieg die Anzahl der *gerican*, kam man weit, unter einem *gerican* blieb man praktisch zu Hause. Mittlerweile hatte man sich an den Tankstellen an diese Bezeichnung für den Kanister gewöhnt, sodass man sie direkt fragte: Wie viele *gerican*, Signora Adele?

Bei dem Wort *musciarabia* brauchte man eine Weile, um es zu verstehen, und es wurde nicht häufig verwendet, es war also eine von den Sonderbarkeiten, die selten auftraten. Das war die Laube am Haus, um die Pflanzen hochranken zu lassen, oder auch das Holzspalier, um Wein und Efeu zu stützen.

Wie schön war die *musciarabia* am Haus meines Vaters außerhalb von Legnano, im Sommer stand sie ganz in Blüte, übervoll mit Jasmin, der stank fast schon, der Duft war intensiv, Honig und Datteln, ein Traum. Adi weinte ihrer *musciarabia* nach, sie hatte eine an der Rückseite der Hütte bauen lassen, aber da war nichts geklettert außer Coruss, deren Krallen sich verhakten und die von oben jeden anfauchte, der ihr helfen wollte.

Die *cadrega* war beste Mailänder Tradition, und dennoch vergaß Giada das Wort manchmal, es fiel ihr einfach nicht mehr ein, da es auch im Haus ihrer Freundin Luisa nicht benutzt worden war; es war eins der Wörter, die der Tante und ihrer Mutter lieb waren. Der Stuhl, mit Strohgeflecht, aus Holz, aus Kunstharz, aus Metall.

Die *cadrega* war der Stuhl in all seinen Erscheinungsformen, in Afrika hieß sogar eine Bank *cadrega*, oder bei Bedarf konnte in der Wüste ein trockener Ast als *cadrega* fungieren. Alles, was einen Hintern aufnehmen und dessen Besitzer ausruhen lassen konnte, verdiente diesen Ausdruck.

Das Radio hieß *laradio*, in einem Atemzug, und man schrieb es *l'aradio*, als ob es ein Mensch in einer Kiste wäre: Es gab einen Signor Aradio. Wenn es mehrere waren, wurden es *die Aradi*, eine Reihe von Herren mit krächzender Stimme. Und dann Streit mit Orlando, der sich zum Hüter der Sprache aufwarf und brüllte, er sei ja angeblich wohl ignorant, aber wenn man ihn auf einen

Fehler hinweise, höre er auf, sich immer wieder eine blutige Nase damit zu holen, sie aber: nichts, mit diesen *Aradi*, nichts, sie wusste, dass man so nicht sagte, und trotzdem …

Aber das Wort, das Giada am meisten liebte, war *sharab*. In Mailand kannte es niemand.

Es war die hausgemachte Mischung aus dem englischen *shut up* und der typischen, schleppenden Sprechweise Adis und jener Italiener, die sich wie sie in Afrika die Sprachen anderer Leute angeeignet und Wörter nach eigenem Vorbild und Gutdünken geschaffen hatten. Sie hatten eine ganz eigene Welt erfunden.

Sharab war endgültig, aber fettig wie ein in Schmalz herausgebackenes Kotelett.

Sharab war das Zeichen der Grenze, danach musste man den Kopf senken.

Sharab konnte genauso ein Geh-wohin-der-Pfeffer-wächst sein wie auch ein Schweig-für-immer-still.

Sharab sprach man die Silben kauend, oder man schrie es hinaus mit diesem auf dem Ende lastenden B.

Sharab war ein versengter Blick, der nach Salz schmeckte.

Sharab war das erste Wort, das Giada zu Giacomo sagte, nach diesem Jahr, in dem sich alles verändert hatte.

***

Als sie Stachys auf der Straße getroffen hatte, hatten sie sich mit einem Nicken verabschiedet, ja, ja, genauso werden wir es machen: Sie hatten beschlossen, wieder ins Kino zu gehen, gleich nach dem Abendessen, rasch etwas essen, bequeme Sessel, ohne zu wissen, was gezeigt wurde, mit der Lust am Raten und an der Überraschung. Zum ersten Mal am Samstagabend ausgehen wie die fortschrittlichen Signorine das machten, diejenigen, die ihre Schwiegermutter für liederlich hielt, die die Füße schon in die kommenden Jahre stellten, die falschen.

Giacomo lief in der Stadt herum und hörte sich den Klatsch der italienischen Gemeinde an, aber sie hatte noch nicht einmal seinen Schatten gewittert, sie lebte mit dem Albtraum seines plötzlichen Auftauchens, jeder gezückte Hut schien seiner, jedes nervöse Hüsteln, jede Brille mit abgenagten Bügeln, die auf der Theke der Bar liegen geblieben war. Aber sie wollte es nicht, die Gewohnheiten nicht ändern, sich nicht ängstlich zeigen. Stachys hatte sie aus genau diesem Grund zugesagt, um zu versuchen, keine Furcht zu haben, sich selbst einzureden, dass sich die verrückte Französin vielleicht getäuscht hatte, wer waren denn die, die ihn gesehen haben wollten? Wer traute schon dem Gewäsch der Leute; nach deren Meinung war sie die nie erwachsen gewordene Tochter von einer, die Liebe nur zu Tieren empfand.

Der Grieche war glücklich über ihre Verabredung, die olivfarbenen Hände ausgestreckt, fast als wollte er die der Mailänderin nehmen und drücken.

Er hatte wiederholt: Nach dem Abendessen ja, ja, machen wir das so, wir sehen uns nach dem Abendessen.

Es war später Nachmittag, in der Bar des Clubs. Noch waren die Italiener zur Miete in einem *tukul*, aber die Sammlung für den funkelnagelneuen Juventus Club hatte schon begonnen.

Giada ging nur auf einen Kaffee vorbei. Die Augen im Club von Addis waren zahlreich, wenn auch freundlicher als die in Assab, aber noch war sie nicht mit der Gruppe vertraut und beäugte sie von Weitem, grüßte die Kunden von Stirasacchi, mehr aus Höflichkeit als aus Sympathie.

Von einer Frau, die nicht *die Ehefrau von* war, wusste man nicht recht, wer sie war, keiner näherte sich ihr.

Da sie nicht viel dort zu tun hatte und auch keine Freunde, mit denen sie reden konnte, zahlte Giada und wollte gerade wieder hinausgehen, aber bevor sie noch die Sonnenbrille aufsetzen konnte, rief ihr jemand entgegen.

Solang du meinen Namen trägst.
Solang du meinen Namen trägst.
Solang du meinen Namen trägst.
Solang du meinen Namen trägst.
Solang du meinen Namen trägst.

Die Mailänderin hielt inne, erkannte das Eau de Cologne, das die Schwiegermutter aus den Abruzzen, ihrer Heimat, kommen ließ, um Kinder und Fußböden, Vorhänge, Handgelenke und Ohrläppchen damit zu parfümieren. Das Parfüm, das sämtliche Mücken vertrieb.

Du gehst aus, allein, was hast du mit dem Ehering gemacht, wo ist mein Sohn, wem hast du meine Möbel verkauft, wo hältst du deinen Freund versteckt, wer ist diese völlig verrückte Französin, was tust du vor dem Abendessen im Club, für was gibst du deinen Lohn aus, du gehst aus, allein, was hast du mit dem Ehering gemacht, wo ist mein Sohn, wem hast du meine Möbel verkauft, wo hältst du deinen Freund versteckt, wer ist diese völlig verrückte Französin, was tust du vor dem Abendessen im Club, für was gibst du deinen Lohn aus, du gehst aus, allein, was hast du mit dem Ehering gemacht, wo ist mein Sohn, wem hast du meine Möbel verkauft, wo hältst du deinen Freund versteckt, wer ist diese völlig verrückte Französin, was tust du vor dem Abendessen im Club, für was gibst du deinen Lohn aus, du gehst aus, allein, was hast du mit dem Ehering gemacht, wo ist mein Sohn, wem hast du meine Möbel verkauft, wo hältst du deinen Freund versteckt, wer ist diese völlig verrückte Französin, was tust du vor dem Abendessen im Club, für was gibst du deinen Lohn aus.

Giacomos Haut war blasser, die Augen durch dicke Brillengläser vergrößert, und durch das erregte Sprechen hatte sich etwas weißer Schaum in seinen Mundwinkeln gebildet.

Giada dachte an die eigensinnige Gewohnheit, die sie angenommen hatte, als sie noch in Assab waren, am Morgen seine Stirn zu berühren, nichts sonst, nur die Stirn, um zu fühlen, ob sie heiß war, ob sie kalt war, ob er schwitzte, ob er schlief, ob er wach war, ob er da war, sie prüfte ihn, wog seine innere Verfassung ab, Hand an den Schläfen. Er wurde dadurch ungehalten, ist das eine Art, einen Christenmenschen aufzuwecken, mit einer Hand im Gesicht? Aber sie hatte nicht damit aufgehört und er musste sich fügen. Und jetzt in Nicoles Zimmer stieß sie jeden Morgen um fünf Uhr mit dem Ellbogen gegen die Mauer, weil auf dieser Seite nichts mehr war außer einer schwarzen Wand. Sie verbrachte zwei gute Minuten, in denen sie sich sagte, sie wolle im Bett bleiben, die Decke hochziehen, sagen, hier ist niemand, geht alle weg, ich habe Fieber, ich habe Magenweh, ein Magengeschwür, Nervenschwäche, ich bin hysterisch geworden, ich bin mit der Welt über Kreuz. Dann stand sie auf und ging zur Arbeit.

Sie dachte an diesen berühmten unglückseligen Abend, an dem er sie wegen der Russin verlassen hatte, als Massi die Lasagne allein aufgegessen hatte, weil in ihrem Bauch Nacht war, sie eingeschlossen in einem Meer der Dinge schwebte, von denen sie sich nicht erklären konnte, wie und warum sie geschahen, worauf sie hinauswollten, welche Züge sie nehmen und was sie bringen würden. Das Kind hatte zu ihr gesagt, Papa hat sich etwas sehr Leckeres entgehen lassen, die Finger kann man sich danach abschlecken. Massi hatte gelacht und Giada hatte nichts zu erwidern gewusst. Ihr Gesicht war erloschen, durchgebrannte Glühbirne, sie hatte ihn mit hervortretenden Augen angestarrt und war versucht gewesen zu schreien: Was lachst du? Doch sie hatte an sich gehalten, hatte sich selbst gerettet, sie hatte ihm noch eine Portion gegeben, danke, bitte, iss sie doch gern ganz auf.

Du gehst aus, allein, was hast du mit dem Ehering gemacht, wo ist mein Sohn, wem hast du meine Möbel verkauft, wo hältst du deinen Freund versteckt, wer ist diese völlig verrückte Französin, was tust du vor dem Abendessen im Club, für was gibst du deinen Lohn aus, du gehst aus, allein, was hast du mit dem Ehering gemacht, wo ist mein Sohn, wem hast du meine Möbel verkauft, wo hältst du deinen Freund versteckt, wer ist diese völlig verrückte Französin, was tust du vor dem Abendessen im Club, für was gibst du deinen Lohn aus, du gehst aus, allein, was hast du mit dem Ehering gemacht, wo ist mein Sohn, wem hast du meine Möbel verkauft, wo hältst du deinen Freund versteckt, wer ist diese völlig verrückte Französin, was tust du vor dem Abendessen im Club, für was gibst du deinen Lohn aus, du gehst aus, allein, was hast du mit dem Ehering gemacht, wo ist mein Sohn, wem hast du meine Möbel verkauft, wo hältst du deinen Freund versteckt, wer ist diese völlig verrückte Französin, was tust du vor dem Abendessen im Club, für was gibst du deinen Lohn aus.

Er hatte sich das Haar geschnitten oder vielleicht war es lichter geworden, am Eingang zum Club war ein sonderbares Licht, es fiel schräg herein, und Giada fragte sich, was sie von diesem Gesicht vergessen hatte und warum. Gefiel ihr dieses Antlitz immer noch? Mit diesem vom Schreien verzerrten Mund, unverschämt in den Forderungen, mit dem drohenden Blick dessen, der ein unverzeihliches Unrecht erlitten hat, der die Schandtat entdeckt, der im Hof den richtigen Stein aufhebt, ha, da sind sie ja, all diese verfluchten Würmer, du hast sie versteckt gehalten, du. Ausgestreckter Zeigefinger.

Da gab es Muttermale, die sie nicht wiedererkannte, und Falten und Schweigen, und dabei war wenig Zeit vergangen oder vielleicht viel Zeit, vielleicht waren es ganze Jahre, vielleicht hatte sie den Überblick verloren; und er war noch fremder, eben erst gekommen, sehr erfreut Giacomo, sehr erfreut Giada, sprechen wir ein wenig über die fehlenden Dächer der arabischen Häuser und die importierten französischen Liköre, über die ersten Tage der Ehe, als sie nicht wusste, wie sie ihn nennen sollte, und auf dem Nachtkästchen eine Fotografie hatte, die sie ansah und studierte, während er wegen seiner Arbeit unterwegs war. Ehemann. Ikone, Heiligenfigur.

Die Tage, an denen sie ihn kennenlernen wollte. Ehemann. Engel, Wohltäter.

Sprechen wir über Gippi, das Englischheft, über Massi, der nachts weinte, ohne dass jemand ihn tröstete, über das Sei still oder das Lachen in der Wüste.

Du gehst aus, allein, was hast du mit dem Ehering gemacht, wo ist mein Sohn, wem hast du meine Möbel verkauft, wo hältst du deinen Freund versteckt, wer ist diese völlig verrückte Französin, was tust du vor dem Abendessen im Club, für was gibst du deinen Lohn aus, du gehst aus, allein, was hast du mit dem Ehering gemacht, wo ist mein Sohn, wem hast du meine Möbel verkauft, wo hältst du deinen Freund versteckt, wer ist diese völlig verrückte Französin, was tust du vor dem Abendessen im

Club, für was gibst du deinen Lohn aus, du gehst aus, allein, was hast du mit dem Ehering gemacht, wo ist mein Sohn, wem hast du meine Möbel verkauft, wo hältst du deinen Freund versteckt, wer ist diese völlig verrückte Französin, was tust du vor dem Abendessen im Club, für was gibst du deinen Lohn aus, du gehst aus, allein, was hast du mit dem Ehering gemacht, wo ist mein Sohn, wem hast du meine Möbel verkauft, wo hältst du deinen Freund versteckt, wer ist diese völlig verrückte Französin, was tust du vor dem Abendessen im Club, für was gibst du deinen Lohn aus.

Ach, *sharab*.

Sei still, Giada schleuderte die Worte wie einen weißglühenden Blitz von ihren ein Meter sechzig aus, kreidebleich, die Hände an den Seiten, die Nase hochgereckt.

Und dann ging sie hinaus.

***

Checcos leeren Kadaver hatten sie in die Wüste geworfen. Sie waren in Adis Jeep gestiegen, Orlando am Steuer, Sonne bis unter die Fersen, sie hatten sie eingeladen, die Augen mit einem weißen Schleier überzogen und die Beine ganz schlaff, wie eine Grille im Winterschlaf.

Die Mama sagte, so ruhen Gazellen, ein Loch für sie machen und sie unter dem Sand begraben hieße ihnen Unrecht zu tun, sie selbst würden sich sicher keins ausheben. Sie gehörten der Wüste an und zur Wüste mussten sie zurückkehren, was aus ihnen wurde, war nicht mehr ihre Angelegenheit.

Dumpf war sie auf der Sandfläche aufgeschlagen, ganz still, fast abwesend, luftig und weich.

Und die Zunge hatte seitlich herausgehangen unter den Augen aus Sahne.

Giada hatte sich nicht umgeschaut, auch wenn sie verendete Tiere zur Genüge gesehen hatte. Aber dieses leere Wesen war Checco, und ein kleines Loch wenige Meter vom *anghareb* entfernt hätte sie ihr graben wollen. Sicher konnte man für Checco kein Begräbnis veranstalten, denn Adi betrachtete schon die Bestattung von Menschen als etwas für Einfaltspinsel.

Taufen, Trauungen, Begräbnisse muss man tolerieren, daran glauben niemals. Wenn der Moment gekommen ist, ist er da und Schluss. Da braucht man kein Gezeter anzustimmen, zu weinen oder zu verzweifeln, es trifft alle, Reiche wie Arme, diejenigen, die sich rot, und diejenigen, die sich schwarz kleiden, Adler und Fliegen, alle wechseln die Seite.

Diese Worte kamen Giada immer in den Sinn. wenn sie an Checcos fleischlose Knochen dachte, an die sich zersetzenden Ohren, die lose herabhängenden Hufe und die Fliegen.

In Assab waren die Fliegen überall, man musste sich daran gewöhnen. Sie kreisten am Morgen beim ersten Licht um das *anghareb*, sie waren am Abend draußen vor der Bar, und die Poker-Spieler verscheuchten sie mit den Händen, ohne es überhaupt zu bemerken, auf dem Markt klebten sie, gleichgültig gegenüber den Gewürzen, an den Früchten, sie schwirrten in der Kirche über den Blumen am Altar, waren im Weihwasser und in den Beichtstühlen, saßen in den Straßen auf der dunklen Haut der *diavoletti*, um die ganz klare Iris, auf den kleinen Zehen.

Aber vor allem waren sie auf den toten Tieren, dort schmausten sie auch in der Nacht, da selbst die Dunkelheit sie nicht ruhen ließ.

Sie stellte sie sich vor, gefräßig und satt, nachdem sie diese Gazelle in der Wüste gefunden hatten, dort ohne auch nur einen Schleier von Sand zum Schutz liegen gelassen.

Die Fliegen waren ein Teil Afrikas, sie zählten wie Einwohner. Sie versammelten sich nicht nur auf dem Land wie in Legnano oder an heißen Tagen. In Afrika gab es sowieso nur heiße Tage und das Land existierte nicht. Weder Weinberge noch Schweineställe, weder Bauernhöfe noch Olivenhaine, weder Maiglöckchen noch Spargel.

Afrika war die Heimat der Fliegen, ganz und gar.

Und seit dem Tag, da sie Checco abgeladen hatten, verband Giada sie vor allem damit.

Die summen und summen.

Das wiederholte die Mutter seit Wochen und bezog sich damit auf die Schwiegermutter und die Schwägerin. Lästige Fliegen.

Nach dem Auftauchen Giacomos und der Tirade im Club jeden Tag mehr. Jedes Telefongespräch begann so und endete so. Jede Ablenkung, jeder Versuch Giadas, das Thema zu wechseln – Adi kehrte dazu zurück.

Seit der ersten Erwähnung hatte der Holzwurm angefangen zu bohren, war in die Nasenlöcher eingedrungen, setzte sich dort fest, jetzt war er purer Schrecken geworden: Sie wollen dir das Kind wegnehmen.

Sie sind heute Morgen gekommen, sie waren in der Schule, haben Auskünfte verlangt, sie wollten einen Kaffee trinken, dann haben sie ihn doch nicht getrunken, sie haben gefragt, was du machst, sie haben sich umgehört.

Die Ehe, welches Ende wird es mit dieser Ehe nehmen? Einmal in der Woche flogen die Schwiegermutter und Nadia nach Assab, um Massi zu sehen, ihm Spielzeug mitzubringen, Comics, maßgeschneiderte Hemden, und fragten, wo ist die Mama, weißt du, dass der Papa wiedergekommen ist, möchtest du ihn nicht treffen?

Sie summen und summen.

Nach Giacomos erneutem Auftauchen und der Szene im Club nahm es von Tag zu Tag zu. Jedes Telefonat begann und endete damit. Jede Abschweifung, jeder Versuch Giadas, das Thema zu wechseln, scheiterte, denn sie kam immer darauf zurück.

Und der Holzwurm hatte schon bei der ersten Andeutung angefangen, gierig zu bohren, war durch ihre Nase eingedrungen, sie hatte ihn eingeatmet, jetzt war er zu einem Schreckgespenst geworden: Sie wollen dir das Kind wegnehmen.

Sie waren heute Morgen hier, sie waren in der Schule, haben nach Neuigkeiten gefragt, sie wollten einen Espresso, haben ihn dann aber nicht getrunken, sie haben gefragt, was du so machst, haben sich umgehört.

Die Ehe, was wird aus dieser Ehe?

Sie, das waren die Schwiegermutter und Nadia, die einmal in der Woche nach Assab flogen, um Massi zu besuchen; sie brachten ihm Spielzeug mit, Comics, Hemden vom Schneider und fragten ihn, wo ist die Mama, weißt du, dass Papa wieder da ist, willst du ihn nicht mal treffen?

Sie summen und summen.

Beim ersten Mal hatte Adi sie ohne sonderliche Überzeugung verscheucht, ein gelangweiltes Wedeln mit der Hand, sie hatte weitaus wichtigere Dinge zu bedenken, außerdem sah man, dass die beiden den ganzen Tag die Signore auf der Veranda gaben, sie aber nicht, sie zahlte Friseur, Röcke und Stöckelschuhe selbst.

Beim zweiten Mal war die Handbewegung entschiedener ausgefallen, ärgerlich hatte sie die Augen verdreht, und beim dritten Mal hatte sie das Ganze mit einem *schsch* begleitet.

Denn sie verlor schnell die Geduld. Schon drei Mal war zu viel.

Sch, sch, sch, geht woandershin summen.

Es hatte aber nichts genützt, die Fliegen kamen mit gefletschten Zähnen wieder, sie hatten das in der Wüste abgeladene Tierskelett gewittert.

Es begannen die Briefe von ihnen an Giada.

Zuerst im Plauderton, ciao, wie geht's?; dann zur Information, weißt du, dass; dann freundschaftlich, aber nüchtern, es scheint dir wirklich gut zu gehen, du wirkst wie eine Blume; dann einmischend, dir ist klar, dass er auch sein Sohn ist?; dann anklagend, die Schuld ist auf deiner Seite, du schläfst nachts bei ihm; dann triefend vor Ärger, ach, mein liebster Giacomo, von so vielen schönen Mädchen ausgerechnet eine wie du; zuletzt einschüchternd, wir haben mit unserem Anwalt gesprochen, weißt du, er braucht nicht lang, um die Dokumente zusammenzubekommen.

Das Kind muss zu Giacomo, das ist das Beste für alle.

So endete der letzte Brief.

Entweder du gehst zurück zu deinem Mann oder du gibst ihm seinen Sohn.

Für welche alle? Wer waren denn diese alle, auf die sie selbst keinen Pfifferling gegeben hatten? Sie sollte Massi abliefern, in Geschenkverpackung, mit einer Schleife auf dem Kopf, bei einem, der ein Jahr lang verschwunden gewesen war, seine Sachen hatte er gepackt und auf Wiedersehen, Strände im Wind, vertäute Jachten, ach, wie blau dieses Meer, und sie arbeitete unterdessen und legte Geld beiseite, um eine Wohnung für sich und den Sohn nehmen zu können.

Diese Ehe, was wird aus dieser Ehe?

Sie schickten ihr auch die Fotos von der Hochzeitsreise, mit mehreren Jahren Verspätung. Unumstößlich und abgegriffen, sie waren durch viele Hände gegangen, kommentiert und weitergereicht worden. Sie zementierten den heiligen Bund.

Giada sah sich selbst sehr klein, winzig zwischen diesen Farnen, verborgen von diesen Amphoren, mit einem verhärmten, müden Lächeln, die Stirn schweißbedeckt und in der Üppigkeit dieses Gartens wie unter einer Haube. Alles künstliche Posen, eitel, nach den Vorgaben von Schwiegermutter und Schwägerin.

Sie, in diesen Umarmungen und immer mit demselben Ausdruck.

Sie erkannte sich selbst nicht wieder, sie hatte Mühe, das eigene Gesicht auszumachen, verloren zwischen einem festgezurrten Dutt und dem Schliff der Zähne.

Deine neue Familie, hatte Nadia gesagt, als ob sie Schwestern geworden wären.

Die Fotos von Asmara waren gelb und zerknittert, beim erneuten Ansehen erinnerte sie sich daran, wie sie sich gefühlt hatte, umzingelt von Pflanzen und Mäuerchen, Blumen und Limonade, alle schienen etwas Abstoßendes an ihr zu finden, genau unter der Brust. Sie hielt die Hände im Schoß, wie um einen noch nicht vorhandenen Bauch zu wiegen, gegen die Hitze hatte sie sich für ein helles Kleid im Empirestil entschieden. Und noch wusste sie nichts von den Schmerzen der Geburt, vom Weinen in der Nacht, den abgeschnittenen blonden Locken, den Briefen, den von der Bar der Mutter aus geworfenen Kusshänden, den nackten Füßen auf dem Wohnzimmerboden, den ins Eis gesteckten Händen und von am Meer verlorenen Krebsen.

Auf diesen Fotos war ihr das alles nicht bewusst, aber dieser Bauch schützte sie schon, ohne einen Grund. Die neue Familie, sie, die sie nie eine richtige gehabt hatte.

Sie war auf der Hut, ihr Lächeln machte sie nicht zur echten Komplizin.

Sie hatte sich nicht einwickeln lassen.

Ganz klein, ein Menschlein bei der Kommunion.

Sie würde alles in sich drin behalten, Plazenta, Uterus und Eierstöcke.

Massimiliano, ganz drinnen.

Der Vater mochte auf Schmetterlingsjagd gehen, der Bruder in einem Internat verschwinden, der Ehemann sich in eine Russin verlieben, aber er nicht.

Keine Fliegen über einem Schleier von Sand.

***

Nachdem sie lang über das Wohl ihres Sohnes nachgedacht hatte, rief sie wenige Tage später Stachys an, bat darum, ihn auf der Straße zu treffen, unter Leuten, unter der senkrecht stehenden Sonne, sie war aufgeregt, schwitzte an den Armen, am Bauch, zwischen den Brüsten, sie fühlte einen Kloß im Hals.

Die olivfarbenen Beine des Griechen hatten im Näherkommen schon alles verstanden, sie zögerten, konnten aber nicht innehalten.

Er ließ sie gar nicht zu Wort kommen, der Grieche.

Er sagte, ich wollte dir vorschlagen, nach Ambo zu fahren, um nachts baden zu gehen, aber jetzt ist es, glaube ich, zu spät.

Er sagte, dich kennenzulernen war wie in ein Haus zu gehen, um es zu lüften, ich habe mich um den Garten gekümmert und habe die Teppiche ausgeklopft, damit sich kein Schimmel und keine Holzwürmer einnisten. Auf der Wiese habe ich mir die Hände schmutzig gemacht, habe die Pflanzen gegossen und den gesprungenen Rahmen eines Gemäldes repariert, das eine italienische Ortschaft bei Mailand darstellte; es war eine Ansicht mit großem Glockenturm, Glockentürme gibt es dort immer, nicht wahr? Also waren sie auch auf dem Gemälde, aber der Rahmen brauchte eine Schicht Lack, um die fehlende Glasscheibe zu kompensieren, und diese Schicht habe ich mit einem Lächeln aufgetragen und dabei gesehen, wie das Bild mit jedem Pinselstrich heller wurde.

Mit Kampfer, Zimt, Essig und Zitrone habe ich sämtliche Schubladen parfümiert und ich habe das Silberbesteck auf Hochglanz poliert.

Er sagte, bei der Instandhaltung eines Hauses kann man nicht perfekt sein, das ist so, es bleibt immer irgendwo eine staubige Ecke. Aber man muss den guten Willen loben, das ganz bestimmt. Und den habe ich gezeigt.

Aber am Ende kommt der Eigentümer wieder und die Schlüssel besitzt er, da ist nichts zu machen. Da drin ist alles seins und er muss über die Einrichtung Rechenschaft ablegen und über die Stoffe, den Schmutz und die verstopften Rohre.

Ich, Stachys, bin bloß einer, der Luft ins Haus lässt und die Maulwürfe verjagt, ohne sie zu töten.

Ich hoffe, der Kaffee hat dir geschmeckt und der Geschmack war das Warten wert.

Der Grieche zog den Hut, verabschiedete sich und ging in Richtung *merkato* davon.

Giada sah ihn gehen und hatte das Gefühl, eine Möglichkeit vertan, an einer Abzweigung den linken Weg genommen zu haben, die Karte weggeworfen zu haben, die es aus dem Stapel zu ziehen galt, wenn es hieß, die höchste gewinnt. Und du musst wählen, musst wohl oder übel wählen.

Ihre Finger zitterten.

***

Schließlich ging die Mailänderin zu Giacomo, und diesmal war sie es, die sprach, ohne Wenn und Aber.

Sie wollte nichts hören von seinen Ausreden, der Schaden war angerichtet, alle hatten verstanden, was der Grund für seine Rückkehr war, er brauche gar nicht den Beleidigten zu spielen, sie nahm sich jetzt einen Monat Urlaub, um mit dem Sohn auf Reisen zu gehen und sich auszuruhen; bei ihrer Rückkehr wollte sie ein weißes Haus vorfinden wie das in Assab, schöner als das erste in Addis, aber mit genau den gleichen grünen Fliesen im Bad, den stinkenden Geranien auf der Veranda und sämtlichen Möbeln; er solle sich ja nicht unterstehen, einen Lampenschirm oder ein Spitzendeckchen zu vergessen, er solle die von Rachele geschenkten überall verteilen; er solle ein paar Bilder aussuchen und neben die Eingangstür stellen, sie würde sie aufhängen, vor allem den Druck mit den schwarzen Schmetterlingen; alles müsse so wirken, als sei es schon lange hier, sehr lange, als ob sie nie weg gewesen wären, sie wolle eine so große *musciarabia*, sie breitete die dünnen Ärmchen aus, von hier bis da, eine kleinere kannst du dir sparen, so will sie, und ich will, dass meine Mutter die Blumen daran findet, lass dir die richtigen empfehlen, du verstehst ja doch nichts davon, nicht einmal einen Strauß Maiglöckchen könntest du pflücken, ohne dich zu vergiften.

Und erst am Ende, wenn all dies erledigt wäre, würde sie zurückkommen.

Bis zu diesem Augenblick wäre es von Vorteil für ihn zu warten und *sharab*.

Sie war schon im Gehen begriffen, da hielt sie noch einmal inne, er stumm, denk dran, dass ich das für meinen Sohn tue.

Denk dran, setzte sie hinzu.

X.

Wolltest du aufs Klo?
Tut mir leid, aber gerade jetzt habe ich Lust bekommen, mir die Zähne zu putzen.

Für die Reise mit Massi hatte sie Harar als Ziel gewählt.

Die Stadt der armen Heiligen, der bröckelnden Mauern, der schmalen Gänge und der schattigen Bezirke, der sehr niedrigen Häuser aus farbigem Schlamm, eher arabisch als äthiopisch, eher marokkanisch als abessinisch, mit dem Platz der Weihnachtssterne und des Markts der Magie, der Mixturen, die als Heiltränke ausgegeben wurden. Harar war wie sie: einst Mittelpunkt des äthiopischen Handels, jetzt frisch gekürte Hochburg für Ferienreisen und von ihrer bösen Zwillingsschwester Dire Dawa an die Wand gespielt, die per Eisenbahn mit dem Hafen von Dschibuti verbunden war, das neue Mekka des Handels mit besserer Anbindung. Dire Dawa hatte Harar binnen kurzer Zeit entblößt, jetzt blieben ihr als Schmuck nur noch die Minarette der Moscheen. Giada wusste das gut, sie kannte die Handelswege, die Zölle, die Auslieferungen, die Verladestationen. Sie wusste, dass die Anbindung ans Meer die Rettung für jede Art von Ware und der Reichtum jeder Stadt war. Sie spürte in sich die gleiche Verlassenheit, schwer zugänglich, benachteiligt, langweilig. Dieser fruchtbare, grünende, gastfreundliche und gut zu bestellende Boden hatte nichts genutzt: Ein Landstrich ohne Eisenbahn ist totes Land. So hatte man ihr im Ciao erzählt, dem ehemals italienischen Hotel, in dem sie logierte, eines der wenigen europäischen Bauwerke. Man ging dorthin wegen des Klimas und der Landschaft, wegen der Ruhe. Man ging dorthin, um zu beten.

In Harar lernten sie eine amerikanische Familie kennen, blonder als junge Löwinnen, blass und rotwangig, mit drei lärmenden Kindern, die stets auf der Suche nach Süßigkeiten, Datteln und Honig waren.

Mit dem bisschen Englisch, das sie gelernt hatte, konnte Giada sich nur mühsam verständlich machen. Sie hatte nur Grundkenntnisse. Aber sie verstand sie.

Die Frau hieß Grace, sie war rund und schwabblig, mit verschwitztem Kinn, losem Mundwerk und dem ständigen Bedürfnis, von sich zu erzählen. Sie kamen aus Kentucky, besaßen zwei Stück Land, Hektar um Hektar Grün und Kühe, sie bauten Mais an und setzten sogar bei schlechtem Wetter Strohhüte auf.

Sie waren gekommen, um auch im großen A Land zu kaufen.

Eines Abends schlug der Koch zur Feier des Tages Spaghetti für alle vor, und so sah Giada sich gegen ihren Willen gezwungen, eine klebrige, fade und unentwirrbare Masse mit kaum gewürzten Tomaten darüber zu essen. Sie hatten die Nudeln ins noch eiskalte Wasser gekippt.

Italienisch isst man bei sich zu Hause oder bei mir in der Bar; so sagte Adi lachend, wenn jemand sich spontan als Experte aufspielen wollte. Wir dürfen nicht zulassen, dass andere sich auch noch unser Essen aneignen, sie wissen ja nicht einmal, wann das Wasser kocht.

Giada musste daran denken, während der *chai* in die Gläser gegossen wurde, das Ragout neben dem Spaghetti-Klumpen dampfte und dieses Lächeln zwischen Unbekannten hin und her flog. Harar war berühmt für seine Gastfreundschaft, für die Religion, zu der man sich bekannte, für die Abwesenheit von Stämmen, für die Geschwindigkeit, mit der man als *gey*, als Einwohner der Stadt, betrachtet wurde. Und Giada spürte diese arabische Liebkosung am knochigsten Punkt der Schultern.

Als die Sonne unterging, gingen alle, Kinder eingeschlossen, zu einem Schamanen in einer Höhle außerhalb der Stadt.

Der weißhaarige Mann klammerte sich mit halb geschlossenen Augen an einen gewundenen Stock und sagte, sie sollten sich im Kreis auf die Steine setzen, die Jüngeren hinten, die

Männer vorn, die Frauen an den Seiten. Er sprach ein zahnloses Englisch.

Giada wusste nicht, was sie sich erwarten sollte, und betrachtete Massi, der eine Art gefunden hatte, sich mit diesen strohblonden Mädchen zu verständigen, wer weiß, in welcher Sprache, wer weiß, wo erlernt, wie es nur Giacomo gekonnt hätte. In der Dunkelheit der Höhle leuchteten seine Augen, es war ein einziges Mama hier, Mama da, Mama schau, Mama hör. Eingehüllt in Feuchtigkeit und Dunkel waren sie und ihr Sohn ganz dicht beieinander, umgeben von Amerikanern.

Man musste still sein. Der Schamane legte einen Finger auf den Mund.

Fatima. Fatima. Fatima.

Dreimal rief er es und warf ein Stück braunes, fauliges Fleisch in Richtung Eingang. Ein Kadaver, der nach Dung und Maden stank.

Bis Fatima auf seinen Ruf hin erschien.

Eine Hyäne, struppig, die Ohren gespitzt, geflecktes Fell, starke Zähne, heiseres Knurren. Mit schnellen Schritten kam sie näher, Kralle für Kralle, auf Männer, Frauen und Kinder zu.

Weiter Fatima, weiter.

Der Schamane warf ihr kleinere Stücke zu und lockte sie ins Innere der Höhle, wo der Atem der bestürzten menschlichen Wesen pulsierte, sogar die Kinder waren still geworden.

Giada erinnerte sich an Giacomo auf dem Jeep stehend, die Ledersandale auf der Wagentür, das Gewehr im Anschlag. Und dann die Schüsse unter dem Minarett, um die Hyänen zu töten und den Gefallen mit dem angezündeten Lämpchen zu erwidern.

Knall. Fatima.

Knall. Fatima.

Knall. Fatima.

Giada wusste genau, wie eine leblose Hyäne klang.

In Harar traf ihr Blick auf die glühenden Augen Fatimas, die sich gierig über das Fleisch hermachte, bis in die Hand des Schamanen hinein. Ohne Staub aufzuwirbeln oder Lärm zu machen,

nährte sie sich aus den Fingern des Alten, leckte seine vortretenden Adern: Lamm, Zicklein, Kalb, Ente, Esel.
Auf der Zunge der Hyäne schmeckte alles gleich.
Alles war ein Geschenk des Schamanen.
Alles war Schrecken und stummer Respekt in den Augen Giadas.
Aber der Ausflug, der Massi am meisten gefiel, war der ins Zuckerland, wo die Niederländer sich angesiedelt hatten. Dort waren die Straßen mit Melasse asphaltiert, dem Abfall aus der Zuckerfabrik. Zähflüssig und dunkel ließ sie die Straßen wie angemalt glänzen und machte sie klebrig, sodass die Reifen ächzten und in den heißesten Stunden nur mühsam vorankamen.
Massi wollte unbedingt anhalten, einen Finger auf die schwarze Piste legen und ihn dann in den Mund stecken, um festzustellen, dass es wirklich Zucker war, das würde er Großmutter Adi und Orlando erzählen, dass er die Straße gegessen hatte.
Die Amerikaner hatten es ihren Kindern verboten, das war nicht möglich, da fuhren Autos mit schmutzigen Reifen, aber Giada hatte gefordert: Haltet an, Massi muss am Asphalt lecken.
Sie und ihr Sohn mussten lachen, bis ihnen die Tränen kamen.
Koste du zuerst, nein du.
Nein du, du bist ein Kind, nein du, du bist schon groß.
Ich wette, es schmeckt nach Zuckerguss mit Zitronenaroma; ich wette, es schmeckt nach karamellisierten Äpfeln; ich wette, es schmeckt wie *dobo kolo;* ich wette, es schmeckt nach *atmet*; ich wette, es schmeckt nach Honigwein.
Sie sagte zu ihm, probier, nach was es schmeckt, ob es wie die Crème caramel ist, die die Großmutter macht. Er legte den Finger darauf, steckte ihn verstohlen in den Mund und lächelte sie an.
Er antwortete, ja, genau danach schmecke es.

***

Nach der Reise mit dem Sohn zog Giada unter Tränen und Danksagungen bei den Bedots aus, lange Umarmungen. Ich kehre zu ihm zurück.

In einem Monat war überraschenderweise alles fertig geworden. Die *musciarabia* gut sichtbar, weiße Glockenblumen zierten die Veranda, der Druck mit den Schmetterlingen lehnte beim Eingang am Boden, sogar der Zaun war frisch gestrichen.

Giada kontrollierte die Fliesen im Bad, die Verteilung der Spitzendeckchen, die Luft, die in Massis Zimmer zu den Fenstern hereinkam, den Gestank der Geranien. Sie nahm Hammer und Nägel und hängte die Schmetterlinge beim Eingang auf, man sah sie, sobald man die Schwelle überschritt.

Und sagte, ja, das könne gehen. Sie öffnete Schubladen und Schränke, steckte überall Hände, Nase und Ohren hinein.

Wo hast du all die Möbel her?, fragte sie misstrauisch.

Von einem Freund, antwortete der neue Ehemann.

Du und deine Freunde, Giada knallte eine Schranktür zu, damit er zusammenfuhr.

Doch dieser Freund hatte nichts weiter getan, als ihm alles zu vermieten: von den Lampen bis zu den Vasen, von den Ledersofas bis zu den gemusterten Teppichen, von den weißen Vorhängen bis zur Waage in der Küche. Nichts war gekauft worden, und als Giada das entdeckte, war sie gezwungen, mit Hilfe der Mutter Geld aus der eigenen Tasche beizusteuern, um das zu besitzen, was sie in den vier Wänden eines Hauses benutzte, das wiederum niemals ihr Eigentum sein würde.

Uns Fremde lassen sie kein Land kaufen und keine Hütte, keine *tukul* oder Scheunen, kein Stück Wüste oder stinkende Tümpel, aber die Möbel müssen uns gehören. So hatte Adi das Geschehen kommentiert und dabei ihre filterlose französische Zigarette mit mehr Kraft geschwenkt, als wenn ihr ganzer Körper an der Bewegung beteiligt gewesen wäre.

Dieser Colgada wird uns noch ruinieren, er ist schlauer als ein Fuchs und gefräßiger als ein Rabe.

Giada hatte geschwiegen und angefangen, die Möbel zu kaufen, die Quittungen ließ sie mit einem Zettel daneben auf dem Wohnzimmertisch liegen.

Ich bin kein *zabagnà*, ich bin nicht der Aufpasser für die Dinge anderer.

So war die Sache zum Abschluss gekommen, aber Giacomo ließ in den folgenden Monaten in der Anrichte Geld zurück, neben der hellblauen Dose mit den Keksen, die Giada Massi morgens gab, sodass sie es nicht übersehen konnte. Das war seine Entschädigung, die Schulden für die gemieteten Möbel. Er gab ihr das Geld, das er diesem guten Freund hätte bezahlen müssen.

Einige Wochen lang mied Giada ihn wie eine ansteckende Krankheit; wenn sie seinen Geruch wahrnahm, verließ sie das Zimmer, sie kochte Gerichte ohne Gewürze für ihn, schlug ihm die Badezimmertür vor der Nase zu, wenn sie ihn auftauchen sah. Wolltest du aufs Klo? Tut mir leid, es ist besetzt, ich war zuerst da und paff, Tür vor der Nase zu. Du brauchst das Rasiermesser und den Schaum, in der Tat siehst du aus wie ein Landstreicher, schade, ich brauche jetzt gerade diese Jasmincreme und paff, Tür vor der Nase zu.

Sie brachte seine Schubladen in Unordnung, fügte ihm tagtäglich kleine Gemeinheiten zu, lächerliche Dinge, über die er sich nicht beklagen konnte, ein Paar ungleiche Schuhe, durchlöcherte Regenschirme, Mäntel mit abgeschnittenen Taschen, sie freute sich auf den Moment, da er es bemerken würde, und lachte sich ins Fäustchen.

Sie stellte klar, dass sie ihre Arbeit bei Stirasacchi nicht aufgeben würde, um auf seine Kosten zu leben, sie wollte ihr eigenes Geld, mit dem sie rechnen konnte, denn vielleicht wollte er ja seinen nächsten Urlaub mit irgendeiner Araberin in Riccione verbringen.

Ab und zu führte sie sich wiederum auf wie ein Feldwebel, es hagelte Fragen und schiefe Blicke, welche Bar, welche Freunde, welche Versammlung, welche Straße, welches Arbeitsessen, sie schlug ihn ans Kreuz, nagelte ihn von unten fest. Sie habe auf ihren griechischen Freund verzichtet, der im Vergleich zu seinen Russinnen ein großer Herr sei, das müsse mal gesagt werden, fuhr sie ihn einmal an, ja, im Vergleich zu dir ist Stachys ein großer Herr, von einer Feinfühligkeit, von der du nicht die leiseste Ahnung hast; das war der Tag, an dem sie nur geschrien hatte, hol das Salz, bring die Zeitung mit, räum Massis Spielzeug zusammen, und das immer mit scharfer, lauter Stimme, einer Stimme für eine Abreibung, wenn es Schläge aufs Hinterteil setzt; als wären sie auf zwei verschiedenen Stockwerken im Haus und stünden sich nicht im Abstand von einem Meter gegenüber.

Er war mal entgegenkommend, weil er als intelligenter, wenn auch betrügerischer Mensch, der er war, wusste, dass das Unrecht zum großen Teil auf seiner Seite lag, dann wieder war er aufgebracht, schimpfte, rannte aus dem Haus, verfluchte sich, war unwirsch dem Sohn und seinen Fragen gegenüber, erzählte nichts von diesem Jahr, das er wer weiß wo verbracht hatte, er war nur verreist gewesen. Was war Schlimmes daran, sich ab und an zu zerstreuen?

Monatelang weigerte sich die Mailänderin, das Zimmer mit ihm zu teilen, sie schlief ins Bett ihres Sohnes gequetscht, lag unbequem, quer, aber das machte ihr nichts aus; die Vorstellung von Giacomo und seinem nächtlichen Atmen kränkte sie, sie fühlte sich von seiner ruhigen und gleichmütigen Anwesenheit, von diesem Auf und Ab des Brustkorbs angefeindet, wie kannst du es wagen, in meinem Bett zu atmen? Dieses erheuchelte Bett, das du nicht einmal gekauft hast. Das ich mit meinem Geld abbezahle und das ich nicht auswählen konnte, hart wie eine gusseiserne Pfanne. Sie hatte Angst, womöglich unwillkürlich diese gewohnte Geste wieder auszuführen, die mit der Stirn – eher hätte sie sich mit der Geflügelschere die Hand abgeschnitten.

Giada war es, als gingen all die Schwierigkeiten wieder von vorn los: die Wohnung, die Arbeit, Massi, dieser Ehemann, unvernünftig wie ein weiteres Kind, sperrig und launisch wie ein Liebhaber ohne Liebe, laut und pedantisch wie ein Lehrer ohne Staatsexamen.

Doch dann war die Wohnung in wenigen Monaten nach ihrem Geschmack eingerichtet, Giada legte wieder ein paar Kilo zu, Massi gewöhnte sich an die wiedervereinten Eltern, Giacomo fand eine einträgliche Arbeit und investierte vom Familienvermögen, vor allem aber kam der Juventus, der für die Mailänderin ihr italienischer Club wurde, kein Vergleich mit denen von früher.

In Addis, dieser kosmopolitischen Stadt voller Griechen und Armenier, Exilanten und Geflüchteten, Händler und Übriggebliebenen, voller Marmor und Travertin, vierspurigen Alleen und Natriumdampflampen, groß wie Paris und grün wie Washington, war unter Eukalyptusbäumen und dem morgendlichen Regen die zweite Hälfte der Fünfzigerjahre angebrochen, der Nachhall des italienischen Wirtschaftswunders, und damit begann für Giada, wenn auch mit Verspätung, *la bella vita*, das schöne Leben.

***

Jeder Italiener in Addis steuerte seinen Teil bei, um das aufzubauen, was der Circolo Juventus werden sollte, benannt nach der in Afrika beliebtesten Fußballmannschaft.

Ein großer Salon mit den Wahrzeichen der sechs wichtigsten Städte Italiens in Marmor an den Wänden, drei auf der einen, drei auf der anderen Seite, die Theke der Bar aus getriebenem Kupfer; der Spielsaal ausgestattet mit vier Billard- und zehn Spieltischen; der Tanzsaal mit einer festen Bühne für die Live-Musik, einem Plattenspieler und einer Musikbox aus Holz.

Der Club war so schön, dass die Amerikaner ihn für wichtige Anlässe mieteten, und mit diesem Geld finanzierte die italienische Gemeinschaft die Unterhaltskosten, da man nie Geld aus dem Mutterland gesehen hatte. Von Montag bis Freitag wurde nach der Arbeit bis in den Abend Karten gespielt, um fünf Uhr war die Stunde des Tanztees, Signore und Signorine lehnten an den Wänden und kommentierten die Tänzer, Kinder wuselten zwischen den bewegten Beinen herum, Zimttee und Ingwerplätzchen.

Giada konnte nicht Karten spielen, Giacomo zog mittlerweile Billard und Würfelspiel um Geld vor; sie waren gemeinsam dort aufgetreten, wirkten aber wie zwei im Krieg Befindliche.

Anfangs hielt sie sich ein wenig am Rand des Spielsaals und reckte den Hals nach den konzentrierten Gesichtern der Spieler hinter der Nebelwand, die sie umgab, sie kannte nur wenige, vermutlich wussten alle vom vergangenen Jahr und von ihren Kino-Abenden mit Stachys, ihr verschwörerisches Lächeln verursachte ihr Juckreiz, und sie war sich sicher, dass sie auch hier kein Vergnügen finden würde, sondern nur weiteren Ärger, Klatschweiber, Lumpen, scheele Blicke und zu Tränen reizenden Rauch.

Dann sagte eines Tages ein prächtiges Weibsbild mit hellbrauner Haut, rabenschwarzem Haar, üppigem Busen, schmaler Taille und muskelbepackten Armen zu ihr, komm und setz dich zu mir, unsere Männer geben beim Würfeln groß an, und wieder wird es Nacht dabei.

Dalila, ein zarter Name für ein Meter siebzig massigen und wohlgeformten Fleisches, gesund und nach frischer Wäsche duftend.

Ich kann nicht *Scopone* spielen, sagte die Mailänderin, ich kenne die Karten zu schlecht, kenne keine Strategie.

Die erfinden wir, die Strategie, fordern wir die beiden dort hinten heraus, schlug die Dunkelhaarige vor.

Aber das sind zwei aus der Bar der Kraftfahrer, die sind aktuell die Meister im Turnier. Das geht nicht, es ist schon viel, wenn ich die Regeln verstehe, wir können dabei übel auf die Schnauze fallen, wandte Giada ein und betrachtete die beiden Kerle, die mit fliegenden Händen die Karten mischten, als ob es Bonbons wären.

Diese Wurstfinger, die nur Schaltknüppel und Steuer gewöhnt sind, taugen nicht für die Karten, man kann ihnen leicht hineinschauen. Die Hauptpunkte sind vier, und du und ich, wir konzentrieren uns auf Gold und Karten, wir nehmen alles, was glänzt, und sammeln möglichst viele Karten, den Rest überlassen wir den Busfahrern. Bist du dabei oder nicht, Mailänderin?

Dalila hatte die Hände in die wohlgeformten, sinnlichen Hüften gestemmt. Und Giada antwortete, ja, sie war dabei.

Also hatten sie sich gesetzt. Die beiden Fahrer lachten, während sie die Karten verteilten, wie? Zwei Frauen, die bis gerade noch Wandschmuck waren, wollen uns jetzt also herausfordern.

Dalila zwinkerte Giada zu.

Passt bloß auf, wir sind nicht auf den Kopf gefallen und lassen uns nicht über den Tisch ziehen.

Und damit fächerte sie die Karten vorsichtig in der Hand auf.

Sie hamsterten Gold und ließen die Sechser und Siebener auf dem Tisch, unbekümmert davon, dass die Gegner sie »kehren« und damit die Stiche machen konnten, Dalila spickte ihnen in die Karten und hüstelte für Giada, heimlich zählte sie, wie viele Karten sie schon »gekehrt« hatten. Und die beiden Kerle regten sich auf und brummten, dass man so nicht spielen könne, es gebe Regeln, dass die Colgada die *Settebello*, die Gold-Sieben, unterwegs verloren habe.

Dem Duce ist die Gold-Sieben heilig.

Die fetten Hände schwitzten Unzufriedenheit und an Schimpfwörtern wurde nicht gespart. Sie hörten auf zu lachen, während Dalila Giada ad hoc erfundene Zeichen machte, ohne Sinn, die nichts bedeuteten, die den Gegnern aber wie ein gefährlicher geheimer Code erschienen, typisch weiblich, bestehend aus Lippenbewegungen und Augenzwinkern. Sie brachten sie als brave Dilettantinnen mit dieser Hasen-Taktik ordentlich durcheinander, bis sie schließlich die Partie gewannen.

Hast du gesehen, Giacomo? Hast du gesehen, was dein kleines Frauchen kann?

Dalila fasste sie um die Taille und drückte ihr einen Kuss auf die Wange, mit einem Lachen, das ansteckend war und laut in den Ohren schallte.

Geh, geh nur würfeln, denn deine Gemahlin und ich gewinnen hier Geld.

Und von dem Tag an hatte Giada ihre stürmische Gefährtin gefunden, mit dem Geschmack von Eiern und Tomaten.

Das Kartenspiel wurde zum Zeitvertreib der Mailänderin. Jeden Nachmittag saß sie nach ihrem Arbeitstag bei Stirasacchi mit Gold, Stäben, Kelchen und Schwertern am Spieltisch.

Bald schon gab sie die neapolitanischen Karten auf und ging zu den französischen über, sie und Dalila spielten ausdauernd Rommé und *Scala 40* um Geld, vor allem aber Poker zu viert.

Das Spiel der Männer.

Poker hatte eine eigene Sprache, einen eigenen Blick, Geschmack, eine Erwartung, ein bittersüßes Risiko.

Die zwei Freundinnen spielten an den *kleinen* Tischen für die, die aus purer Lust am Kartenspiel um wenig Geld spielten, es ging um höchstens zwanzig äthiopische Dollars. Dann waren da die *Großen*, bei denen der Einsatz bei zweihundert äthiopischen Dollars anfing, außer Reichweite für Giada und Dalila, deren Monatsgehälter sich um die vierhundert bewegte.

Aber Giada war wachsam, flink und klug; wenn sie bluffte, fielen alle hochkant darauf herein, weil sie für ihre Korrektheit und Reinheit bekannt war. Sie gab nie einen Bluff preis, deckte ihre Karten nicht auf, wenn die anderen sie nicht sehen wollten, und schob sie nach beendeter Partie unter den Talon.

Sie sagte: Man zahlt für das, was man sehen will, und so kamen ihre Bluffs nie ans Licht.

Eines Samstagnachmittags rief die De Luigi sie zu sich, Eigentümerin der am besten besuchten und teuersten Boutique von Addis, die sich ihre Modelle direkt aus Paris und Rom kommen ließ. Eine Schneiderin, die wie viele andere Italiener auch mit einem bescheidenen Berufsabschluss in der Tasche hier ihr Glück gemacht hatte. Sie hatte im afrikanischen Boden Wurzeln geschlagen und Reichtum geerntet. Jetzt kam jedes Urteil über guten Geschmack aus ihrem Mund, und die ausgesuchtesten Kundinnen waren diejenigen, die sie anrief, noch bevor die Ware eintraf, um sie für sie beiseitezulegen.

Sie war eine starke Spielerin von der risikofreudigen Sorte, die im Club auch zehn Luisa-Spagnoli-Kleider auf einmal einsetzte.

Sie sagte, Giada, spiel bei uns eine Partie mit, uns fehlt der vierte Mann und die anderen Tische sind schon vollzählig.

Aber die Mailänderin wollte nicht ihr halbes Gehalt einsetzen, um es sich von Leuten, die reicher waren als sie, abknöpfen zu lassen, und lehnte daher ab.

Dalila nahm sie beiseite und sagte zu ihr: Du brauchst keine Asse im Ärmel, du weißt, sie fliegen dir zu. Du hast Glück, bist fleißig und bescheiden: Das sind drei kriegstaugliche Waffen.

Die De Luigi insistierte und senkte den Einsatz bis auf fünfzig, da verabschiedete Giada sich von der Freundin, um den freien Platz einzunehmen.

Kaum rückte sie ihren Stuhl an den Tisch, hielt Riegler, der bestbezahlte Fotograf von Addis, alles auf: Er habe nicht die Absicht, unter zweihundert zu spielen, um einer Göre entgegenzukommen, die gut im Rommé war.

Giada sah ihn mit hölzernen Augen an.

Erhöhen wir auf zweihundert, fertigte sie ihn ab und legte die Geldbörse auf den Tisch.

Dalila klatschte in die Hände und die De Luigi strich sich über ihren Pelz.

Sie hat Mut, die Kleine. Riegler hatte die Karten gemischt und freute sich schon diebisch darauf, ihr durch Schwindel und Bluffs die Geldbörse zu leeren.

Das Spiel kam in Gang, Giada hatte nicht *gesehen*, wenn es für sie nicht günstig war, und hatte sich ihr Häufchen Geld für die richtige Runde aufgespart.

Es gab eine mit etlichen *checks,* und auf dem Silberteller hatte sich ein hübsches Sümmchen angesammelt.

Giada nahm die ersten fünf Karten: zwei Könige, ein Ass, eine Sieben und eine Dame. Sie streichelte sie wie gute Freundinnen, zögerte kurz bei dieser halben Straße, dann legte sie drei Karten ab, die Blicke Rieglers klebten ständig an ihr, und ihre Geldbörse war leerer als zuvor, als sie sich in die Höhle des Löwen gewagt hatte.

Sie bekam drei neue Karten, steckte sie zu den anderen, dann schob sie sie mit halb geschlossenen Augen einzeln auseinander, wie nur Giacomo das konnte, in einer Stille, die zum Beten einlud.

Und da waren sie: Vier Könige und eine Neun. Ihr Mund war schnurgerade, ohne das geringste Zucken, während das Herz Boogie-Woogie tanzte und die Knie ganz weich wurden.

Riegler setzte hundert, die De Luigi und der vierte Mann passten, Giada erhöhte den Einsatz auf zweihundert.

Seine Miene verfinsterte sich, aber von seinem Glück überzeugt erhöhte er zum finalen *Sehen* auf vierhundert, die keiner von beiden in der Tasche hatte. Für Giada war das ein Monat Arbeit, für ihn waren es Nachtschichten in der Dunkelkammer.

Aber Giada hatte in der ersten Runde ein Ass abgelegt, also konnte es nicht in den goldberingten Händen des Bilderjägers sein. Nur der Royal Flush verursachte ihr Herzklopfen.

Riegler brüstete sich mit seinen vier Zehnen, und an diesem Punkt verzog sich Giadas Mund zu einem Lächeln.

Schau dir das gut an, Fotograf; einen nach dem anderen blätterte sie ihre vier Monarchen hin, samt Krone, Zepter, Lehen, Vasallen und Rittern, eine Parade von Eroberern.

Dalila pfiff durch die Zähne, als wollte sie die Schafe in den Stall zurückrufen, Giacomo tauchte hinter Giadas Rücken auf, mit dem Grinsen dessen, der Bescheid weiß.

Das macht vierhundert, zahlst du jetzt oder soll meine Frau zum Kassieren vorbeikommen, und gibt's dann als Geschenk des Hauses ein Familienfoto für uns? Ich brauche unbedingt eins, um diese verdammten schwarzen Schmetterlinge im Eingang zu ersetzen, sie bringen Unglück.

Er hatte euphorisch gegluckst wie in einem Film der Fünfzigerjahre, Giacomo Colgada, im Rauch des Spielsaals in Positur, eine Hand auf der Schulter der Mailänderin, der Sohn spielte mitten auf der Tanzfläche Indianer.

Sie hatte sich umgedreht, die Nase zu ihrem Mann nach oben gereckt.

Sie hatte ihn angelächelt.

***

Die Frau des Fotografen hatte den Anteil ihres Mannes mit einer Brosche in Form eines kleinen Bootes mit geblähten Segeln bezahlt, und Giada hatte sie sich wie eine Trophäe an das Revers ihrer Jacke geheftet.

Vom Rest des Gewinns, Geld, das ihr nicht wie ihr eigenes vorkam, so plötzlich war es ihr zugefallen, kaufte Giada sich bei der De Luigi einen Wildledermantel, probierte erst zehn an, bevor sie sich für einen entschied.

Sie ging in der Boutique herum, Massi saß auf einem Stuhl und spielte den Ratgeber.

Mama, nimm diesen, Mama, diese Farbe, Mama diesen Rock, Mama, diesen Hut.

Und so erneuerte Giada ihre Garderobe.

Abgesehen von den Tanztees gab es im Club jeden letzten Samstag im Monat einen Galaabend, bei dem alle Italienerinnen die besten Stücke aus ihrem Kleiderschrank vorführten, wobei sie jedes Mal ein anderes Kleid anzogen, da sich in der italienischen Gemeinde alle kannten und man nicht zweimal in demselben Kleid auftreten konnte.

Über die Import-Export-Abteilung von Stirasacchi ließen Rachele und Giada sich Unmengen Stoffe und Reste schicken, die besten behielten sie für sich, ein paar Meter pro Kopf, und verbrachten dann Stunden über Illustrierte gebeugt, die mittlerweile regelmäßiger aus Italien eintrafen. Dann gingen sie mit vollen Händen und sorgfältig ausgeschnittenen Fotografien zu der Schneiderin über der Firma, die ihnen geduldig zuhörte, während sie ihr diesen oder jenen Artikel über die neueste Mode jenseits des Meeres vorlasen, diesem oder jenem Stil den Vorzug gaben, diese oder jene Änderung wollten, diesen oder jenen Abnäher, diesen oder jenen Lila-Ton.

Mach mir ein Abendkleid wie das der Signora Luce, mit U-Boot-Ausschnitt und Taillenbund aus Satin, breite Stoffbahnen, aber hier kürzer, an den Ärmeln enger, mit meinen dünnen Ärmchen sieht das sonst nicht gut aus.

Mach mir das Kleid der Frau von Glenn Ford, Blusenkragen, Dreiviertelarm, Ledergürtel oberhalb der Hüfte, weiter Rock, aber kürzer, ich bin nicht besonders groß, und wenn nur die Knöchel frei bleiben, sieht es aus wie zwei Größen zu groß, aber an der Taille bitte ganz eng, sie muss so gut wie verschwinden.

Mach mir dieses Modell von Schuberth, schau, ich hab dir das Foto mitgebracht, genau so, es ist kurz, aus weißem Nylon, bedruckt mit einem schwarzen Blumenmuster und Schleifen, ein Stoff, von dem selbst die Taylor nur träumen kann, dazu ein Gürtel aus Samt wie das Band, das den Kragen und die kleinen

Träger säumt, gibt acht beim Oberteil, ein bisschen Polsterung schadet nie, aber nicht übertreiben, ich bin ja keine Stoffpuppe, der man die Wangen ausstopft.

Siehst du hier die Lollo mit Handschuhen bis zum Ellbogen und den Edelsteinen auf dem Vorbau? Sie müssen funkelnd sein wie die Sterne im August, in Legnano konnte man abseits von den Fabriken schöne sehen, so voller Licht will ich sie, ich muss sie mit Ohrringen kombinieren, die heller strahlen als die Lampen im Haus des Negus.

Am Samstag war gleich nach dem Abendessen Tanz, man trank Cocktails im Stehen, Mixturen von Alkoholika, die aus Amerika kamen, spielte Canasta, Bridge und *Assassino*, für die Trunk Party holte man die Koffer aus dem Keller und tauschte abgelegte Hemden und Röcke, die man moderner umarbeiten lassen konnte, gegen Gürtel und Taschen, Scharaden kamen wieder in Mode.

Manchmal wurden Themenabende veranstaltet, und da machte es noch mehr Spaß, etwas zum Motto des Monats Passendes auszusuchen: Es gab den Capri-Abend mit karierten Hosen, Sandalen, breiten Hüten und V-Ausschnitt; den Hawaii-Abend mit geblümten Badeanzügen und in der Taille gebundenen Pareos; den mexikanischen Abend mit weißen Röcken und bunten Oberteilen; den Kleopatra-Abend mit schwarzen Perücken und goldenen Diademen; den Abend, der den Hollywood-Diven gewidmet war, mit toupierten Haaren und bodenlangen Abendkleidern.

Eines Abends gab es einen prestigeträchtigen Schönheitswettbewerb für die jungen Italienerinnen, und zwar nach allen Regeln der Kunst, mit Jury, Preisen und Trophäen. Eine ernste Angelegenheit, nicht zu unterschätzen.

Giada ließ sich ein eng anliegendes Kleid in der Farbe von Levkojen machen, mit drei gebauschten Blütenblättern in drei Nuancen von Violett von der Taille abwärts. Glänzende Handtasche in der Farbe der ersten Stufe, Satinsandalen im Ton der zweiten, Ohrringe, tropfenförmige Hänger, im Ton der dritten Stufe; alles von der Schneiderin unter strenger Kontrolle der Mailänderin hergestellt, die angab, wo man etwas anpassen oder wegnehmen musste, wie man den von ihr selbst entworfenen Schnitt perfektionieren konnte. Ich will die gerade aufgebrochene Blüte einer erlesenen Blume, die du selten auf der Wiese findest, sie wächst an den wenig bekannten sonnigen Stellen, auf einer Lichtung kannst du sie pflücken.

Am Wettbewerb nahmen viele teil, Ehefrauen, Mütter, Geliebte, Mädchen, die die Firmung gerade hinter sich hatten, angetan mit beachtlichen Roben, gekauft, importiert, maßgeschneidert, herausgeputzt mit raschelnden Stoffen und Brokaten, Stickereien, Perlchen und Flitter, atemberaubend geschnürten Taillen.

Wegen ihrer knappen ein Meter sechzig hatte sie mit den Absätzen übertrieben, um jene drei Zentimeter herauszuschinden, die von der Vorsehung gewollt schienen, um auf der richtigen Höhe zu sein, es waren die notwendigen Zentimeter für Modenschauen; sie schnitten ihr in die Fersen, sie konnte nur mühsam gehen, sie schnaubte, was für Schmerzen; sie bemühte sich, nicht hinzufallen, die langen Haare in ein paar gekräuselten Locken hochgesteckt, das Lächeln von einer, die aus der Kutsche steigt; sie hatte eine unbändige Lust, die große Dame zu spielen. Am Ende hatte sie beschlossen, am Wettbewerb teilzunehmen, nur zum Spaß.

Giacomo hatte zu ihr gesagt, die anderen haben nichts Besseres zu bieten. Sie hatte ihn von unten her angeschaut, um zu sehen, ob er sie aufzog oder nicht, aber er sagte das im Ernst, hatte ihren Namen auf die Liste der Teilnehmerinnen gesetzt.

Bist du verrückt geworden?

Sie hatte ihren Auftritt auf dem Laufsteg, im rechten Maß verlegen, auf jeden Fall amüsiert und vor allem unbekümmert, große Schritte, durchgedrückte Knie, eine kleine Verbeugung zum Schluss, um witzig zu sein, und dann Applaus von ihren Freunden, einer eingeschworenen Gruppe, Pfiffe von Dalila, Fußgetrampel von ihrem Mann, Massi vor der Bühne herumlaufend.

Sie gewann den Preis der Miss Eleganz, ihr Kleid war als geschmackvoll beurteilt worden, originell, hervorragend gearbeitet, ihr Gang graziös, ihre Erscheinung leicht, die Miene einer

Diva, ohne Übertreibung, Mundwinkel nach oben, echt. Man drückte ihr eine Statue in die Hand und Riegler dort unten musste Fotos machen.

Sie legte ein paar kokette Posen hin, um den Fotografen zu ärgern, aufgeblasene Backen, um den Wind darzustellen und ihn an das Segelboot zu erinnern, das er beim Kartenspiel verloren hatte, zur Buße und als Mahnung, beim nächsten Mal einer kindlichen Mutter nicht zu sehr zu trauen, die Poker spielen kann.

Du bist ziemlich außergewöhnlich, hatte Giacomo zu ihr gesagt.

Ziemlich, hm? Fällt dir nichts Besseres ein, du Armleuchter, du. Sie hatte ihn mit einem Blick, der die Blumen sogar im Frühling welken ließ, stehenlassen.

Aber an diesem Abend, nachdem sie spät mit der Statue und allem Übrigen gesund und munter nach Hause gekommen waren und als Massi schlief, stand Giada wieder von dem Bettchen auf, ging den Korridor entlang und betrat das eheliche Schlafzimmer, lass mich ein wenig diese Stirn fühlen, womöglich bekommst du mir vor lauter Hitzköpfigkeit noch die Grippe.

XI.

Die Ballerina ohne Seemann.

Die im Pelz und mit Saphiren an den Fingern schlugen unter den Tischchen die Beine übereinander, die erloschene Zigarette in der Hand, und bewegten in ihrem ganz eigenen Rhythmus nur den Kopf, denn dieses Gehampel war nur etwas für Nachtschwärmer, bemitleidenswert schön, und hinter vorgehaltener Hand tauschten sie unverschämte, mit Gin getränkte Kommentare.

Die in Empire-Kleidern und mit vielen Perlen kamen am Arm ihrer Gatten herein, große Knöpfe an den Jacketts und Einstecktuch, und trennten sich nicht von ihnen, bis die Musik zu Ende war, bleiben wir noch auf einen letzten Walzer, mein Lieber, brachten, wenn sie Durst hatten, zwischen den Stücken etwas zu trinken, grüßten nur bekannte Gesichter, scheuchten die Kinder mit kräftigen Schlägen auf die Schultern hinaus, geh spielen, Mama und Papa müssen tanzen.

Die mit Dekolletés, von Blumen und funkelnden Ketten hervorgehoben, hochroten Rubinen und Diamantsplittern, lebhafter Blick, der Fuß, der im Takt auf den Boden schlug, ich würde so gerne tanzen, aber nur mit dem Sohn eines Architekten, sie lehnten in der Erwartung an den Wänden, dass sie von einem jungen Mann, möglichst Junggeselle und möglichst wohlhabend, zu diesem Cha-Cha-Cha aufgefordert wurden, und warteten auf den richtigen Tango.

Und dann war da Giada. Als sie zum ersten Mal wieder die kegelförmigen Absätze im Takt auf das Parkett schlagen hörte, waren ihre Eingeweide und Knochen entbrannt, pochte ihre Stirn, war sie bereit, zu schwitzen und sich auf die Tanzfläche zu stürzen.

Vor allem, mehr als wegen der schneeweißen Häuser, mehr als wegen der Palmen, mehr als wegen der Elefantenrüssel, vor allem war Giada zum Tanzen ins große A gekommen.

Das Tanzen war ihre Revanche.

Dagegen kamen keine Ehemänner an, keine Paare, Junggesellen, Freunde, Gefährten, weder Geliebte noch Kinder oder Ehefrauen.

Im Rhythmus des Boogie-Woogie drehte man sich und fertig; sechs Schläge, flinke Füße und geschmeidige Knie, keine Technik und nichts Steifes, man bewegte sich in kleinen Sprüngen, in einem Tanz moderner Bacchantinnen, unter dem lebhaften Klang der Trommeln. Sie hatte nur zweimal hinschauen müssen, bereit einzutauchen, dann hatten sich die Füße von allein bewegt, der Rücken hatte sich gebeugt, und das Becken hatte als Druckluftventil fungiert.

Ich geh tanzen, du mach, was du willst. Und Giacomo wurde am Rand der Tanzfläche stehengelassen; du bist langsam und wirst sofort müde.

Samstagabends konnte nicht einmal das Pokerspiel Giada aufhalten.

Bei jedem neuen Lied wartete sie in beredten Posen die ersten Töne ab, angereichert um Lächeln und vom Fieber geröteten Händen, dem Publikum zuzwinkern, Ellbogen ausgestellt, die Augen wie hin und her schnellende Goldfische.

Das war Giadas Tanz: die Befreiung, die kleine Salami am Sonntag, die Kekse aus Saronno, das Singen beim Mahlen der Spreu, Checcos Augen unter dem *anghareb*, die Schokoladeneier in Catania, Gippis Gebell hinter den Zicklein her, die sich in der Wüste verlierenden Straßen, das Warten auf den griechischen Kaffee, die mit Massi abgeleckte Straße, das Geräusch, das Giacomo machte, um aus den Köpfen der Garnelen alles herauszusaugen.

Es war ihr egal, ob sie Amerikanerin, Äthiopierin oder aus Frosinone war: Alle drehten sich im Rhythmus von »Hacke-Spitze«, ein einziger elektrisierter Körper. Kurzer Atem, verdrehte Augen, besessen vom Rausch und vom Lachen.

Wenn die Abende im Club langweilig wurden, wagte Giada sich bis ins Hotel Ras. Dalila hatte ihr davon erzählt.

Giacomo hatte gesagt, geh hin, ich habe morgen das *Bestia*-Turnier, ich schicke dir den kleinen Ghiretti als Aufpasser mit, wenn du dem zwei Schokoladenmädchen zum Anschauen gibst, ist er glücklich wie unterm Weihnachtsbaum.

So betraten sie zu dritt, sie, der kleine Ghiretti und Dalila, untergehakt das Ras, wo Englisch gesprochen wurde, wo man Griechisch verstand, auf Französisch zitierte und das Italienische verwendete, um die Straßen zu benennen.

Reiche Äthiopier waren dort, Gesichter aus Ebenholz, Hände wie Zimtstangen, weiße Kleidung und leichte Hemden.

Bald schon hatten alle verstanden, dass die Mailänderin nur am Tanzen interessiert war, kein Geplauder und kein Lächeln, sie war hier nicht, um einen Freund zu suchen, sondern um einen Tänzer zu finden, der bis zum Sonnenaufgang durchhielt.

Da war der Sohn eines Richters, der in Athen aufgewachsen war und sich Aftos nennen ließ, er sprach nur Griechisch und weigerte sich, äthiopische Gerichte zu essen, selbst wenn seine eigene Mutter sie zubereitet hatte, er war eingebildet und affektiert, aber auf der Tanzfläche war er weich wie Gelatine und wechselte behände vom Drei- zum Viervierteltakt.

Da war der phlegmatische Vater eines französischen Landvermessers, der den Pariser Austern nachtrauerte, sich nur in Blau kleidete und den Kopf langsam bewegte, als ob ihm immer heiß wäre, der aber, wenn es ums Tanzen ging, wie von der Tarantel gestochen herumsprang und auf den Holzboden stampfte, als wären es Trauben in der Kelter.

Und dann war da noch der, den Giada als eine Verkörperung der Eleganz im Kopf hatte: Afewerk Tekle, der berühmte Maler, er forderte sie zum Tanz auf.

Mit Walzern und Paso doble, langsam oder sehr schnell, malten sie mit Händen und Füßen in zarten oder leuchtenden Farben, folgten mit halb geschlossenen Augen dem Rhythmus der Band.

Am Ende des Stücks küsste er ihr immer die Hand.

Arrivederci Giada, bis bald, Ballerina.

***

Oft waren von dieser Schar um Mitternacht noch alle wach, die Augen wollten nichts vom Schlafengehen wissen: Das Fest vom Samstagabend blieb noch lang im Leib, bis zum Gesang der Sonne.

Dann nahmen sie die Jeeps, sprangen grüppchenweise hinein, schlafende Kinder auf dem Arm, verschwitzte Kleider, Handtücher unter den Sitzen, und nahmen die unbefestigte Straße.

Giacomo schlug vor, bei einem alten Griechen zu schlafen, dort konnte man jederzeit auftauchen und er würde sie aufnehmen, kein Anruf, weil sie dort unten kein Telefon kannten.

Mit dem Geld von ein paar Siegen in der Tasche, den Schlaf hinter den Ohren vergessend und mit all der Lachlust, die niemals schlief, verteilten er und der große Ghiretti die Mitreisenden auf die Fahrzeuge und fuhren im Konvoi aus Addis hinaus, ließen den Juventus-Club verstummt hinter sich, alle Gläser noch zu spülen und alle Karten noch zu sortieren.

Sie fuhren durch die Nacht, es war schon Sonntag, laut singend, um sich von den Ehefrauen und Freundinnen zur Ruhe ermahnen zu lassen, neckten sich mit aus- und eingeschalteten Scheinwerfern, hielten an, um die Gerippe am Straßenrand zu betrachten und zu raten, zu welchem Tier sie gehörten. Wildschwein, Gazelle, Gnu, Hyäne.

Leblose Körper und blinkende Scheinwerfer.

In Ambo erwarteten sie das kochend heiße Wasser der Pools und die stets eingeschalteten Lichter der Rezeption dieses heruntergekommenen kleinen Hotels, ein Holztisch, ein Stuhl mit Strohgeflecht, eine Auswahl an Schlüsseln, alle verschieden, runde, eckige, sehr lange, so kleine, dass sie in eine Hand passten, an verrosteten Nägeln hängend, die der weißhaarige Grieche seit zwanzig Jahren so verwahrte, nur ab und zu den Staub abwischte.

Das war die Stadt des Wassers, berühmt für das in Flaschen abgefüllte und zu trinkende, das in Kraterseen vorkommende, das von Guder und Huluka herabfließende Wasser, vor allem aber berühmt das entspannend sprudelnde Wasser in den

Becken: kalte, in denen man sich waschen konnte, lauwarme, in die man hineinspringen konnte, heiße, in denen man einschlafen konnte.

Nach den durchwachten Nächten strömten die Italiener in die Stadt, mit Restalkohol und Kindern im Schlepptau.

Wollt ihr *shorba*? Wie viele seid ihr, sieben, zehn, zwanzig?

Der Grieche empfing sie mit der Suppe auf dem Feuer und fügte für jeden nächtlichen Gast etwas Wasser hinzu.

Man braucht die *shorba*, um sich zu akklimatisieren und sich nicht im kochenden Wasser Knöchel, Wade und Schienbein zu verbrennen. Geht vom kalten ins warme Wasser, dann werden euch mächtige Schauer schütteln, wie ein Tanz.

Sie setzten sich um einen niedrigen runden Tisch und tranken diese *shorba* aus Linsen und Zitrone, die ein bisschen fad schmeckte, so viele Tassen Wasser waren zugesetzt worden, doch um nichts in der Welt hätte man sie ablehnen können. Und während der Grieche, langes Gesicht und Blähbauch, die Betten machen ging und seine Frau die Kinder, die sich während der Fahrt ausgestreckt hatten, schlafen legte, gingen sie zu den Wasserbecken und Giada, noch bebend vom entfesselten Tanzen, stieg im Badeanzug, noch voller Rhythmus und mit schweißigen Händen, auf das höchste Sprungbrett und sprang im schwachen Kerzenschein, warf sich in eine Dunkelheit, die sie umfing. Wie eine Hand ein Ei umfasst, nahm dieses Wasser sie auf, um sie nicht zu zerbrechen, dieses Wasser, das tagsüber grün und so trüb war, dass man den Nagellack an den Fingern nicht sah, und das nachts, unter den Augen des Mondes, eine glatte, tiefschwarze Fläche war, ölig.

Hinter ihr Giacomo in gestreifter Badehose, Dalila und dieser überquellende BH, Tonio und seine Ermahnungen eines guten Zahnarztes, seid ihr verrückt, es ist zwei Uhr nachts, ihr macht Lärm wie ein ganzer Hühnerstall, ich sehe ja die Hand vor den Augen nicht, kommt von diesem wackeligen Stein runter, hört auf, mit den Füßen zu stampfen; doch dann sprang auch er und lag auf dem Wasser wie eine Olive in Salzlake, ausgestreckt und still, den Bauch nach oben gekehrt.

Die Kinder, die wieder aufgewacht waren, saßen am Beckenrand und planschten mit den Füßen im Wasser, formten mit den Händen vor dem Kerzenschein Schattenfiguren. Hunde, Fledermäuse, Drachen, Umrisse und Gekicher flogen herum.

Massi war immer wachsam auf den Reisen, die diese kindischen Eltern ihm versprachen, und lief zum Hotel und wieder zurück, um Handtücher zu bringen.

Er rief: Der Grieche hat gesagt, morgen gibt's Zicklein, es ist Sonntag. Und die Aussicht auf ein neues Fest löste Schreie purer Freude aus.

Am Sonntag schlief man bei offenen Fenstern, die Füße unter dem Laken hervorgestreckt, obwohl das Klima hier in der Höhe frisch war, aber die Seelen waren erhitzt; zu Mittag erwachte man vom Duft des Ziegenbratens, der vom Hof aufstieg, wieder und wieder gedreht, als würde auch er Boogie-Woogie tanzen, dann der gedeckte runde Tisch, alle halfen dem Griechen: Einer holte den Wein, ein anderer röstete das arabische Brot über der Glut, einer strich *berberè* auf das *injera*, ein anderer drehte das Fleisch am Spieß langsam und rieb es mit Öl und Gewürzen ein, und wieder ein anderer schenkte Wasser in die Gläser, das eine ganze Nacht lang die Kohlensäure abgegeben hatte, denn es waren so viele Bläschen, dass sie nie aufhören wollten zu zerplatzen.

Nachdem man mit dem Essen fertig war, kam der Moment, das Mahl zu beschließen.

Als das erste Mal von Kaffee die Rede gewesen war, hatte Giada den Hals eingezogen und die Augen zugekniffen, vom *briki* und dem griechischen Sich-Setzen wollte sie nicht einmal von Ferne etwas riechen, sie verursachten ihr ein Gefühl der Nostalgie, wie wenn ein Schiff mit der ganzen Verwandtschaft an Bord in See sticht.

Meine Frau verbietet griechischen Kaffee, nur äthiopischen hier, es herrscht Diktatur.

Der Alte lachte und seine Frau, die in Asmara geboren und aufgewachsen war, kam aus der Küche und brachte alles Nötige für die Kaffeezeremonie mit.

Im Halbkreis sitzend, beobachteten die Italiener die Gesten eines fremdländischen Rituals, das sie mittlerweile auswendig kannten.

Zuerst das Feuer: Mit Stochern und Blasen wurde es im Kohlebecken angefacht. Dann die Glut: Hände, schmal wie Spindeln, zerbrachen Kräuter und Räucherwerk darüber. Dann kam die durchlöcherte Pfanne, die in die Mitte des Teppichs gesetzt wurde, sie war die Bühne dieser weiblichen Kunst. Die ganz grünen Kaffeebohnen wurden erhitzt, verfärbten sich dabei dunkel und wurden matt, wurden also nach Gebühr geröstet, wobei sie kräftige Atemzüge ausstießen und stets in Gefahr waren zu verbrennen; wenn die Pfanne voller Körner war, schwarz wie Pupillen, dann hatte die tönerne *jebenà* ihren Auftritt, der Hals schmal wie der einer Giraffe, mit Blumenmuster bemalt und voller Wasser, das mit Zucker zum Kochen gebracht wurde.

Dann wurden die *fingiàn* ausgeteilt, handbemalte, bunte Schälchen ohne Henkel, aus denen man trank, jeder bekam eines, und die Frau des Griechen wählte sie sorgfältig aus, als wollte sie sie verschenken; sie betrachtete die Gesichter, um die richtigen Farben zu finden: Giada gab sie eins in Ginstergelb.

Die Flüssigkeit wurde durch einen schwarzen Filter aus Werg gegossen und unter den fröhlichen Blicken und den ergebenen Seufzern derer, die es kaum erwarten konnten, sie zu kosten, eingeschenkt, um dann drei Mal getrunken zu werden, kein Mal weniger.

Avel, kale'i, bereka. Erster, zweiter, dritter Aufguss, bis zum Segen.

Es war ein einziges Zischen zwischen Geschmacksknospen und Gaumenzäpfchen, mit randvollen Mägen und in den Wolken hängenden Gedanken, in Erwartung der Rückkehr in die Stadt.

Mit vollem Bauch und nacktem Geist brach man auf, denn Sonntagabend hatte die ganze italienische Gemeinde ihre Verabredung mit dem Kino. Man musste früh essen, einen Imbiss, rechtzeitig ins Odeon kommen und sich einen Platz sichern, denn alle, wirklich alle gingen mit mehr Andacht hin als in die

Kirche, auch wenn sie stehen mussten. Während der Woche wurden amerikanische Filme mit französischen Untertiteln gezeigt, aber man war schon daran gewöhnt und verstand sie, wer weiß wie, sogar Giada las sie wie am Schnürchen, mit zwei Kissen, die sie sich von zu Hause mitbrachte und auf den Sessel legte, um sich nicht von irgendeinem Gentleman, der den Hut selbst im Kinosaal nicht ablegte, die Sicht rauben zu lassen.

Aber am Sonntag, dem Tag des Gebets und der Frömmigkeit, waren italienische Filme an der Reihe, mit nur wenigen Monaten Verzögerung direkt aus dem Mutterland, also ging man hin, den Mund zwar voller Kritik und Beschimpfungen, Vorwürfe und Missfallen, Melancholie und Verzweiflung, aber man ging Italien anschauen.

Man unterhielt sich mit der Flut der gestohlenen Fahrräder, den schimmernden Perlen von Lucia Bosè, den zerrauften Haaren der Magnani, den Weidenkörben der Lollo und dem schlauen Lächeln De Sicas, dem Blick auf Neapel mit der Mangano und auf die Straßen Roms im Dialekt von Sordis, entzückt von den Gottheiten Amerikas, dem anderen, unerreichbaren, großen, sehr Großen A, die unter die Helden des Bel Paese gemischt von einem Set zum anderen eilten, zwischen Amphoren und Müll, zwischen Vorurteilen und den Blitzlichtern der Fotografen.

Diese Patina aus Stars und Schmerz, ein wenig gehörte sie zu diesen unglückseligen Poker- und Billardspielern, den Flüchtlingen und Verschleppten des großen und doch kleinen A, und ein wenig sollte sie nie zu einem von ihnen gehören.

Für die Pioniere des Anderswo war die Heimat die Ansichtskarte vom Colosseo, der Radiobericht über Milan, ein schönes Kleid von Luisa Spagnoli auf der Titelseite, das Etikett eines importierten Rotweins mit Hügeln und Weingut.

Man schaute immer auf Italien, immer, vor allem aber sonntags: Nach der Hostie und dem Vaterunser, nach dem Wein und dem Lamm, nach dem Der Herr sei mit euch und dem Amen kam der Abspann.

***

So vergingen die Jahre, genährt vom Jucken an den Füßen und dem Wind in den Händen. Giada und Giacomo wurden ein Paar, zwei, die nebeneinanderher gingen, wenn auch mit inneren Kämpfen, einander dreist an Rechte und Pflichten erinnernd.

Sie mit der Schlange im Leib, jede seiner Bewegungen im Blick haben zu wollen, jede schöne Frau, die in seinen Aktionsradius trat, mit spitzen Bemerkungen, kaum verschleierten Fragen und Erkundungen; wie ein Trüffelhund roch sie an Hemden, dieses Parfüm ist nicht meins und auch nicht deins, von wem ist das? Durchsuchung der Brieftasche, Visitenkarten, herumliegende Zettel mit Telefonnummer drauf, nie zuvor gesehene Goldanstecker; wieder und wieder, bis zum Gehtnichtmehr angenähte Knöpfe.

Er blieb stets derselbe, mit einer neuen Neigung zur Mäßigung, oder zumindest dem mal komischen, mal gelungenen Versuch dazu, mit einem etwas größeren Interesse am Sohn, er zeigte sich mal streng, mal nachgiebig, Betonwand oder luftige Eischneewolke, je nachdem, er schrie, bat um Entschuldigung, denn es tat ihm leid, ihn weinen zu sehen, dann lachte er über eine kindliche Ungeschicklichkeit und zog die Frau auf, dein Sohn ist ein bisschen dumm. Sie brauste auf, selber dumm.

Mit hundert äthiopischen Dollars hatte Giada drei Bedienstete im Haus, den Nachtwächter, *zabagnà*, einen Koch und eine Putzfrau.

In Italien hätte man gesagt, sie sei gut situiert, hier in Addis war sie gleich wie die anderen Emigrierten und ehemaligen Kolonialherren, wenn nicht schlechter gestellt. Sicher, ihr Leben war voller Annehmlichkeiten, sie brauchte nicht mehr am Boden zu kriechen.

Giacomo investierte Geld und machte sich mit den Tankstellen der Shell selbständig. Auf den Markenschildern prangte die zitronengelbe Muschel.

Giada kontrollierte ihn und passte auf, dass er nicht draufzahlte. In einem Heft führte sie Buch und trug alle Schulden von Freunden ein, die vorbeikamen, volltankten und dann verschwanden.

Das ist was anderes als die Espressos oder Cappuccinos, die Hamed und ich aufgeschrieben und uns dabei mit den Spitznamen einen Spaß gemacht haben, die Leute hier schulden dir bares Geld und du kennst ihre Vor- und Nachnamen, warf sie ihm vor.

Aber er war ein hoffnungsloser Fall und verlor Geld.

Giada hatte verstanden: Trotz dieses wissenden Grinsens und seines Schädels aus Stein brauchte er jemanden, der ihm sagte, wo's langging, und weniger vorgaukelte als er, der ihm den Kopf zurechtsetzte.

Ließ man ihn gewähren, richtete er nur Unheil an.

Wie die Sache mit den amerikanischen Muscheln, wo er an die Freunde Benzin verschleuderte oder verschenkte.

Dafür bekam er Freigetränke in der Bar, eine extra große Portion Spaghetti im Restaurant, eine Runde Kartenspiel, Mitfahrgelegenheit bis in die Wüste und sogar einen Hund.

Eines Abends brachte er ihn mit nach Hause.

Der Mann von der Friseurin, Puccini, hatte einen übrig, er hat ihn mir an der Tankstelle für ein paar *gerican*, wie deine Mutter sagen würde, überlassen. Aber ich habe ihm gesagt, er soll mir kein so schmächtiges Kerlchen wie Gippi geben, bei dem ein Windstoß genügt, um ihn wegzupusten; er hat mir einen *anbasà* gegeben, ich habe ihn Rosky genannt, schon der Name flößt Respekt ein, hatte Giacomo erklärt, ein Wesen in der Jacke versteckend.

Einen was?, fragte Giada besorgt.

Einen Löwen, die Kinder nennen ihn so.

Giacomo setzte den Welpen eines deutschen Schäferhunds mit langem Fell auf den Boden.

Er wird den Neid der Statue des Löwen von Juda erregen, sogar der Negus wird ihn uns rauben wollen.

Giada war nicht glücklich, das mit ihr und den Tieren war immer schlecht ausgegangen.

Aber Rosky wusste sich schnell beliebt zu machen, er spielte mit Massi auf der Sandbahn Murmeln, Pfote und Schnauze ganz im Dienst des Jungen.

Mit dem Koch lief es nicht so gut, er hatte mit Rosky eine bewegte Geschichte aus Gewinsel und Geknurre: *l'anbasà* schien aus dem Jemeniten seine tägliche Mahlzeit machen zu wollen, vielleicht weil er das Futter, das der Koch ihm, mit einem Regenschirm bewehrt, um ihn auf Distanz zu halten, auftischte, ganz und gar nicht schätzte.

Es waren Jahre der geschlossenen Reihen, der Verwunderung und der Heiterkeit, in denen jeder auf einen Baum kletterte, um das Panorama zu genießen und prickelnde Luft zu atmen, jenseits des Dunsts der Wüstenstürme.

Allen voran Giada: Arbeiterin, Mutter, Ehefrau, Köchin, Freundin, Spielerin und Tänzerin in einem.

Die Import-Export-Firma, der Club, die Ausflugsgesellschaft, die Seen, die Sonntage im Kino, der Tanz am Samstag, die Feste, die Stoffe und die Bälle ließen die Zeit verstreichen, dicht und mild, nicht zu warm und nicht zu kalt.

Just die Zeit, um sich das *mal d'Afrique* zuzuziehen.

Sich in das große A zu verlieben.

Bis die Schwiegermutter und die Schwägerin von einem Haus zur Miete hörten und samt Limonaden und Dienerschaft im Haus neben ihnen einzogen.

Adi kommentierte, sie seien wohl mit den Männern von Asmara durch, die mögliche Heiratskandidaten für Nadia gewesen wären; Giada kam es eher so vor, als witterten sie rosige und zuckersüße Zeiten in der Nähe von Colgada junior.

Diese beiden verstanden es, in rauen Zeiten zu verschwinden und in guten Tagen zuverlässig aufzutauchen.

Im Zaun gab es ein Verbindungstörchen, also weideten Schwiegermutter und Schwägerin ungehindert in Giadas Garten und machten sie, zu ihrem eigenen Wohl, darauf aufmerksam, dass die Orchideen schlaff, der Anstrich der Veranda sichtbar verwittert und die Steinplatten auf dem Weg vom Regen ganz grau geworden waren. Vor jedem ihrer Besuche, drei Mal die Woche mindestens, half Giada der Putzfrau, der Frau des Kochs, alles blitzblank zu putzen, um sogar die Teppiche zum Glänzen zu bringen.

Sicher, du hältst das Haus *ziemlich* sauber, dafür, dass du arbeiten gehst, immer Karten spielst und tanzt, kommentierte die Schwiegermutter mit erhobenem Zeigefinger und Perlen im Dutt an der Eingangstür.

Von ihr hatte der Ehemann also dieses lästige *ziemlich*, das das Kompliment einfach halbierte.

Es war ihr nicht beizubringen, dass Giada Hilfe hatte und dass mittlerweile alle Italienerinnen in Addis eine Anstellung gefunden hatten und nicht mehr im Wohnzimmer ihres Hauses die Spinnennetze auf Hochglanz polierten; aber für die Colgada erkannte man seit Jahrhunderten das Wesen einer Mutter daran, wie viel Zeit sie sitzend verbrachte und delegierte.

Nadia mit ihrem hennaroten Schopf, wie der des *anbasà*, wäre nie in den Sinn gekommen, nach einer Arbeit zu verlangen, ihre Tage waren ausgefüllt mit Besuchen, Grüßen, Stunden an der Wand lehnend im Club; mit dem neuesten Klatsch und Tratsch.

Die stillen Ehen, die Todesfälle, die Flucht vor dem Sonnenlicht, der unter den Teppich gekehrte Betrug, die lästigen Kinder, die Ehefrauen ohne Stimme, die schon kahlköpfigen Männer, die Junggesellen mit Smaragden in der Tasche; Blicke über die Cocktailkirschen hinweg, gerümpfte Nasen bei der Kaffeezeremonie, Gebete bei Kerzenlicht in der Kirche, dunkles Gewisper im Kino.

Giada war Racheles Geplauder im Büro über eine Ausgabe der *Oggi* und eine von *Grand Hotel* hundert Mal lieber.

Das war der Blick durchs Schlüsselloch des Bel Paese, auf den sie nicht verzichten konnte. Anstelle von deren saft- und kraftlosen Geschichtchen, die nur aus leerer Schale bestanden.

Schließlich hatte Nadia doch noch einen schönen Mann gefunden, Mario, einen Ingenieur, freundlich, ruhig, groß und heiter, schon in fortgeschrittenem Heiratsalter, aber doch nicht zu verachten.

Nach ausreichend langem Umgang miteinander hatten die beiden sich verlobt, und die Laune der Damen Colgada schien entspannt und honigsüß, beschäftigt, wie sie waren, Essen unter Verwandten und nachmittägliche Ausflüge zu organisieren, bei denen man am Arm der Eroberung flanieren und die ganze Gemeinde aufhalten konnte, um die frohe Botschaft zur Schau zu stellen.

Kurz nach der Schwiegermutter und der Schwägerin kamen auch die Schrecken, die wahren Schrecken.

***

Die Fünfzigerjahre waren vorbei, und mit ihnen ging eine Ära zu Ende. Es war das Jahr 1960, und der Negus, Haile Selassie, schon mehrfach von einem möglichen Staatsstreich bedroht, war nicht in Äthiopien, er war auf einer diplomatischen Reise, die ihn bis nach Brasilien führte. Seine Abwesenheit gab den Anstoß, und es begann die Symphonie der Revolution.

Sie wollen den Negus verjagen und bringen unsere Leute um.

So ging es von Mund zu Mund, vom Club bis zu den nebeneinander liegenden Häusern der Colgadas.

Und im Handumdrehen befand man sich wieder im Kriegszustand. Es waren diesmal nicht die Deutschen von oben oder die Faschisten von unten: Es waren alle gegen alle, Aufruhr in den staubigen Straßen.

Anführer des Staatsstreichs war ein junger Mann, Germame Neway, er hatte in Amerika studiert und sprach von einer Demokratie nach dem Modell Wisconsins; es gelang ihm, die Universitätsstudenten zu mobilisieren, er ließ Chöre der Freiheit ertönen, und zusammen mit dem Bruder Mengistu, der Oberkommandierender der kaiserlichen Garde war, die Schlange am Busen, organisierte er die Verschwörung. Fortschrittsglaube, neue Umgangsformen, Wille zur Veränderung, Auflehnung gegen die etablierte Ordnung wurden zu alltäglichen Parolen.

Und sofort kam es zum Aufstand, seit Langem angedacht, aber erst in diesem Dezember 1960 in die Tat umgesetzt.

Es heißt, sie verteilen brachliegendes Land an die Bauern.

Es heißt, der Revolutionsrat will alle vom Kaiser eingesetzten Männer wegfegen.

Im Radio ist die Rede von einer neuen, einer glücklichen Ära.

Aber während die Bevölkerung Position bezog, herrschte in der italienischen Gemeinde eisiges Schweigen und Nichteinverständnis in Gestalt von hängenden Schultern. Der Schutz des Negus hatte die Nichtbeachtung durch die italienische Regierung wettgemacht, die diesen mythischen Platz an der Sonne schnell vergessen hatte. Eine Sonnenfinsternis war über sie hereingebrochen. Die Letzten, die die italienische Gemeinde an der Regierung sehen wollte, waren diese Aufständischen mit Sternen und Streifen, bewaffnet mit schönen Worten.

Giacomo kam nach Hause und brachte einen Piloten der Ethiopian Airlines mit, einen Freund des Negus, er versteckte ihn in der Waschküche zwischen Seifen und Zubern.

Pst, ein Finger am Mund.

Tun wir so, als wäre er nicht da, sonst ziehen sie ihm das Fell über die Ohren. Pst.

Und die Ehefrau wütend, sie wolle keine Flüchtlinge, wenn die Rebellen ins Haus kämen, seien sie alle dran.

Es sind ihre Angelegenheiten, wiederholte Giada. Ich habe meinen Krieg schon durchgemacht, ich lasse mir mein Leben nicht von dem anderer Leute nehmen.

Arme Teufel zu verstecken, das war wie in den Keller in Legnano zurückzukehren.

Was weißt du schon davon, hä? Du warst hier und hast Ferien gemacht, was weißt du schon von Hosen in den Bäumen und dem Kloß im Hals und den Schrunden an den Händen und den geborstenen Fensterscheiben im Januar und von Tonino, Luisas Verlobtem. Von denen, die verschwunden sind, scharenweise, scharenweise, scharenweise haben sie sie weggebracht.

Was weißt du schon davon, du taugst nur dazu, mit Russinnen in Kalabrien in der Sonne zu liegen.

Was weißt du schon von Tonino? Sie wollten heiraten, schrie Giada.

Schreie und dicke Tränen, die den Straßenlärm übertönten.

Und Giacomo wusste nicht einmal, wer dieser Tonino war oder all die anderen. Von Legnano kannte er nur die Baumwollfabrik.

Er sperrte Ehefrau und Sohn im Schlafzimmer ein, zwischen Hysterie und Kloß im Hals schwankend, und versicherte dem Schwarzen in der Waschküche, dass alles unter Kontrolle sei.

Keine Sorge, Sir, die Italiener stehen immer noch hinter dem Kaiser.

Dann fuhr er mit dem großen Ghiretti und seinem Pick-up Vorräte einkaufen, hastig und überstürzt.

Vollbeladen wie an Weihnachten kam er zurück: Schachteln, Päckchen, Pasta, Öl, Kartoffeln, Zwiebeln und Kanister mit Mineralwasser. Er stellte alles am kleinen Tor ab, verschwitzt, als wäre August.

Auf den Straßen wurde geschossen, am Morgen waren die Italiener allerdings alle ruhig gewesen. Der Guerillakrieg schien sie nichts anzugehen. Ereignisse, die durch zu dicke Scheiben gesehen wurden, auf zu weit entfernte Leinwände projiziert, in zu kleinen Buchstaben geschrieben waren.

Die Italiener hatten ihren Espresso getrunken, hatten die Kinder in die Schule gebracht und sich für die Arbeit angezogen. Ein gewöhnlicher Tag. Die üblichen Scharmützel, nicht ihre Angelegenheit.

Aber ihre Gesänge waren mächtig und heiser geworden, die Schreie wirr und laut, viele hastige Schritte, und dieser Schneider, der drei Straßen von ihnen entfernt wohnte, war erschossen worden, einfach so, auf dem Bürgersteig. Versehentlich.

Alarmiert hatten sich da alle gesagt: Man darf die Rebellen nicht in die Häuser lassen. Was wollen sie? Die Freiheit?

Es war nicht ihre Sache, sie ihnen zu geben, es lag nicht einmal in ihrem Interesse, zu wissen, wo sie geblieben war.

Wie Adi sagen würde: Keiner ist frei, aber alle tun so, als wären sie keine Gefangenen.

Wenn der Negus sie aufgenommen und beschützt hatte, mussten die Italiener sich um den Negus kümmern, und um ihre Gärten, ihre Liegestühle, ihr Kino am Sonntag, ihre Tänze mit gebeugten Knien.

Das sagte sich Giacomo immer wieder, während ihm Angst und Tränen aus Mund und Nase troffen.

Gibst du mir mein Wasser?

Mutter Colgada erschien hinter ihm, eine Hand ausgestreckt, aber nur um darauf zu zeigen, denn es war selbstverständlich, dass Giacomo ihr ihr Wasser in die Küche bringen musste.

Das ist nicht *dein* Wasser, das ist das Wasser für alle, deshalb habe ich es hierhergestellt, auf halbem Weg, wenn du davon willst, musst du kommen und es dir holen.

Seine Antwort war Zitrone und Essig, denn der Verdruss über die mütterlichen Ansprüche lastete schon länger schwer auf seinen Schultern.

Du verweigerst deiner Mutter das Wasser? Das tust du? Ich bitte dich um etwas zu trinken und du willst mich und deine Schwester verdursten lassen?

Mutter Colgada hatte gekrächzt wie ein altes Huhn.

Ich verweigere dir gar nichts, es steht vor deiner Nase. Wenn du Wasser willst, dann nimm es dir. Da draußen wird geschossen und wir sind hier nicht deine Diener, nimm auch was für die Putzfrauen mit, sie müssen für mindestens zwei Wochen zu essen und zu trinken haben. Schließ dich zu Hause ein und leg dich schlafen.

Das waren die Worte Giacomos, die dicke Brille auf die Nasenspitze heruntergerutscht, die Ohren blutrot.

Unglückseliger, eine Schande bist du. Aber wir sind noch nicht fertig, ein Undankbarer nimmt der Familie das Wasser weg. Ein Frevler bist du.

Nadia war dazugetreten, um die Mutter wegzuführen, auch sie empört.

Behalt dein Wasser und heb es gut auf. Bade in den Tränen derjenigen, die dich zur Welt gebracht hat.

Und untergehakt verschwanden sie unter den Donnern und dem Staub des Guerillakriegs.

***

Der Negus kam eilends aus Brasilien zurück, und dieses Mal genügte seine Löwenmähne, um die Aufständischen zu besänftigen. Während alles verebbte, versammelten Neway und sein Bruder Mengistu in einem letzten Akt der Revolte die führenden Männer im Grünen Salon des kaiserlichen Palasts und metzelten sie mit Maschinengewehren hin, unter ihnen fünfzehn der engsten Vertrauten des Negus, die sie als Geiseln genommen hatten. Dreißig Jahre der äthiopischen Geschichte gingen so in einem Blutbad unter und mit ihnen verabschiedete Selassie die Lungen seines Reichs.

Ras, Anführer des Widerstands in den Dreißigerjahren, Minister, Generäle, Schatzmeister. MG und *sharab*.

Es kehrte wieder Ruhe ein, aber knisternd wie beim Durchzug eines Gewitters: Das Wasser floss über das Salz, drinnen und draußen, Wannen und umgekehrte Rohre, Besen und Rechen, Schlamm aus Kalk und geschwärztem Werg.

Vorsichtig ließ man sich im Club blicken und zählte die bei guter Gesundheit.

Schwiegermutter und Schwägerin schwiegen, Fliegen am Fenster, still und stumm, ruckartige Bewegungen der Augen und Insektenflügel, sie zeigten sich, ohne zu sagen, wann sie wieder summen würden.

Giacomo beharrte darauf: In Tagen wie diesen, mit Flüchtlingen im Haus und Soldaten unter den Fenstern, war es nicht christlich, wegen dem Wasser zu streiten, das er, und nur und immer er allein, für alle geholt hatte.

Und Giada gab ihm recht, aber diese Kälte an der Nachbartür war kein Vergnügen. Sie sah, wie Vorhänge beiseitegeschoben wurden, und hörte, wie das Gartentörchen mit der Wucht dessen zugeknallt wurde, der zeigen will, dass er da ist, aber kein Wort zu sagen wagt.

Es wurde Weihnachten, mit Tortellini und Braten, aber Adi kam allein und sagte, mit Orlando seien es Tage der Spannung. Massi fragte nach dem Großvater und sie antwortete ihm, von wegen Großvater, der ist einer aus Ravenna, der Wasser im Salz kühlt.

Niemand sonst hatte gefragt, Adis Augenbrauen verhängten Schweigen.

Giada wollte sich nicht geschlagen geben, nach dem Weihnachtsessen und einem kurzen Besuch im Club überzeugte sie den Ehemann, dem stummen Hause nebenan einen Besuch abzustatten.

Komm, Giacomo, es ist Weihnachten. Wir bringen ihnen ein paar Kleinigkeiten, wünschen ein frohes Fest, du bittest um Entschuldigung und alles ist gut, du bist der Sohn und das ist deine Aufgabe, in Gottes Namen. Das ist kein Grund, nicht mehr miteinander zu reden. Was soll ich denn sagen, ich habe dich sogar wieder zu Hause aufgenommen.

Sie war in die Boutique gegangen: eine silberne Etuitasche für die Schwägerin, ein Pullover aus Angorawolle für die Schwiegermutter, zwei schöne Päckchen, Bänder und Schleifen, ziegelsteinrotes Papier mit Goldstreifen. Duftender als Lorbeer und Mandarinen.

Sie gingen zur Tür vom Haus des Schweigens, sie mit den Päckchen auf dem Arm lächelnd vorweg, er murrend hinterher, aber mit dem Hut in der Hand.

Es war nicht für ein einziges Wort Zeit, als die Tür aufflog, die Schwiegermutter Giada an der Nase packte und nach oben zog, ein blutiger Kratzer bis hinauf zur Stirn, gewürzt mit Schimpfworten und Verwünschungen.

Denn es war ihre Schuld, die Schuld dieses Mädchens ohne einen Groschen, mit der hochnäsigen Mutter, sie hatte einen Flegel aus ihm gemacht, zwang ihn zu einem Leben wie ein Unverheirateter, ließ ihn mit ungebügelter Kleidung herumlaufen, und er schaute ihr zu, wenn sie tanzte, sogar mit diesen Schwarzen, ah, diese Schwarzen.

Dann schloss sich die Tür.

Giada mit blutiger Bluse und Giacomo, dem die Gewalt in den Händen juckte, waren mit eingezogenem Schwanz und den Geschenken ins Haus zurückgekehrt. Adis Gebrüll, als sie ihre Tochter so zugerichtet sah, hätte man bis ins Paradies hören können.

Mit einem Tritt warf die Amazone das Gartentörchen um und bewehrt mit Schroffheiten und bösen Worten begann sie an die

Tür zu hämmern, die beiden sollten herauskommen, wenn sie den Mut hätten, sie habe sogar dem Priester eine Ohrfeige gegeben und sie würde auch dem Negus eine geben, wenn er ihre Tochter anrühren würde.

Sie brüllte, Tatzen und Krallen am Balkon.

Niemand krümmt meiner Giada ein Härchen.

Ihr werdet enden wie meine Schwester, in Staub und Elend.

Danach hatte sie ihnen zwei Wochen lang draußen vor dem Garten aufgelauert, eine Löwin mit stählernem Schnurren, und die beiden hinter ihren Spitzengardinen waren nur aus dem Haus gegangen, wenn sie schlief.

Sie war imstande, mit dem Fächer in der Hand im Haus einer Fliege nachzujagen, sie dann in einer Ecke festzusetzen und das Gewehr hervorzuholen.

Adis Groll war eine alte Geschichte, und nur ihre Tochter, noch erschüttert und verwirrt von dem Angriff, hatte sie davon überzeugen können, nachzugeben, in ihr Wüstenloch zurückzukehren und ihren Streit mit Orlando beizulegen.

Und dieses Gartentörchen war geworden wie die Berliner Mauer: Wie diese schloss es schweigsame, eingezäunte Welten ein, die bis einen Tag zuvor dasselbe Vaterland gewesen und dann in zwei Staaten geteilt waren, Verwandte und Fremde, Bürger und Vagabunden, widersprüchlich wie der Kalte Krieg, der tobt und sich zurückzieht wie die Brandung, aber nie schläft. Der schöne Traum dessen, der glaubt, in Friedenszeiten zu leben, aber im Keller die Munition verwahrt.

Monate waren vergangen: Wenn sie sich im Club begegneten, taten sie so, als würden sie sich nicht kennen, die Krusten auf Giadas Nase waren abgefallen, Adis Drohanrufe waren seltener geworden, die Shell-Tankstellen waren zu sehr ins Minus geraten und Nadia hatte sich mit Orangenblüten herausgeputzt.

Sie schickte eine Nachricht, darin nannte sie das gewünschte Geschenk, ein Kaffeeservice, zwölfteilig, Tässchen und Teller, und sprach die Einladung aus, darunter aber ein schönes, eindeutiges Postskriptum: Kommt, um dabei zu sein, um eine makellose Fassade zu zeigen, und danach Fremde wie zuvor.

Giada antwortete, auf Papier und mit Schreibmaschine, sie sei nicht für Fassaden, sondern für Höfe und Hinterzimmer, die man von der Straße aus einsehen konnte, für weit geöffnete Türen.

Um die Klatschmäuler zufriedenzustellen, würde sie nicht zur Hochzeitsfeier kommen.

Sie wünsche ihr alles Gute, aber ein Waffenstillstand war nicht wie Frieden, er stank nach unverhohlener Lüge.

Sie und Giacomo gingen nicht, um Nadia ganz in Weiß zu bewundern, aber sie drückten sich nicht davor, sie in Schwarz und Trauer zu sehen.

Nach vier Monaten kam Mario auf der Baustelle durch einen Stromschlag ums Leben, weil er einen von diesen Schwarzen retten wollte, die allenthalben im Dienst der Colgadas standen. Der Kurzschluss war durch einen liegengebliebenen Kran entstanden.

Der junge Abessinier hatte sich gerettet, er nicht.

***

Der Staatsstreich war fehlgeschlagen, Zeit war vergangen, aber viele Italiener holten ihre Koffer unter dem Bett hervor, schickten Telegramme an die Verwandten in Italien und fragten nach Arbeit und Unterkunft, schließlich hatten sie Sprachen und Berufe erlernt: Sie waren Friseure, Ingenieure, Tischler, Barista, Obstverkäufer, sie hatten Geld auf der hohen Kante wie große Herren und kräftige Schultern wie Bauern.

Wir bringen alles mit nach Hause: Beine, Zähne, Seelen. Findet uns ein Fleckchen, einen Winkel, wo wir wirklich Italiener sein können.

Die Erste unter ihnen war Adi.

Sie verkaufte die Lizenz für die Bar, die Lastwagen und die Autos. Sie kaufte Hamid ein Auto. Innerhalb einer Woche hatte sie das Geld aus den afrikanischen Jahren wieder flüssig gemacht.

Ich ziehe in die Nähe von Ravenna, erklärte sie eines Nachmittags der Tochter gegenüber.

Ich kaufe einen Bauernhof, schaffe Tiere an, mache Wein. Ich lebe auf dem Land, ohne Sorgen. Ohne Christus oder Christen.

Ich habe geschuftet, um im rechten Moment Signora sein zu können.

Aber ich will nichts wissen von bonbonfarbenen kleinen Villen. Ich will ein hartes Haus aus Stein und altem Brot, an dem du dir die Zähne ausbeißt, eines wie das meines Vaters, voller Schimmel und ein zugiger Pferch.

Dort drin will ich mich verbarrikadieren, hier draußen führen sie sogar um den Sand auf den Dächern Krieg, und die Leute reißen dir an Weihnachten, wenn du ihnen Geschenke bringst, die Nase auf.

Nein, mein Herr, wie eine Heuschrecke in der Wüste will ich nicht sterben.

Ich will im Sessel sitzend und mit einer brennenden französischen Zigarette vor den Schöpfer treten. Nur Hamid habe ich etwas geschenkt, die Ausnahme von der Regel in dieser Welt für Bestien und Esel. Coruss habe ich Orlando gelassen, falls er Lust bekommen sollte, rote Katzen zu sammeln. Ich hab es gut gesehen, an einem Tag vor zwei Wochen kam eine junge Schwarze in die Bar, lange Beine, vor meinen Augen hat er sie gemustert. Oh nein, mein Lieber, habe ich zu ihm gesagt, die Rolle der Ehefrau werde ich nie übernehmen.

So brach Adi noch einmal auf.

Nichts bewirkten die Reisen des Mannes aus Ravenna bis nach Massaua, das Schmerzensgeschrei, die hilflosen Gesten, das Bitten und Betteln, weil er doch nichts gemacht hatte, das sei ein Missverständnis, das sei unerhört.

Die Hitze im Hafen schlug alles, trockener Mund.

Die Studenten schrieben Briefe an den Negus, entschuldigten sich für ihr Sympathisieren mit dem Wisconsin-Absolventen, der gegen ihn revoltiert hatte, den aufgeklärten Löwen, der sie zum Studium angehalten hatte, sich der Universitäten und der öffentlichen Verwaltung angenommen hatte.

Nichts bewirkten die Beteuerungen, die Treuebekundungen der koptischen Kirche, die Solidarität der Italiener, das Wohlwollen der Amharen: Im Busen der Raubkatze brodelte Unruhe.

Es veränderte sich, das große A, ob zum Guten oder Schlechten wussten die Colgadas nicht.

Und mit einer Mutter jenseits des Meeres, einem Sohn, der auf die Mittelschule wechseln und daher noch einmal umziehen musste, mit einem Mann mit einem bankrotten Unternehmen, Schwiegermutter und Schwägerin in Trauer, mit all dem begriff Giada, dass der Tanz vorbei war, jemand hatte einen Royal Flush auf den Tisch gelegt und ihre vier Könige würden diesmal nicht genügen.

Sie sagte zu Giacomo: Ich gehe zu meiner Mama, wenn es etwas Sicheres auf dieser Welt gibt, dann ist sie es.

Verkauf, was wir haben, und komm nach. Und ich warne dich, Giacomo, verschwinde nicht noch einmal.

In Italien lassen wir uns dann was einfallen, das ist schließlich unser Land, oder nicht?

Ich warne dich, Giacomo, ich warte auf dich.

Er nickte mit seinem umwölkten Kopf, in dem sich Blitze, Hornissenstiche und sonnige Strände zusammenbrauten.

XII.

Das große A.

Wie jeden Morgen hatte Giada aus der Zeitung vorgelesen, schlechte Nachrichten, Vermischtes, Inlandsberichte. Sie versuchte, das Interesse der Mutter zu wecken, parteipolitische Debatten, ein zurückgetretener Ministerpräsident, Nichtigkeiten des nationalen Alltags.

Ich will nichts von Politik hören, verstanden?

Nicht ein Wort, die üblen Geschichten aus der Welt sollen bloß draußen bleiben vor der Tür, hatte Adi geantwortet. Sie haben mich mit diesem Spielchen mit der Steuererklärung schon freundlich genug willkommen geheißen: Schreiben Sie zwanzig, wenn Sie achtzehn bezahlt haben, Sie sind doch Afrikanerin, ihr da unten tragt Baströckchen und schachert mit Zucker und Bananen.

Von wegen schreiben Sie zwanzig. Diebe.

Aber ich hab ihm die Meinung gegeigt, jawohl.

Ich habe ihm gesagt, dass wir dort in Afrika in unseren Baströckchen alle Steuern bezahlt haben, und zwar auf Heller und Pfennig.

Achtzehn hat der Bauernhof gekostet und ich unterschreibe, wo achtzehn steht.

Ich habe nicht mein letztes Hemd verkauft, um Gesindel wie die da reich zu machen. Ich habe ihnen gedroht, diesen Widerlingen mit dem Hut in der Hand und der goldenen Uhr.

Ich zeige euch an, habe ich ihn fast angeschrien, ich habe mir in den Lastern den Rücken ruiniert und bis um zwei Uhr morgens Kaffee serviert, ich ziehe nicht nach Villanova di Ravenna, um mich von Sauhunden wie euch übers Ohr hauen zu lassen.

Ja, ihr seid nämlich wie Hunde, die ihren Arsch nicht sehen und sich immer im Kreis drehen, um sich in den Schwanz zu beißen. So seid ihr nämlich, ihr wirtschaftet in eure eigenen Taschen und bemerkt den Brandgeruch nicht, wenn euer Haus in Flammen aufgeht.

Ich hab sie zurechtgestutzt, diese Dreckskerle und Winzlinge, ein paar eklige Ameisen der übelsten Sorte. Deshalb, Giada, tu mir den Gefallen und wirf diese Zeitung ins Feuer, wir lechzen doch nach Wärme, und erzähl mir keine Sachen, von denen ich nichts wissen will. Ich hab schon verstanden, welcher Wind in Italien weht: ein Gestank nach Mist und Honig. Eine Mischung, die demjenigen, der Schweiß mit Parfüm überdeckt, Lust macht, eine Flasche Sekt zu köpfen.

So sprach Adi, während sie noch mehr Holz in den Herd warf, den Emaille, Angebranntes und verklumptes Eisen zierten.

Giada kam es vor, als ob die Atmosphäre dort wie auch im Schlafzimmer, unter den Kastanienbäumen oder auf dem Zugangsweg mit den Flusskieseln nur aus Frost und Wolken bestehen würde, geruchlos, unter null, die Nase war dermaßen gefroren, dass man Blumen nicht von Fisch unterscheiden konnte.

In Venedig, wo sie nach neun Tagen unter der Sonne von Khartum und einer langen Reise angelegt hatten, die sie an die *Gerusalemme* erinnerte, an das Weihnachten mit der Mannschaft und an diese unverständlichen Briefchen, hastig niedergeschrieben von einem englischen Jungen mit kirschroten Wangen, hatte die Kälte sie entfleischt, bis Kiefer, Wangenknochen und Pupillen blank gelegen hatten. Die Kälte, die Giada aus ihrem Herzen verbannt hatte, dieser eisige Wind, der Krieg und Kindheit mit sich führte und nach dem das Salz der Wüste sie hatte verlangen lassen, war jetzt ein Jucken unter der Haut und ein Schmerz an den Schläfen. Nach all diesem Durst bekam ihr das Wasser nicht.

Sie hatten sich eiligst gefütterte Schuhe und dickere Mäntel gekauft, von dem Sümmchen, das Giada nicht dem Ehemann überlassen hatte, dem absolut Notwendigen für die Reise übers Meer, denn er wird ja bald zu uns stoßen, just das Geld für zwei Jäckchen.

Die Winterkleidung von Addis war in Italien gut für den Frühling.

An die Zugfahrt bis nach Ravenna und an den Bus nach Villanova erinnerte Giada sich wie an einen Traum, der bei Sonnenaufgang zerstiebt, mit einem Geschmack nach Schweiß und Rauch; sie hatte den Blick durch die Scheiben auf etwas gerichtet, das zu einer anderen gehörte, zu einer, die vor ihr da war, ein wenige Spannen großes Mädchen, das man leicht mit einem Frosch verwechseln konnte.

Sie war erst durch die eisige Hand von Massi wieder zu sich gekommen, der von dieser gänzlich veränderten Welt völlig benommen war. Wo es mehr Häuser gab, mehr Autos, mehr Leute. Alles war mehr und zugleich weniger.

Weniger Gerüche, weniger Farben, weniger Sprachen. Weniger Wüste und weniger Meer.

Adi hatte von der Welt Abschied genommen, ein Gruß, der einem *Gehdochzumteufel* ähnelte, begleitet von einer unverkennbar vulgären Geste: Das begriffen Tochter und Enkel, als sie auf dem Bauernhof ankamen.

Sie sonderte Trostlosigkeit ab und hielt sich im Gleichgewicht über dem Nichts.

Felder, Gras und Schnee: Alles, was Assab nicht hatte.

Im Erdgeschoss die ramponierte und übel nach Asche riechende kleine Küche und das Esszimmer, ein massiver Holztisch für zehn Personen, an dem sie zu dritt zusammengedrängt an einer Ecke saßen und sich von den nicht vorhandenen Tischgenossen betrachten ließen, Anrichten vollgestopft mit angeschlagenen Tellern, die dort ausgestellt bleiben würden; oben die Zimmer, eines pro Kopf, Schränke bis unter die Decke voller Wolle und Spitzen, Zimmer, die sie mit dem Winter teilen mussten; draußen, mitten im Garten, das Klo; um es zu erreichen, musste man zu allen Heiligen beten, dass einem das Blut nicht in den Adern stockte, man hielt die Bedürfnisse lange zurück, um nicht aus dem Haus treten zu müssen, denn schon drinnen blieb die Butter nicht länger als wenige Sekunden flüssig, aber draußen war selbst der Schwanz der Wölfe blau angelaufen.

Giada brachte Massi bei, was ein Kamin ist.

Nein, das ist nicht nur Feuer, nein, das ist nicht nur Holz. Da ist auch der Wind, der zieht, und die Art und Weise, wie man die Scheite schlichtet, die Kunst, sie nach Groß und Klein anzuordnen, nach Klang, Muskulatur und Ausdauer, man muss die Flamme entfachen und die in Stanniolpapier gewickelten Kartoffeln und die eingeschnittenen Kastanien ins Feuer legen; da sind Orangenschalen oder Zimtstangen, um den Raum mit ihrem Duft zu erfüllen. Da ist dieses Gefühl von Freiheit und Schrecken in den Lungen, wenn du einen Brief hineinwirfst, mit allem Drum und Dran, Umschlag, Unterschrift, Briefmarken und vielen Grüßen.

Einen Brief, der nie gekommen war.

Jetzt kommt er, jetzt kommt er, aber Giacomo ließ nichts von sich hören.

Das Thermometer zeigte achtzehn Grad unter null, und die Fässer mit dem schlechten Wein, den Adi in der Hoffnung gemacht hatte, lang davon zu zehren, ein Essig, der selbst den Bauern nicht schmeckte, waren im Keller geplatzt und hatten die Reissäcke mit einem roten und sauren Schaum überschwemmt.

Resigniert blickte Giada auf den brummelnden gusseisernen Ofen, der bei jedem Schnauben die eigene prekäre Verfassung erkennen ließ, und da er unentwegt gefüttert werden musste, warf sie die Tageszeitung hinein, in der sie gerade gelesen hatte und die sie ihrer Erzeugerin gerne vorgelegt hätte, um eine wie auch immer geartete Unterhaltung anzufangen, einen wie auch immer gearteten Blick auf die Welt zu werfen.

Mit Giacomo herrschte Funkstille. Sie hatte nicht einmal die Kraft, ihm auch nur im Traum die Ohren lang zu ziehen. Bedrängt von der Kälte, den Albträumen, dem, was fehlte, und dem Großen A, das in der Erinnerung schon verblasste, aschgrau, wo sie früher zusammen gelebt hatten, ein abgetrenntes Stück Leben, das schon nach wenigen Monaten auf den Speicher gebracht werden konnte.

Sie hatte an Dalila geschrieben, um zu erfahren, was aus ihrem

Ehemann geworden war, und die hatte ihr geantwortet, er sei verschwunden, er habe verkauft, was zu verkaufen war, und sich dann wer weiß wohin verdrückt.

Diesmal war sie ihm wirklich auf den Leim gegangen, ein weiteres Mal betrogen, das Spiel mit den drei Karten, Karte gewinnt, Karte verliert, darunter aber nie die siegreiche Karte; sie war schon vor einer Weile in den Ärmel gesteckt worden, doch wehe, man holte sie hervor.

Sie fühlte sich vom Pech verfolgt, war wütend auf sich selbst, weil sie nachlässig und nicht auf der Hut gewesen war.

Unzuverlässig, wie er war, gelang es Giacomo, den Wörtern eine neue Bedeutung zu geben. Nicht einmal eine leere Nussschale würde sie ihm mehr anvertrauen, wahrscheinlich würde er selbst die noch als einen etwas nachgedunkelten Rubin weiterverkaufen.

Liebe von Antonioni, eine stumme Welt, erloschen, versumpft, Orte ohne Menschen, Stimmen ohne Klang, Ehen ohne Brautpaar. So kam ihr das Bel Paese sogar im Kino vor, das kein sonntägliches Fest mehr war, sondern das alltägliche Fegefeuer, Geschichten von Ehefrauen und -männern, leidenschaftliche Küsse oder taube Stille, alles war Familie, alles war ein Schau wie die Dinge sich verändern, der Fortschritt, die Ehe ist nicht mehr diese Geschichte von einst, nein, jetzt gibt es die Midlife-Crisis, Fluchten, auffällige Geliebte, die zu Hause anrufen, Frauen in Hosen, Männer ohne Hut.

Sie wollte nichts mehr davon wissen, war müde davon, gegen Windmühlen kämpfen zu müssen, sie verstand nicht einmal mehr, wer der Feind war, sie selbst, Giacomo, der Staat, die Kirche, Italien, der Duce, ihre Mutter. Wer?

Dieses Italien, das man sich mütterlich mit weit geöffneten Armen vorstellte, war ein Land der Dornen, der hässlichen Vögel, der Vagabunden und der suchenden Hände von Nachtwandlern.

Sie hatte nicht einmal mehr den Mut, sich selbst einzureden, dass Giacomo früher oder später zu ihnen kommen würde. Lang, monatelang hatte sie versucht, sich Geschichten auszumalen, um nicht den ganzen Tag im Bett zu liegen und an die

Decke zu starren, ihrem Alltag einen Sinn zu geben: Jetzt klapperte die Zeit der Träume auf der Schwelle von Ravenna mit den Zähnen.

Vor lauter Warten hatten sich in ihren Taschen Steine, spitze Kiesel, grobe Erde angesammelt, die waren ihr bei jedem Niesen eine Last, genau wie die drei Koffer voller Chanel-Kostüme und Marella-Kleidchen, die zu verkaufen sie nicht über sich brachte, die zu tragen sie aber keine Gelegenheit hatte. Soll ich etwa mit dieser Dior-Pochette in den Gemüsegarten gehen? Sie fühlte sich lächerlich.

Und Adi war keine Hilfe, sie hatte sich eingesperrt, den Schlüssel zweimal umgedreht, eine Peperonata in Essig, es war sogar komisch geworden, sie sprechen zu hören, auf dem Kopf den alt gewordenen Fuchs, kein Gelächter, und den roten Schal eng um die Schultern geschlungen, Kreuzworträtsel in der Hand und die französische Zigarette auf dem Aschenbecher parat.

Sie wollte von nichts und niemandem etwas wissen, und auf die Nachricht hin, dass Giacomo verschwunden war, sagte sie: Das ist der Lauf der Dinge, meine Liebe, es ist alles ein Kommandieren, ein Belagern, ein Verarschen, der Versuch, dich umzustülpen wie eine Wollsocke; hast du das vor Augen: Wenn einer sich eine Olive aus dem Glas fischen will, hartnäckig mit dem Löffel herumhantiert und alles vollkleckert, und dann steckt er die Auserwählte in den Mund, nagt das Fleisch ab und spuckt den Kern aus, tja, dieses hübsche kleine Theaterstück führen sie auf, sie werden es nie müde.

Wir müssen uns mit der Vorstellung retten, dass Massi nicht so wird, das ist eine Mission, die des Gallienfeldzugs eines Julius Caesar würdig ist, glaub mir. Alles Übrige kann zum Teufel gehen.

Doch auf die Frage: Mama, warum von allen Städten ausgerechnet Ravenna?, antwortete sie nicht.

Sie hatte sich die Freiheit einverleibt, aber das Lächeln abgelegt, ihre schrille Art in allen Farben des Regenbogens. Eine Diva im Ruhestand, müde vom Blitzlichtgewitter und gemein zum Publikum. Sie trauerte Afrika nach, aber nicht dem Schlaraffenland mit Bediensteten, Fünfuhrtee und den Treffen im Club; sondern die Flucht vor allen, vor diesem Italien, dem es nicht mehr gut ging, das überhaupt nirgendwo mehr hinging, ohne Arme und Beine, einem Italien, das unter einer dreifingerdicken Schicht von dummen, lustlosen, maskierten Dingen erstickt war. Das Afrika mit dem Erwachen im Morgengrauen, um mit geladenem Gewehr in die Wüste zu fahren, mit den Spaghetti für die Arbeiter am Mittag, sich die Hände vom salzigen Kaffee säubern, der sich unter den Fingernägeln festgesetzt hat, vor der Kirche Grimassen schneiden. Das steinige Abenteuer auf dem Drahtseil, bestehend aus Opfern und Befriedigungen, das verscheucht hatte, wovor sie am meisten Angst hatte: die Nadeln in den Schmetterlingen.

Vor Sammlern musste man sich fürchten, vor Fanatikern und ihren Obsessionen. Schlechte Manieren konnte sie noch gelten lassen, das vielleicht, nie aber Unvernunft. Und die Männer, das hatte sie bald begriffen, verwechselten Vernunft mit Geschwätz. Die Entschuldigungen, die Rechtfertigungen, die Blicke, das Augenzwinkern. Doch wenn es galt, den Brotteig zu kneten, dachten sie noch über die Farbe des Wassers nach.

Mit Adi zusammenzuleben war extrem mühsam, zurechtzukommen mit ihrer launischen Art, dem Beharren auf bestimmten Dingen, die abgelegte Kleidung, die hartnäckigen Schwierigkeiten, es wurde nichts repariert, nichts weggeworfen, sie drei mussten es sein, sie drei zusammen mit allen Ritzen und kaputten Dachziegeln, unter Ausschluss der Welt, Bratentöpfe, Stroh im Hof, tote Blätter.

Ohne Arbeit, ohne Beschäftigung, löste sie die Zeit in Zitronensäure auf und wollte von nichts und niemandem reden hören, weder von den Zeiten der Taube Teresa noch von Hamids Heften, weder vom Morgengrauen an den Jagdtagen noch von dem roten Kleid draußen vor der Kirche. Giada hatte das Gefühl, eine Verbündete verloren zu haben, einen Zenturio, einen Gefreiten, der jetzt auf dem Rückzug war, sie hatte alle Fetzen, Familienfotos, Liebesbriefe und Töpfe in ein Bündel gepackt, es sich auf die Schulter geladen und ging nun schlurfend vom Schlachtfeld, wie um zu sagen, das ist nicht mehr meine Angelegenheit, macht euch doch selbst euer Leben kaputt.

Der Boden und die Tiere, nur sie, bestimmten das Leben auf dem Hof.

Gleich nach ihrer Ankunft hatte sie Ställe und Gehege für Hühner, Gänse und Kaninchen gebaut.

Als Giada und Massi bis auf die Knochen durchgefroren ankamen, fanden sie auf dem Bauernhof einen weiteren Mitbewohner vor, der nichts von der Kälte hielt: ein freches, schlaues Rotkehlchen.

Es schlief auf der Antenne des Fernsehers, für die Afrikaner ein neuer Gegenstand im Haus, und abends trank es am Tisch Wein und schüttelte sich, wie es ein *diavoletto* in Assab nach dem Regen tun würde.

Es blieb den ganzen Winter über bei ihnen und pickte am Fenster Brotkrumen, wie um den anderen Vögeln zu zeigen, dass es bei ihm schön warm war, es im Bauch des Walfischs saß.

Es hatte sich angewöhnt, Massi Gesellschaft zu leisten, wenn er vor dem Schlafengehen *Carosello* schaute, dann flog es in sein Zimmer und machte es sich zwischen seinen Socken bequem.

Das Rotkehlchen trippelte in Adis bauschigen und dichten Haaren herum, man hatte immer den Eindruck, als wollte es dort ein Nest bauen.

Frechdachs, von Männern lass ich mir nicht auf dem Kopf herumtrampeln, sagte Adi lachend, die Lust, die Lippen zu kräuseln, fand sie nur für Tiere.

Nino hatte sie das Rotkehlchen genannt, denn ohne Spitznamen kam sie nicht aus. Giada schimpfte mit ihm, wenn sie sah, dass es seinen Schnabel irgendwo hineinsteckte, wo er nichts zu suchen hatte, aber die Mutter sagte, sie solle es lassen, im Frühling würde es ohnedies wieder gehen.

Und so geschah es: An einem schönen Tag breitete Nino die Flügel aus und kam nicht wieder.

***

Liebe Giada,
gestern hat Dalila einen großen Aufstand gemacht, sie wollte, dass ich dich in ihrem Namen grüße, da habe ich ihr gesagt, sie soll dir selber schreiben und dich grüßen, und sie hat geantwortet, sie habe dir schon geschrieben, aber man müsse dich oft grüßen.
Dalila grüßt dich also, gestern hat sie beim Canasta verloren. Geschieht ihr recht. Wie geht es euch in Italien? Immer noch Grau in Grau und mit langem Gesicht Hühner zählen? Ich weiß, dass dort wunderbare Dinge geschehen, und da deine Mutter störrischer ist als der Topf mit Minze, den ich in der Küche stehen habe, bringe ich dich auf den neuesten Stand, was in deinem Umkreis geschieht, das ist was anderes als wir armen Afrikaner, die wir höchstens einen Galaabend Austern & Bläschen organisieren können, die Männer in Grau, die Frauen ganz in Weiß; wie originell. Und außerdem kann ich Grau und Weiß nicht leiden.
Habe ich dir erzählt, dass Paul Newman zum Ehemann des Jahres gekürt worden ist, nein? In diesem Monat war dann die Ehefrau des Jahres dran, und du wirst nie erraten, wer den Wettbewerb gewonnen hat. Ich war ja ganz für Claudia Cardinale, aber Tonio hat mich darauf hingewiesen, dass es um Ehefrauen ging, nicht um Frauen. Siebenundzwanzig von zweihundertzweiundneunzig haben für die Kerr gestimmt, wie um zu sagen, unsere Männer wollen eine Amerikanerin zur Frau, kann du das glauben?
In Fano werden wunderschöne Tischdecken mit unserem Stiefel bestickt, die Franzosen zünden hier in der Sahara Atombomben, wer weiß, wo genau, es heißt, keine Strahlung, aber wenn ich die ersten toten Ziegen sehe, schreibe ich dir und haue ab.
Jetzt haben hier alle den Tick mit der Werbung für die Straffung des Busens, mit den BHs, die ihn dir zusammendrücken; ich muss alle diese Bildchen ausschneiden, bevor ich die Illustrierten an meine Mutter weitergebe, sonst trifft sie noch der Schlag. Sie sagen, man soll zweimal täglich eine Salbe auftragen, um einen Vorbau wie die Loren zu bekommen, da werden bestimmt die schlimmsten Schweinereien hineingemischt, die Brüste sind nicht dazu da, gestrafft zu werden, sie sind gut, wie sie sind, findest du nicht auch? Wenn sie runterrutschen, sollen sie halt dem Bauchnabel Gesellschaft leisten.

Gestern hat Stirasacchi das Mädchen gebracht, das deine Stelle übernehmen soll, sie hatte einen rosa Hut mit gelber Feder auf, kannst du dir das vorstellen? Ich glaube nicht, dass ich Gelb und Rosa zusammen ertragen kann, das muss ich ihr sagen.
Sie ist so langsam im Maschineschreiben wie ein hinkender Esel.
Schreib mir alles, schreib mir, was du in den aktuellen Zeitungen liest, die du dort bekommst.
Ich mache Schluss, Giada, ich habe das Ragout auf dem Herd und ich muss drei Spitzendeckchen fertigmachen, um die zu ersetzen, die Tomacchi Samstag vor zwei Wochen mit seiner blöden Zigarre in Brand gesteckt hat, kein großes Feuer, aber fast hätte es die Ginflaschen erreicht, dann wären wir alle in die Luft geflogen und beste Grüße.
Du sagst, dass dort nichts passiert, dass du von Italien nur die Kälte mitbekommst, und ich antworte dir, dass du abhauen musst, denn von hier unten aus begreift man, dass dort fantastische Dinge vor sich gehen und du durch die Schuld dieser alten Schildkröte, die deine Mutter ist, nichts davon mitbekommst.
Antworte mir bald, grüß mir Sohn und Reptil.
Deine
Rachele.

***

An jenem Tag wirkte Massi zwischen den beiden Carabinieri, die ihn nach Hause begleiteten, wie Pinocchio, lange Beine und lange Nase, Segelohren, Birnenschalen, Segelohren in den Taschen, Hut aus Brotkrume, auch wenn er nie Lügen erzählt hatte.

Giada hatte ihn vor der Tür gefunden, pitschnass und steif wie ein Holzklotz, in Gefahr, in der Pfanne gebraten zu werden. Man hatte ihn sich geangelt wie eine Barbe, als er durch die Felder irrte, Schnee bis zu den Oberschenkeln und die Nase orangerot wie der Sonnenuntergang.

Sie hatte ihn drei Tage hintereinander im Bus begleitet, um zusammen mit ihm die Strecke von Villanova nach Ravenna zurückzulegen, genau elf Kilometer.

Jeden Morgen hatte sie ihn mit zwei Schals und zwei Paar Handschuhen eingemummelt, bevor sie Hand in Hand Garten und Hof durchquerten.

Sie hatte es ihm tausend Mal gesagt: Auf dem Rückweg nimm nur den nach Villanova. Er aber hörte nicht.

Am vierten Tag war er in den Bus nach Mezzano eingestiegen, das fünf Kilometer entfernt lag, weil er dachte, das wäre wie die Strecke, um in Addis in die nachmittägliche Kühle zu gelangen; es waren aber Kilometer des beschwerlichen Atmens, des Nebels, der schon in den Nasenlöchern kondensierte, der Schuhe, die nach drei Schritten durchnässt waren, und des Schnees und der Frostbeulen an den Händen.

Giada war so erschrocken, als er nicht heimkam, dass sie zur Schule eilte, begleitet von Adi, die sie verhöhnte, sie sei zu ängstlich.

Massimiliano hat mit Löwen gelebt, drei Sträucher und zwei Meter Schnee werden ihm da keine Angst einjagen.

Aber ihr machten sie Angst, sie verlor die Orientierung in diesem Wald des Schweigens und konnte nicht wie Giacomo nach Gespür fahren. Wenn es Nacht war, war es Nacht und fertig.

Doch Massi war zurückgekommen, in Begleitung, als ob er wer weiß was ausgefressen hätte.

Signora, ich bitte Sie, passen Sie besser auf den Jungen auf. Sagen Sie Ihrem Mann, er soll ihn von der Schule abholen, empfahl der Carabiniere.

Mein Mann ist nicht da, er kommt bald wieder. Ich bin den ganzen Tag auf Arbeitssuche, hatte Giada geantwortet.

Die beiden Carabinieri lächelten, ein Mundwinkel zuckte unmerklich und höhnisch nach oben, wie um zu sagen: hoff, dass er wiederkommt. Tja, einer der vielen Ehemänner in den Bergwerken, auf den Feldern, unter den Partisanen, aus den geschlossenen Fabriken, einer von denen, die eines Sonntags sagen, ich geh Zigaretten holen, und dann nie wieder gesehen werden.

Adi sagte danke und Gute Nacht; sie war sie losgeworden, da brauchte man keine Erklärung abzugeben, alle Jungs auf dieser Welt mussten sich die Hörner abstoßen und sich zurechtfinden, nur die Kinder von Idioten wurden an der Hand in die Klasse geführt.

Nicht einmal ausgeschimpft hatten sie ihn, verwirrt und benommen, wie er war.

Er wiederholte immer wieder, dass es bloß fünf Kilometer seien, die habe er auch zurückgelegt, wenn er zur Eisfabrik gegangen war.

Aber in Villanova brauchte man das Eis nicht herzustellen, der Frost kroch einem in die Rippen und spuckte Gift und Galle, bis einem das Lachen verging. Jedes Mal, wenn er seinen Fuß in den Bauernhof setzte, verdüsterte sich seine Miene, wurde dunkel wie Kohle, wie durch Wolle und Filz gebremst. Eines Tages kam er mit einem rot durchgestrichenen Blatt nach Hause, in der Mitte thronte riesig und drohend eine Zwei.

Die Lehrerin sagt, ich kann kein Latein, ich habe spät mit der Schule angefangen.

Und Giada betrachtete das Blatt mit großen Augen, denn sie hatte den Lehrern die Situation erklärt: der Umzug von Afrika, der Grund für die Verspätung bei der Ummeldung, aber die reagierten nicht, sie beschimpften sie als Ausländer und nichtsnutzig, nur gut für eine scharlachrote, schlechte Note.

Auch dieses Mal war sie nicht wütend geworden, sondern hatte das Blatt neben den Ofen gehängt und Massi gesagt, er solle es anschauen und sich daran erinnern, dass die Leute versuchen, dich als dumm hinzustellen, auch wenn du es nicht bist. Und hör bloß nicht auf sie.

Sie schwor sich, dass ihr Sohn nie wieder ihretwegen gedemütigt werden sollte, wegen ihrer Reisen und dem Verschwinden von Giacomo, wegen Adis Hühnern.

Sie nahm also diese Lateinbücher, um ihm zu helfen, sie las sie in der Nacht, da sie in der Schule Latein gelernt hatte und es nur aufzufrischen brauchte. So würden sie es ihnen zeigen, diesen großen Herren. Sie und Massi.

Nominativ, Genitiv, Dativ, Akkusativ, Vokativ, Ablativ.

Erste, zweite, dritte Person.

Maskulinum, Femininum, Neutrum, Singular, Plural.

Den Klagegesang, der sich irgendwo in ihr eingenistet hatte, im Kopf wieder anstimmen. Die Gedanken wiederfinden, die nach Schimmel stanken, angeschlagen, wurmzerfressen, ranzig und vergilbt waren. Uralte Gedanken, bestehend aus Spitzen und Kruzifixen.

Eine gute Woche lang taten sie Tag und Nacht kein Auge zu, wiederholten den Stoff beim Mittag- und beim Abendessen, während Adi sie von ihrem Sessel aus beaufsichtigte.

Nach all diesen Anstrengungen kam Massi zum ersten Mal mit einem Lächeln nach Hause.

Auf dem Blatt stand eine Sieben, ganz klein, ganz unten in einer Ecke, aber sie war da.

Er hatte fehlerfrei einen Akkusativ übersetzt und beim Abfragen hatte er jedes Wort erklären können.

Aus voller Kehle sang er jede Deklination, als ob es die Einkaufsliste für die Bar wäre oder die italienische Nationalhymne vor den Fußballspielen oder die Namen im Register des Circolo Juventus.

Sie würden es machen wie Pinocchio: Mütze in den Mund und los, auf zum Meer.

***

Warum, Mama?, fragte Giada.

Linker Hand der Kaninchenstall, aus einem Lattenrost zusammengezimmert, Holzbretter, die der Vorbesitzer im Keller zurückgelassen hatte, wo sie vor sich hin schimmelten, weiß gestrichen; sie hatte ihr erzählt, sie habe ihn an einem klaren Tag gemacht, solche Tage gab es viele im Jahr, der Himmel war einfach nur Himmel über den Wiesen, glich dem leeren über der Wüste.

Man konnte um fünf Uhr aufstehen und niemanden sehen.

Rechter Hand die helle, unbelebte Fläche, eingezäunt; dort werde ich Mangold setzen, dort Karotten, dort Blumenkohl, dort Auberginen, aber man muss noch warten, hier ist man ein Sklave der Jahreszeiten, und es tut gut, darauf zu warten, dass der Wind dreht, man gewöhnt sich daran, in gewisser Weise zähmt dich die Erde.

Der Frost muss sich zurückziehen, man sollte ihn ausruhen lassen, er löst sich von allein auf und macht keine Scherereien. Vom Schnee weißt du, wann er geht, er verschwindet nicht plötzlich, du siehst, wie er nach und nach zu Matsch wird.

Adi zeigte ihr Quadrate trockener und verbrannter Erde, strohbedeckt, wie am Scheitelpunkt der Sonne über der verkohlten Mulde des Paradieses, der Wüste.

Ich habe Saatgut beim Nachbarn gekauft.

Und dieser Nachbar war kilometerweit entfernt.

Ich brauche niemanden, der das für mich macht, ich werde jeden Samen einzeln setzen, mit meinen eigenen Händen; hier hat man ja alle Zeit, keiner sitzt dir im Nacken, zerrt an dir herum, klebt dir am Hemd, umklammert deine Knie: Kaffee, Patronen, Zigaretten, Autos, Fotos, Gebete, Blicke, Ohrfeigen; sie wollen einen Teil des Universums von dir, das erwarten sie.

Ich habe genug davon, zu geben und darauf zu warten, dass jemand kommt und Löcher macht, um die Samen in die Erde zu setzen, die ich selbst gekauft habe, von meinem eigenen Geld. Ich habe sie durch meinen Schweiß erworben, Tropfen für Tropfen.

Warum, Mama? Hier ist doch niemand.

Massi kann zu Fuß herumlaufen, auch wenn es friert, kann auf dem Hügel Holz sammeln, den Hang herunterhüpfen, wie ich es in seinem Alter gemacht habe. Wir müssen ihn an die Kälte gewöhnen, denn Italien ist nur in den Träumen dessen, der es im Fernsehen anschaut, ein warmes Land mit Masken an Karneval, Mandolinenklängen unter den Fenstern, Tagliatelle al Sugo. Wir müssen dafür sorgen, dass er mit den Füßen schön auf der Erde bleibt, fest verwurzelt.

Mein Vater schickte uns in die Hügel der Landschaft hinaus, trug jedem von uns auf, etwas zu finden, und wir verbrachten einsame Stunden auf der Suche. Kräuter, Holz, herabgefallene Eicheln, Mohn, Maiglöckchen.

Ich erinnere mich an buntes Steingut, glänzendes Emaille,

weiß und blau, die Schrankwände mit Blumen bemalt, die Holzstühle mit harten Lehnen, vor dem Kamin saß man unbequem und schief darauf, den Grünspan am Kupfer der Töpfe, die Kessel, in denen man die Suppen umrührte und in die man auch Brennnesseln warf, an die durchbrochenen weißen Tischdecken und deine Tante, die sie so gut nähen konnte, zwei Schubladen waren ganz voll damit.

Im Ersten Weltkrieg sind vier umgekommen, aus dem Zweiten kam einer ganz blöde im Kopf zurück, wie ein ausgewrungener Lumpen, ein Stück eingeweichte Brotkrume. In der Stadt hieß es, dass er zu nichts mehr zu gebrauchen, verdorben sei, befallen von diesem Schimmel, den abzukratzen man gar nicht erst zu versuchen brauche. Wir waren viele, jeder hatte ein halbes Bett, vier in jedem Zimmer, schlimmer als beim Militär, hat Antonio gesagt, den hast du nie kennengelernt, sie haben ihm eine Bombe zwischen die Beine geschmissen; jetzt steht da ein zweistöckiges Haus und wir können uns wie die Paschas fühlen, wir drei, mit einem Zimmer pro Kopf.

Warum, Mama? Dort hattest du doch alles.

Es kommen die Momente, es sind viele, aber nicht jeder weiß sie zu erkennen, in denen Dinge zu Ende gehen. Sie verlöschen, werden zu Schatten, und es ist deine Aufgabe zuzulassen, dass sie verschwinden, denn wenn man Rauch bei den Ohren packen will, bleibt man mit albernen Handflächen zurück; wenn man meint, das einfangen zu können, was schon vergangen ist.

Dieses Afrika ist vorbei, es war nicht meins und auch nicht deins, es war da, aber jetzt gibt es das nicht mehr, und bevor jemand kommen konnte, um mir das zu sagen, habe ich ohne viele Umstände wieder die Koffer gepackt.

Es stimmt, ich habe euch wie Findelkinder aufwachsen lassen, aber dieser Wald kann dir sagen, warum: Nur so wird man fähig fortzugehen, man beschließt das Ende, man wählt aus, was man im Garten anbaut, sodass ich, wenn ich in dem Jahr keinen Mangold will, sondern Kohl, die Furchen neu ziehe; und wenn der Kohl schief und faulig wird, kann ich mit den Schultern zucken und in dem Jahr Rosen pflanzen; und wenn die Rosen piken und ich weinen muss, baue ich in diesem Jahr gar nichts an und stampfe mit den Füßen auf den kahlen Boden.

Ohne irgendwen um Erlaubnis zu bitten.

Du hast recht, hier ist niemand, und ich will hoffen, es kommt auch keiner auf die schlechte Idee, uns zu besuchen.

Als sie sie bis ganz ans Ende aufgeraucht hatte, drückte Adi ihre französische Zigarette mit diesem Todesgeruch, den nur der Teer verströmt, an der Sohle ihrer Stoffpantoffeln aus, ging von der Veranda wieder hinein und ließ Giada mit der Frage zurück, ob sie wohl die zweihundert Schritte gehen sollte, um den Fluss zu hören.

Dann blieb sie stehen und verstand, die Augen auf den Wald gerichtet, wie sie auf diesen Spitznamen gekommen war, diese Art, das Land Afrika zu nennen, die Verheißung, die zu erreichende Kolonie, Platz an der Sonne, Schattenplatz, das Vaterland, das ihre Amme sein sollte.

Nein, es war nicht wirklich das Afrika, mit all dem Guten und Bösen, das es ihr gegeben hatte, es waren nicht diese Jahre, diese Unmengen Salz und Wüste und Eukalyptus und Hyänen und Tänze und warme Bäder in der Nacht, das war es nicht.

Es waren nicht die kleinen Siege, die hinkenden Niederlagen, die schwungvollen Eroberungen, die Traurigkeit eines Lochs in der Stirn, das konnte es nicht sein.

Und es war nicht Giacomo, dort geliebt, dort gehasst, es war nicht, sagen zu können, dass es auch ihr gelungen war, sich zu verheiraten, ohne kilometerlange Beine, ohne kurvenreichen Körper, ohne die Miene einer Forscherin oder die melodiöse Stimme einer Chanteuse; und es war auch nicht Massi, dort geboren, dort aufgewachsen, die Vorstellung, Mutter zu sein, imstande, zu umsorgen, aufzuziehen, zu nähren, warme Brüste, jungfräuliche Milch, aufnehmender Schoß.

Adele, Adi genannt wie ein Mann, die Mutter, die es nicht verstand, Mutter zu sein, die Frau, die es nicht verstand, Frau zu sein, ganz verdreht, verklumpt wie eine missglückte Béchamelsauce,

Schildkröte und Sirene, mit ihren Ticks einer Gebirglerin und ihren verschrobenen Allüren einer Diva der großen Leinwand, ihren Meinungen, wehe man widersprach, ihren Fohlenlederschuhen, wehe man ruinierte sie, Pest und Eiterbeulen waren garantiert, den Mund beim Sprechen voller Rauch. Auch beneidete sie sie um die Überheblichkeit, mit der sie die Welt in Schach hielt, an die Kette legte, hungern ließ. Eine Kraft, die Giada nicht in sich spürte, sie hatte sie nicht, ihr ganzes Leben lang hatte sie nach Spuren davon gesucht, auf nie von Sonne beschienenen Pfaden. Sie nicht erreichen zu können, entlegene Insel, dieses permanente Gefühl, anders zu sein, mangelhaft, ein bisschen im Hintergrund stehend und die Schnüre bewegend, um den Vorhang hochzuziehen, während die Mutter die Bühne betrat, Verkörperung der Schwäche, Projektion aller Schrecken, Statue der Schönheit, sprechende Grille, Koryphäe.

Sie, sie allein war ihr großes A.

XIII.

In Rom regnet es, und die Artischocken gedeihen gut.

Sie waren zu Luisa und Rina gefahren, um ihnen Massimiliano zu zeigen. Legnano kam Giada kleiner vor als in ihrer Erinnerung, aber verteufelt schnell, die Straßen gesteckt voll, enge Kurven, Hupen am Anschlag, der Schnee in ordentlichen Haufen am Straßenrand.

Die zerstörten Häuser waren wiederaufgebaut worden, die Dächer repariert; nur die Kirchen erkannte man wieder. Von den alten Geschäften waren nur einige wenige übrig, die meisten waren nach Mailand gezogen. Aus den Fenstern hörte man die Fernseher sprechen, statt Menschen.

Der Hof kam ihr vor wie eine Filmszene, wenig verändert, derselbe rötliche Anstrich, dieselben aufgeworfenen Platten an den Wurzeln der Bäume, dieselbe alte Anrichte unter dem Balkon von Luisa, aber alle Dinge machten weniger Lärm, die Fenster waren verriegelt wie in einem Gefängnis, bekannte Familien waren nur noch wenige da, das Haus hatte sich mit Süditalienern gefüllt, die anderen waren in die Stadt gezogen oder hatten anderswo ihr Glück gesucht, in einem Zug, der über die Alpen fuhr, oder auf einem Schiff, das den Atlantik überquerte. Luisas Wohnung dagegen war noch wie in jenen Jahren, als ob Tonino die Zeit mitgenommen und in einer Truhe auf dem Meeresgrund weggeschlossen hätte. Die Majoliken mit Früchten und Brotlaib an der Wand, das Bildchen einer namenlosen Heiligen, sie ganz klein, wie sie auf der Wiese eine Blume pflückte, die quadratischen Teppiche, die Schuhe in Schneepfützen am Eingang geparkt, die Wäsche im Flur aufgehängt statt im Freien, um von den Zimmern aus stets den Duft des Waschmittels zu riechen. Luisas Vater kam nicht einmal an die Tür, da der Wein ihn inzwischen auch niederstreckte, wenn nicht Sonntag war. Luisa und die Mutter hatten sich mit verschiedenen kleinen Arbeiten behelfen müssen, um ein paar Groschen zu verdienen. Sie wusste all diese Dinge aus den Briefen, die Luisa ihr häufig schickte, und als sie sie nun endlich sah, bemerkte sie im Haar der Freundin weiße Strähnen über den Ohren; ansonsten hatte sich nicht einmal ihre Kleidung um ein Jota verändert, und ihre zärtliche und liebevolle Art kam Giada gegenüber schnell wieder zum Vorschein, als ob sie nur fünf Minuten frische Luft schnappen gewesen wäre und nicht zwanzig Jahre in Afrika. Luisa holte eine Fotografie von Giacomo aus einer Schublade hervor, eine von denen, die Giada ihren Briefen beigefügt hatte, um ihn mit Massi zu vergleichen und zu sehen, wie sehr sie sich ähnelten; und mit einem freudigen Lächeln sagte, sie glichen sich wirklich, aber den Blick, den habe er von Giada, genau dieselbe Augenfarbe, und das Funkeln erkenne sie auch sofort wieder; sie streichelte ihm über den Kopf, machte es ihm gemütlich, brachte ihm heiße Schokolade und ein Butterbrot, ließ sich von der Schule erzählen.

Adi stand verloren ans Fenster gelehnt und schaute auf die andere Seite des Hofes, auf das Eisengitter am Fenster der Schwester, das sie nach Aussage von Luisas Mutter alle hatten anbringen lassen müssen, aus Angst vor Dieben. Sie blieben nur kurz, kürzer, als Giada gewollt hätte; aber Adi war nur widerwillig da, mit schlecht verhohlener Überwindung ans Fenster gekettet, um nicht mit ihrer unvermeidlichen Zigarette die nach Safran riechende Küche zu verpesten. Aus dem Schlafzimmer hörte man gemurmelte Halbsätze wie früher das Gurgeln von Dell'Acqua, der, wenn jemand an seiner Tür vorbeikam, darum bat, ihm weiteren Wein zu besorgen, weiteren Tod vom Markt in Zweiliterflaschen. Giada begriff, dass Luisa und die Mutter es nicht mehr gewohnt waren, Besuch zu empfangen; die Wohnung war mit Marmor und Travertin ausgekleidet, ein Heiligtum für die beiden gefallenen Männer, mit einem kleinen Altar und einem Foto Toninos in der Mitte, und einem Lavendelsäckchen an der Tür zum Schlafzimmer, um den Gestank nach Fusel zu vertreiben; leere Teller bei den Mahlzeiten, in Erwartung, dass jemand den Film zurückspulen möge, genau bis zu dem Punkt, als das Leben leicht gewesen war.

Matteo, Rinas Mann, empfing sie dagegen in einem Haus eines wohlhabenden Mailänders, ohne Staub, voller Silber und mit drei Zentimeter dicken Teppichen.

Il processo alla tappa mit Sergio Zavoli, Berichte über den Giro d'Italia, *Canzonissima* und die Abberufung Dario Fos bei der RAI, Modugno und Villa in San Remo.

Wir haben sämtliche Bände der »Enzyklopädie der Inneneinrichtung« gekauft, um herauszufinden, welches Bücherregal wir nehmen wollen, stimmt's, Rina?

Aber Giada sah keine Bücher.

San Matteo hatte den Amaro aus dem Glasschrank geholt, schenkte ihn sehr knapp in die Kristallgläser ein, wobei er ihn überschwänglich lobte.

Adi bat um einen Fingerbreit mehr, mit so wenig benetze man sich ja gerade mal die Lippen; und schon verfinsterte sich sein Blick und er verstummte.

Am nächsten Tag hatte sich Matteo von seinem einen Meter sechzig aus, Schnurrbart, Gamaschen und fettige Hände, die Flasche Amaro ganz genau angesehen, die an ihren Platz in der Vitrine zwischen die Liköre und Schnäpse zurückgestellt worden war, alle ganz oder fast unangetastet; wie in einer Bar ohne Kunden.

Hier hat heute Nacht jemand zugeschlagen, wagte er zu bemerken und glaubte witzig zu sein, denn es schien ihm, als wäre noch mehr Amaro in der Flasche gewesen, als er sie zurückgestellt hatte. Hätte er das bloß nicht gesagt: Adi ging ihm mit bösen Worten an die Gurgel, sagte, er sei ein elender Geizkragen, unfähig und eitel, und wenn sie wolle, könne sie mit dem Geld, das sie auf der Seite hatte, zehn Fässchen voll Amaro und das ganze Haus kaufen, um einen Keller daraus zu machen. Dann würde sie wirklich zuschlagen.

Giada verabschiedete sich mit einem gequälten Lächeln und geflüsterten Entschuldigungen von Rina, nachdem die Mutter mit roten Fingerknöcheln die Tür zugeknallt und Massi mitgenommen hatte. Sie würde ihren Enkel nicht bei Geizhälsen lassen, nicht einmal, um den Sonnenschein zu genießen.

Nach dem Krieg sind alle so geworden, die Taschen voller Geld und mit der Angst, dass es ihnen gestohlen wird, während sie sich den Bauch streicheln.

Ihre Betten sind unbequem, weil sie so viel Zeug unter die Matratze stopfen.

Alle sind wie San Matteo, haben einen Heiligenschein aus Pappmaché. Oder wie Luisa und ihre Mutter, die bei einem Toten Wache halten, mit diesem Lavendelduft, um den schlechten Mundgeruch zu überdecken. Eine hässliche Szene, mit dieser Tochter, die mittlerweile aus dem Heiratsalter heraus ist und Tonino auf dem Nachtkästchen als Heiligen verehrt, als wäre es Padre Pio. Nein, das ist keine gut eingerichtete Welt.

Monate waren seit diesen Treffen vergangen, aber Adi kam immer wieder darauf zurück. Sie polierte sie auch noch auf, um Giadas unruhigen Klagen zu begegnen, die den ganzen Mief der italienischen Provinz auf sich lasten fühlte, dieser kleinen Welt mit rasiermesserscharfen Grenzen, schwarzen Rändern, hundert Fuß hohen Windmauern.

Auch an diesem Nachmittag war die Tochter, gerade von einer Runde durchs Zentrum von Ravenna zurück, außer sich vor Ärger.

Ich sag dir, sie haben so getan, als würden sie nicht verstehen, wiederholte Giada und erzählte, wie sie an diesem unglückseligen Morgen für Einkäufe aus dem Haus gegangen und mit Juckreiz an den Händen wiedergekommen war.

Ich bin in das Geschäft gegangen und habe nach diesen kleinen Nadeln gefragt, mit denen ich das Affenfell, das ich aus Addis mitgebracht habe, zusammenheften kann, ich möchte zwei Teppiche daraus machen, für was habe ich es sonst, soll ich vielleicht das Oberlicht damit putzen, mit einem Affenfell, das gutes Geld wert ist? Und sie, drei Frauen mit scheußlichen Krähenaugen, haben so getan, als würden sie nicht verstehen, haben irgendwelche Begriffen aus der Schneiderei dahergeplappert, als würde ich arabisch sprechen. Sie wollten nicht begreifen. *Spilli, spillini, spilletti* Nadeln, Nädelchen, Heftnadeln, das sei nicht ihre Sprache, war ihre Antwort. Es ist Italienisch und es ist nicht ihre Sprache, Ende. Sie leben in Italien und es ist nicht ihre Sprache, Punkt und neuer Absatz.

Meinen Sie *spicel*, Sommersprossen?

Nicht einmal meine Tochter hat noch welche auf der Nase.

Meinen Sie *spigh*, Stück? Wir verkaufen hier aber keine Torten, da müssen sie in eine Konditorei gehen.

Meinen Sie *spighèr*, Bedürfnis verrichten?

Gehen Sie aufs Feld, wenn Sie das nötig haben.

Meinen Sie *spicér*, schnell machen?

Schauen Sie, wir stehen hier nicht zu Ihren Diensten und es besteht keine Eile.

Die drei Frauen hatten ihr wegen zehn Nadeln, die sie kaufen wollte, ins Gesicht gelacht. *Bugitti, bugiat, bugier.* Es war ihr nicht gelungen zu verstehen, wie Nadeln in ihrem Dialekt hießen, was der einzige Weg gewesen wäre, mit ihnen zu kommunizieren, und so blieb das Affenfell ungefüttert, es passte ohnehin überhaupt nicht zu Adis Bauernhof.

Sie wollten nicht, dass ich sie verstehe, ich, die ich mit Beduinen, Griechen, Amharen und Abessiniern gesprochen habe, soll mich hier wegen ein paar Nadeln von Italienern ohrfeigen lassen.

Auf der Bank hat man die Travellerschecks nicht angenommen, das ist doch internationales Geld, überall werden sie akzeptiert, aber die haben gesagt, wenn man niemanden in der Bank kennt, können sie einem einen solchen Gefallen nicht tun.

Aber was heißt denn hier Gefallen? Das ist Gesetz, das ist echtes Geld.

Einer am Schalter hat gesagt, dass er mich kennt, dass seine Tochter mit Massi zur Schule geht. Stell dir vor!

Ich hab ihm gesagt, er soll sich seine Gefallen sonst wohin stecken, sie im Keller reifen lassen, ich brauche sie nicht, ich löse die Schecks woanders ein.

So hatte Giada sich Luft gemacht, zerknittert wie Durchschlagpapier.

Man hatte sie von oben herab angesehen, die Augen halb geschlossen, ohne dass die Sonne blendete; sie hatten sich bekreuzigt, Muttergottes bewahre, als sie nach einer Arbeit gefragt und gesagt hatte, dass sie rechnen könne, Buchhaltung machen, ein paar Sprachen spreche, in der Fabrik und in der Bar der Mutter gearbeitet habe.

Sie hatten ein ausdrucksloses Gesicht gemacht, schlimmer als ungezuckerter Tee, schal und ohne Reflexe, trüb durch den Nebel.

Sie hatten sich weggedreht.

Zwei Frauen allein, verloren im Nichts, die schlechten Wein machten und Spinat anbauten, Pilze sammeln gingen und Vögel in der Küche und Gänse im Hof hielten.

Merde, merde, merde, hätte Nicole gesagt, wenn sie dort gewesen wäre. Aber die existenzialistische Französin war nicht da.

Wie auch Rachele und Dalila nicht da waren, Hamed und Orlando, Stachys und Giacomo. Vor allem Giacomo.

***

Nach langem Suchen hier und dort fand Giada bei einem alten Gastwirt und seiner Frau Arbeit, umgängliche Leute, die nicht darauf schauten, woher sie kam, sondern darauf, wie viel Lust zum Arbeiten sie hatte.

Er, dicklich, Bürstenschnurrbart, die Schürze voller Schmalz, stellte sich jedem neuen Bekannten als Giuseppe vor, geboren 1901, dem Todesjahr Verdis, nur dass er mit Nachnamen Bianchi hieß.

Und Gelächter, nur er.

Sie, mohnrote Wangen, Zwiebelatem, das Schicksal hatte gewollt, dass sie Margherita hieß wie Verdis Frau, nur dass sie mit angenommenem Nachnamen Bianchi hieß.

Und Gelächter, nur sie.

Sie hatten eine Imbissstube mit angeschlossenem kleinem Restaurant in der Via Gamba, gleich bei der Basilika San Vitale.

Rot-weiß karierte Vorhänge, einfache Holztische, Stühle mit

Sitzfläche aus Strohgeflecht, Teller mit verziertem Rand und angeschlagenes Keramikgeschirr, Fußboden aus gebranntem Ton, Fleischhämmer und Körbe an den Wänden aufgehängt und ein deutlicher Küchengeruch am Ausgang. Auf der ärmeren Seite für die Arbeiter, ein schnelles Mittagessen, für die üblichen Witwer und des Kochens überdrüssigen alten Jungfern gab es nur *passatelli*, *cappelletti*, Brathuhn und *piadine*; auf der wohlhabenden Seite für die Paare, die sich fest an den Händen hielten, an Sonn- und Feiertagen für die gewohnheitsmäßigen Kirchgänger und die Herrschaften der Geschäfte ringsum *tardura*, eine Art Rinderbrühe, Gnocchi, Lasagne, Maccheroni, geschmortes Hühnchen, gekochtes und gebratenes Fleisch, Wurst, Salami, Schinken und Schweinenacken, *bracciatello* und zum süßen Abschluss *sabadoni* mit *saba*.

Sie gaben ihr Arbeit, bei Bedarf auch doppelte Schicht, und Giada ließ sich nicht bitten. Mittagessen, Abendessen, Frühstück, Feste, Geburtstage, Jubiläen, Wochentage, Feiertage, Gedenktage.

Am Anfang, bevor sie sich einen verrosteten *Seicento* kaufte, nahm sie mit Massi den Bus, wenn sie vormittags arbeitete; dann durchquerte sie zu Fuß das Zentrum und es wurde ihr zur Gewohnheit, in die Basilika zu gehen und nach den Heiligen zu sehen. Sie war fasziniert von den Mosaiken, es brauchte eine ausdauernde, aufmerksame, solide Geduld, um sie zu erschaffen; eine Geduld, die auf den Zeitpunkt vorausschaut, an dem alle Steinchen an ihrem Platz sein werden, um die Komposition zu vollenden. Tick, tack klapperten ihre Absätze bis zum Hochaltar, wo sie auf ihre Füße hinabschaute, wie sie es als kleines Kind in Momenten der Verlegenheit immer getan hatte, wenn sie sich nackt fühlte wie ein abgegessener Apfelbutzen.

Und dort erwartete sie das Labyrinth, das schönste Bild von allen. Der Weg der Seele zu ihrer Läuterung.

Aber wenn man herauskam, was war dann? Was für ein Leben war das der Geläuterten?

Sogar Silvester verbrachte sie im Restaurant, mit Feuerwerk, das von den Dächern der Häuser abgefeuert wurde, mit Böllern in den Straßen, dass man Lust bekam, sich unters Bett zu verkriechen, und in den Fohlenlederschuhen, die an den Fersen drückten.

Und sie vergaß die kleinen Tröten, das Konfetti, die Jukebox im Club und die Runden Walzer bis zum Morgengrauen, die Checks beim Poker, die Einsätze beim *Bestia*. Wie sehr sie lachten, Dalila und Tonio in der Umarmung dieses Tangos; Adele ganz in Rot, sogar die Ohrringe; Giacomo hatte Publikum um sich geschart und erzählte eine Geschichte, kennst du die mit dem Rohr?

Es ging nicht vorwärts und nicht rückwärts; wie wir alle, irgendwann im Leben wird man zur Statue, und das ist schmerzhaft: Das Wichtigste ist, nie stehen zu bleiben.

Bildhauer, Minister, schicke Damen, Gecken, Amerikaner, Griechen, Araber, Metzger, Blumenhändler und Klempner drehten sich zu diesem Boogie-Woogie. Jetzt schauten alle auf sie wie auf einen räudigen Hund, mit dieser luxuriösen Robe, ruiniert, bekleckert mit Kaffee und Tomatensauce, doch die Haare vom Friseur immer in Ordnung gehalten, darauf konnte sie nicht verzichten, die Fingernägel frisch lackiert zwischen amarantrot und perlmutterviolett.

Die anderen Kellnerinnen bezeichneten sie als Streberin, die sich bei den Chefs beliebt machen will, mit ihren grellen Farben und ihrer akzentfreien Redeweise; man wusste gar nicht, woher sie eigentlich kam, diese Afrikanerin, in Venedig an Land gegangen, in Legnano geboren und auf einem Bauernhof elf Kilometer von Ravenna entfernt eingesperrt.

Und doch war dieses in Pelz gehüllte Fröschlein im Restaurant rührig und unermüdlich, gerader Rücken und flinke Hände.

Als ein Jäger mit einem Stück Wild kam, das er dem Wirt schenken wollte, war sie die Einzige, die erklären konnte, wie man es zubereitet, dass man es eine Nacht lang in einer Marinade aus Essig und Kräutern ruhen lassen musste. Und alle hatten mit offenem Mund zugesehen, als sie das Fleisch zerteilte und in der Küche Anweisungen gab.

An einem dieser Abende, an denen nach acht Uhr wenig

Betrieb war, beschloss sie, die ganze ziselierte Kupferfläche, wo das Bier gezapft wurde, zu putzen. Kräftig scheuern, Salz und Zitrone, wie Adi es ihr beigebracht hatte.

Am Morgen sahen die beiden Bianchis sich einem regelrechten Spektakel gegenüber, so viel Licht, dass man die Augen mit den Händen schützen musste.

Sie hatte den Ruf von einer, die nichts wegwarf, denn Wasser und Wein sind heilig, wenn man nur wenig davon hat und sie rationiert sind.

Alles, was von den halben Litern von den Tischen wieder zurückkam, stellte sie beiseite, um neue Gläser damit aufzufüllen; allen Kaffee, der auf die Platte der Maschine fiel, kehrte sie mit dem Wildschweinpinsel zusammen, um ihn zum restlichen gemahlenen Kaffee hinzuzufügen; jede Scheibe Brot, die in den Körbchen übrig blieb und von den Gästen nicht angerührt war, ließ sie trocken werden, um daraus Semmelbrösel für die Koteletts zu machen.

Nach und nach hatte sie sich beliebt gemacht oder wurde doch geduldet, nie beklagte sie sich, und sie übernahm Schichten, die den anderen beschwerlich waren.

Eine Arbeiterin, Garnspulen, äthiopische Dollars, Grenzzölle, salzige Cappuccinos, Schuldenbuch, Billard bis zwei Uhr nachts, blank geputzte Fensterscheiben und Tanzschuhe.

***

Giada hatte sich in Ravenna ein Zimmer gemietet, um nicht immer hin und her fahren zu müssen. Ein kleines Zimmer mit Bad, die beiden Betten nebeneinandergerückt; sie und Massi auf wenigen Quadratmetern.

Er kaufte ihr auf dem Heimweg von der Schule beim Bäcker immer eine Pizza bianca; sie ließ ihm das Mittag- oder Abendessen in Stanniolpapier zurück.

Adi hatte Massi dafür angeworben, mit ihr den Bauernhof neu zu streichen. Sie strichen ihn innen und außen blau. Zuckerpapierblau, das noch nach Bonbons roch. Ein Haus in dieser

Farbe hatte Giada noch nie gesehen, und sie musste lachen, als sie Maler und Malerin am Werk sah.

Bis das Telegramm von Giacomo kam.

Komme zurück. Stopp.

Bevor sie ihm antwortete, er solle sich doch von Haifischen fressen lassen und mit Haut und Haar im Bauch eines Wals landen, sprach sie mit der Mutter.

Eines musst du bedenken, an das ich nie genug gedacht habe: Massimiliano muss studieren. Das sagt dir eine, die früh mit dem Lernen aufgehört hat und die ihren Kindern immer das Überlebensnotwendige gegeben hat.

Der Junge ist intelligent, intelligenter als wir alle zusammengenommen, wenn wir auch noch so viel Krawall machen.

Eine gute Sache hat der Colgada in seinem Leben zustande gebracht.

Er muss auf die Universität gehen, muss ein Kopfarbeiter werden.

Wir müssen uns ein bisschen zurücknehmen, arm und sonderbar, wie wir sind, ich bin bereit, bis zur letzten französischen Zigarette alles zu geben, damit er seinen Uniabschluss machen kann. Denk dran, über alles Übrige lässt die Zeit Gras wachsen.

Sag ihm, er soll auf den Hof kommen, dann werde ich ein Wörtchen mit ihm reden, auch zwei.

So hatte Adi sich geäußert und Giada hatte auf das Telegramm geantwortet, okay, nichts weiter.

Nach einem Jahr verschluckter Sonne, zugebracht mit Schufterei bei zusammengekniffenen Augen. In dem die Mutter ihr *Der stille Don* vorgelesen hatte und sie sich *Die Göttliche Komödie* in Heftchen gekauft hatte, die man binden lassen konnte, viele Rotkehlchen weggeflogen waren und sie so viele *cappelletti* aufgetragen hatte, dass man ein Heer damit hätte satt bekommen können; nun dauerte es noch einen guten Monat, bis er aufkreuzte, halb leerer Koffer und leichte Schuhe. Er klapperte mit den Zähnen, obwohl März war.

Adi ließ ihn auf dem einzigen Stuhl ohne Kissen Platz nehmen, sie, er und Giada an drei Seiten des endlos langen Tisches. Giada sah ihn nicht einmal an, sie fühlte sich eingekeilt zwischen zwei Riesen, winzig klein, aber höllisch wütend, die Hitze von Assab erwachte in ihr zu neuem Leben.

Jetzt sag ich dir, wie die Dinge laufen, hatte das große A angefangen.

Ich würd sagen, deine Streifzüge hast du unternommen, niemand versteht das besser als ich, wir sind uns ähnlich, du und ich, nur leider hast du noch ein paar zusätzliche Eigenschaften von deiner Seite.

Du bist mir sympathisch, Giacomo, du bist aufgeweckt, nimmst das Leben in die Hand, lässt dich von Vorschriften nicht drängen. Du hast allein gelebt, ohne Vater, die Mutter taugt nur dazu, Plastikhüllen über das Sofa zu ziehen, eine steife Schwester, du hast es da rausgeschafft. Das vorausgeschickt, musst du aufhören, meiner Tochter gegenüber die untergehende Sonne zu spielen, vor allem aber meinem Enkel gegenüber, der schon nicht mehr weiß, wie er dich nennen soll, so wenig wie er dich sieht.

Wir werden nicht das schlimme Ende von Leuten nehmen, die Gelegenheiten verpasst haben und sich vor ihren Augen den Schmuck haben rauben lassen, weil sie den Kopf in den Wolken hatten, wir machen es, wie es sich gehört, soll heißen, dass du dir jetzt eine richtige Arbeit suchst, genug von deinen Allüren als großer, erfahrener Investor, du kannst nicht mit Geld umgehen, schmink dir das ab.

Ich habe dafür gesorgt, dass du meine Tochter heiratest, so Knall auf Fall, ich hab gesagt, du heiratest sie, und du hast ja gesagt, es ist also auch meine Schuld, ich wollte ihr helfen, das Gesicht zu wahren, und ich hab den Eindruck, was das Gesicht angeht, klappt das, alles Übrige würd ich sagen eher nicht, du bist fies auf ihr herumgetrampelt.

Jetzt kommst du schön brav zur Ruhe und bringst in Ordnung, was du auf den Kopf gestellt hast.

Bis hierher kann ich dir verzeihen, aber wenn du meinen Enkel zu einem solchen Galgenvogel machst wie dich selbst, besuch ich dich mit einem geladenen Gewehr. Ich hoffe, du weißt, dass das keine leere Drohung ist. Richtig?

Giacomo nickte, richtig.

Am nächsten Tag war er nach Venedig gefahren. Mit seiner Erfahrung und bei den Sprachkenntnissen wollte man ihn am Hafen sofort einstellen, aber er sagte nein, hunderttausend Lire seien zu wenig, das Dreifache von Giadas Lohn, aber eine Lappalie für Cary Grant.

Er rief seinen Freund aus Afrika an, den großen Ghiretti, der seit ein paar Monaten in Rom lebte, und der sagte: Das Klima ist gut, besser als das in Addis, die Sonne kommt immer mal durch, die Stadt wächst wie verrückt und macht einen Heidenlärm, sie boxt und tritt um sich, man hat die Baracken am Stadtrand abgerissen, um Sozialwohnungen zu bauen, weniger Müll und mehr arme Teufel, man findet keinen Parkplatz, selbst wenn man ihn kaufen wollte, aber bei Goodyear suchen sie Leute, wenn du Englisch kannst, bist du dabei, hier spricht es keiner, du kannst doch gut mit den Amerikanern. Sie zahlen zweihundert im Monat.

Giacomo nahm an. Er kehrte zu Giada zurück und erklärte ihr die Pläne, wollte ihr zeigen, dass er sich in Bewegung gesetzt hatte. Bettgenossen wollte sie in ihrem Zimmer keinen, sie antwortete nur, dass sie dieses Rom und diese Arbeit mit eigenen Augen sehen wolle, denn von seinem Gerede habe sie genug.

Die beiden ließen Massi bei der Großmutter und machten sich mit dem klapprigen *Seicento* auf den Weg zum großen R, alle zehn Kilometer mussten sie anhalten, um Wasser nachzufüllen, damit der Motor nicht den Geist aufgab. Wenn es hochkam, tauschten sie Betrachtungen übers Wetter und über die Landschaft aus, oh, wie schön diese Wiese, es ist ganz schön heiß hier drin, mach mal das Fenster auf, wenig mehr.

Die Stadt ließ auf sich warten, das Zentrum erreichte man nie. Und doch waren sie schon in Rom, wie ihnen ein junger Mann auf dem Fahrrad erklärt hatte.

Wie weit ist es noch bis Rom?

Ihr seid schon da.

Schotterstraßen, Mietskasernen, Wohnsilos, dann wieder Wiesen, Hügel, Hochhäuser, aber nicht so hoch, dass sie die Wolken kitzelten, verrußt, Unterhosen am Fenster, Hände als Trichter um den Mund gelegt, um durch die Höfe zu rufen. Sie waren schon da, aber es schien, als wären sie anderswo.

Sie sahen das Schild *Prima Porta*, erstes Tor, und fragten sich, ob sie auf das zweite warten sollten, doch dann fuhren sie weiter, wenn man zögert, wird man alt.

Unvorstellbar, wie dicht die Menschen hier aufeinandersitzen, dachte Giada, während sie zum Fenster hinausschaute. In Trauben hingen sie an den Türen der Straßenbahnen, die sich nicht mehr schließen ließen, an den Kreuzungen Knäuel aus wild kurvenden Vespas und rücksichtslosen Autofahrern, von den Gehwegen warfen sich Fußgänger rudelweise zwischen die hupenden Fahrzeuge, sie saßen vor den Bars, an jeder Ecke eine, an Tischchen mit bunten Tischdecken, rauchend und die Zeitung in der Hand; um die zugeparkten Plätze überqueren zu können, musste man sich huschend und hüpfend zwischen all dem Metall einen Weg bahnen. Es war ein einziges Schnellen und Zucken, um sie zu überqueren. Es war alles ein dichtes Gedränge von Mündern, Händen, Schimpfwörtern, Rauschen und Grüßen.

Giacomo am Steuer war in der Gewalt des Meeres, ohne zu erkennen, wo er Anker werfen könnte.

Nach einem nicht enden wollenden Tango und Auskünften von Passanten in undeutlichen und abgerissenen Sätzen kamen sie ins Portuense-Viertel, wo neue Mietshäuser gebaut wurden. Angrenzend an Wiesen, am Stadtrand oder vielleicht auch nicht.

Die Wohnung war ein Schmuckkästchen, sehr schick und auf Hochglanz poliert, der Boden im Eingang spiegelblanker roter Marmor, leuchtendes Grün im Bad und Fensterrahmen aus lackiertem Holz. Es kam keine Zugluft herein und Lärm drang nicht nach draußen. Giada dachte sofort an die Geranien, die sie auf den Balkon stellen wollte.

Dann würde die Glasvitrine kommen, in der die Glasfiguren-Sammlung Platz fand, eine Miniaturkrippe, die Familienfotos im Silberrahmen; der in Murano gekaufte Tafelaufsatz mit den Jadetrauben, die Figürchen aus Capodimonte, die Schäferin und der Fischverkäufer; die amerikanischen Sofas aus braunem

Leder und die Kissen mit orangenen und beigen Rhomben; drei Kampferholztruhen mit handgeschnitzten Intarsien für die Winterdecken; das Straußenei vor den Spiegel, die Enzyklopädie ins Bücherregal; stapelweise Kochzeitschriften, Pfauenfedern in der schmalen, hohen Vase, die handbetriebene Schneidemaschine, rot lackiert; die Perserteppiche und die *musciarabia* auf der Terrasse; die Elefantenstoßzähne, Salz- und Pfefferstreuer aus Elfenbein, die Skulpturen aus Ebenholz, die Geschichte der Königin von Saba an der Wand.

Ghiretti sagt, dank der Olympischen Spiele hat die Stadt sich erneuert, U-Bahn, leuchtende Verkehrsadern, künstliche Seen, Sportanlagen, jeden Samstag geht man Tennis spielen.

Giada nickte, wie um zu sagen, dass ihr das passte.

Giacomo hielt sein Schwätzchen mit den Bauarbeitern, mit dem Zeitungsverkäufer, dem Nachbarn, er fühlte sich schon wohl unter den Römern, die anscheinend immer zum Reden aufgelegt waren und zu großen Zuhörern wurden, wenn es um Afrika ging.

Giada war angespannt, heimlich Rührei mit Tomaten essen, die Luft hier erinnerte sie an die Eukalyptusbäume außerhalb von Addis, ihre trockenen Früchte waren für den kleinen Massi Kreisel gewesen, mit denen er im Hauseingang spielte. Aber die im Aufbau begriffene Stadt machte sie vorsichtig, es bedeutete, auf den Baustellen im Wasser zu stehen und sich auf Veränderung einzustellen. Der Ehemann war unbequem wie ein neuer, zwangsweise gekaufter Schuh, er war für eine andere Giada gemacht, für diese Neugeborene, dieses Mädchen, das sich bei der ersten Begegnung gesagt hatte, es wäre schön, es wäre ein Traum, einen solchen Ehemann zu haben.

Der Mann aus Asmara machte sich gut beim Vorstellungsgespräch, und Goodyear stellte ihn ein, seine zweihundert hatte er in der Tasche, das Geld für die Miete und das Liceo Manara, das sie schon für Massi ausgesucht hatten. Schicken Sie ihn aufs humanistische Gymnasium, hatte die Lateinlehrerin zuletzt gesagt, die mit der riesigen Zwei mitten auf dem Blatt, der Junge ist für was Intellektuelles gemacht.

Sie hatten Entscheidungen getroffen, Berechnungen angestellt, Buchhalter ihrer Gefühle, familiäre Betriebswirte. Ich zahle das, du zahlst das, ich höre auf zu arbeiten und kümmre mich um Massi, du gehst ins Büro und bringst das Geld nach Hause.

Nach all dem Planen gingen sie schließlich ins Ghettoviertel zum Essen, Ghiretti hatte ihnen ein Restaurant empfohlen, *Il Pompiere*, und sie nahmen Platz.

Giada kam es seltsam vor, bei Tisch wieder bedient zu werden. Sie versteckte die Hände unter dem Tisch, sie hatte das Gefühl, sie wären ruiniert.

Mit diesem Afrikaner gegenüber, Aug in Aug. Sie betrachtete ihn, betrachtete ihn lang. Ihr wurde klar, dass sie, nein, dass sie ihn nicht gegen einen anderen würde austauschen können, einen Helden, einen Ritter, ihn nicht geraderücken, ihm nicht die Ohren würde langziehen können, bis er sich einordnen ließe unter den Bildern an der Wand, den Heiligenbildchen und Madonnen.

Und dass sie, nein, dass sie nicht aufgeben würde, weiße Fahne, nicht die Ehefrau geben würde, die ruhig und gesetzt alle Schurkereien über sich ergehen lässt, den Löffel in der Hand, um das Baby zu füttern: Sie würde immer Krach schlagen, lärmen wie ein Stall voller Hühner, gestocktes Blut und Fanfarenstöße.

Als sie da saßen und sie die Speisekarte studierte, ohne richtig schlau daraus zu werden, blieb ihr Blick bei einer der Vorspeisen hängen, und wie aus einer winzigen Schublade kam ihr ein Satz aus ihrer Kindheit in den Sinn, den sie nie verstanden hatte, einer dieser chiffrierten Sätze, wie sie während des Krieges häufig auf Radio London durchgegeben wurden; den hier hatte sie sich vielleicht sogar nur eingebildet.

Was nimmst du?, fragte er.

Ich möchte wissen, wie Artischocken schmecken. Ich habe noch nie welche gegessen.

Du weißt schon, dass sie einen Bart und Stacheln haben?, bemerkte er.

Wie du, du bist einer, der pikst und jede Menge Ärger macht. Schau, Colgada, es hat angefangen zu regnen, sagte sie; draußen befeuchtete ein sanfter Regen die Stadt.

Da werden die Artischocken gut gedeihen, entgegnete er.

Im *aradio* haben sie auch so gesagt, dachte sie und verstand.

Das waren sie, ein falsch verstandener Satz, eine dunkle Botschaft, eine Kindheitserinnerung, die vielleicht durch die Wiederholung, von Mund zu Mund, zu etwas Einfachem werden konnte, noch einmal neu geschrieben werden konnte: ein Teller Artischocken, der Regen, Rom.

Giada Colgada
Via dei Colli Portuensi, 147
Roma
Italy

US postage 15c
International hot ballooning – aerogramme – via airmail – par avion
Fünfter Juli neunzehnhundertvierundsiebzig

Liebe Giada, was zum Teufel treibst du?
Endlich finde ich Zeit, Dir zu schreiben, weil ich jetzt nicht mehr dauernd auf Reisen bin wie in den letzten drei Jahren. Ich habe im Juli 1970 geheiratet. Neun Monate in Georgia, davor sechs Monate in Addis. Zwei Jahre in Deutschland, Baumholder und Frankfurt. Und jetzt wieder zwei Jahre hier.
John ist aus der Army ausgetreten und hat beschlossen, zu studieren und die Universität abzuschließen.
Washington D.C. ist eine schöne Stadt. Meine Mutter würde sagen, es ist eine gewalttätige Stadt. Alexandria ist zwei Minuten von Washington entfernt und ein altes Städtchen mit vielen Kolonialvillen. Sie erinnern an unsere in Addis.
Das einzige Malheur ist, dass ich seit November fast immer im Bett liege. Eine Schwangerschaft mit Komplikationen im zweiten Monat, ich habe keine Ausschabung machen lassen. Ich lüge, das ist eine Tatsache, hab's nicht erzählt, ich warte noch ein Weilchen und dann gehe ich zu einem Spezialisten. John sagt, wir hätten eine daughter bekommen, ein Mädchen.
Und was machst du? Ist Giacomo noch bei Goodyear? Oder war es Ford? Ich weiß, du sorgst dafür, dass er spurt.
Studiert Massimiliano? Schreib mir und erzähl mir alles.
Meine Mutter hat wegen eines Unfalls Schmerzen im Fuß; sie ist vor zwei Jahren aus einem Bus gestürzt, sie ist halb lahm.
Ihre Adresse hat sich geändert. Im Dezember 72 habe ich sie in Addis besucht, sie wohnte mit Silvia zusammen, und es ging ihr gut. Deine Schwiegermutter ist nach Italien zurück, stimmt's? Die Stimmungskanone hat sie mitgenommen, vermute ich. Meine Mutter hat gesagt,

Nadia hat fünf Jahre lang Schwarz getragen. Ich mache das schon ein Leben lang und jetzt wird es Mode.
Mama hat mein Zimmer wieder weiß gestrichen, glaubst du es?
Für uns Alte und Runzlige, die wir andere Zeiten und andere Nationen gekannt haben, ist Addis mittlerweile etwas anderes.
Auch wenn ich Euch nicht schreibe, ich denke an Euch, neulich habe ich unsere Fotos angeschaut. Sie sind ziemlich hässlich.
Schreibt mir, wenn Ihr noch schreiben könnt.
In Deutschland haben wir unter anderem viele Sex-Shops und viele Sex-Filme gesehen. Wer die Kälte gut erträgt, für den gibt es dort schöne Orte zu sehen.
In Paris bin ich nie gewesen.
Merde.

Nicole Bedot
118th North Alfred Street Alexandria VA 22314 USA

PS: Hast du Jean-Paul noch einmal getroffen?

Italienische Gegenwartsliteratur ...

Giulia Caminito Das Wasser des Sees ist niemals süß Roman

Eine Frage der Klasse: Radikal unversöhnlich erzählt Giulia Caminito von nicht eingelösten Aufstiegsversprechen und den enttäuschten Träumen einer ganzen Generation junger Italiener – ein berührender, zorniger Anti-Bildungsroman mit Figuren und Bildern, die haften bleiben wie ungeliebte Spitznamen.

Aus dem Italienischen von Barbara Kleiner
WAT 873. Broschiert. 320 Seiten

Giulia Caminito Ein Tag wird kommen Roman

Eine Familiengeschichte in Zeiten des aufkeimenden Faschismus, ein politischer Roman über Schuld und Anarchie, Widerstand und unverwüstliche Hoffnung – in einer Sprache, so zärtlich-rau wie die Liebe zwischen zwei Brüdern.

Aus dem Italienischen von Barbara Kleiner
WAT 852. Broschiert. 272 Seiten

Francesca Melandri Kalte Füße

In ihrem lang erwarteten neuen Buch verknüpft Francesca Melandri das Ende des Friedens in Europa mit einem verdrängten Kapitel italienischer Geschichte – und der Geschichte ihres eigenen Vaters: Was bedeutet Krieg? Und was kommt danach?

Aus dem Italienischen von Esther Hansen
Quart*buch*. Gebunden mit Schutzumschlag. 240 Seiten

Francesca Melandri Eva schläft Roman

»Nur einmal in ihrem Leben konnte sich meine Mutter Gerda der Liebe eines Mannes gewiss sein, und ich der eines Vaters. All die anderen kamen und gingen wie ein Wolkenbruch im Sommer.«

Aus dem Italienischen von Bruno Genzler
WAT 805. Broschiert. 440 Seiten

... bei Wagenbach

Mario Desiati Spatriati Roman

Heimat schmeckt nach Borretschblüten: ein wundersam poetischer Roman über eine unverbrüchliche Freundschaft und eine Generation von Unbehausten, Grenzgängern und Liebesuchenden – nicht nur in Italien.

Aus dem Italienischen von Martin Hallmannsecker
Quart*buch*. Gebunden mit Schutzumschlag. 256 Seiten

Michela Murgia Accabadora Roman

Eine Geschichte über Mutter und Tochter, wie sie noch nie erzählt worden ist. Ein Roman, in dem das archaische und das moderne Italien aufeinandertreffen.

Aus dem Italienischen von Julika Brandestini
WAT 768. Broschiert. 176 Seiten

Michela Murgia Drei Schalen

Wie gehen Menschen mit einer grundstürzenden existentiellen Veränderung um? Die große italienische Schriftstellerin Michela Murgia erzählt davon: unverblümt und trostreich, kompromisslos und voll ermutigender Lebensklugheit.

Aus dem Italienischen von Esther Hansen
Quart*buch*. Gebunden mit Schutzumschlag. 160 Seiten